下村敦史

SHIMOMURA ATSUSHI

口外禁止

実業之日本社

口外禁止

装幀　坂野公一（welle design）
写真　Adobe Stock

1

『あなたの人生、プロデュースします』

金崎恵介《かなさきけいすけ》は自室のベッドに腰掛けたまま、受信フォルダにあるメールのタイトルに首を捻《ひね》った。

――何だ、これ。

人生をプロデュース？

迷惑メールの類だろうか。資産家の老人が十億円をお譲りしたいと申しています、とか、宝くじで三億円が当選しました、とか、その手のメールが届いたことは何度かある。

だが、人生をプロデュースする、とは一体何なのか。

普段なら迷わず迷惑メールフォルダに放り込むところだが、意味ありげなタイトルに少し興味を引かれた。

恵介はスマートフォンの画面を指でタップし、メールを開いた。

金崎恵介様

　あなたの人生、プロデュースします。

人生にお悩みはありませんか？

家族関係、男女関係、友達関係、日々の生活――。人は誰しも多かれ少なかれ悩みを抱えているものだと思います。

親や恋人とうまくいっていない。浮気をされている。そもそも、恋人や友達ができない。なぜか嫌われる。信じて裏切られた――。枚挙にいとまがありません。

しかし、人々が抱え込み、思い詰めている悩みの大半は、客観的に物事を見ることができる第三者の助言に耳を傾け、冷静に物事を判断し、〝正しい選択〟をすることで解決するものです。

私はその手助けができます。

現実もＲＰＧ（ドラゴンクエストなどのロールプレイングゲームのことです）やアドベンチャーゲームと同じで正しい〝選択〟が大事です。私に〝選択〟を委ねてもらえれば、あなたの人生は必ず好転し、何もかも順調にいくでしょう。

あなたの人生をプロデュースします。

――とはいうものの、突然このような話は信用できないでしょう。私に〝選択〟を委ねる価値があるのかどうか、あなたには知る由がありません。

最近の人工知能《ＡＩ》の優秀さはご存じでしょうか。画像生成、文章作成、会話、検索、作曲――何でも人間以上にこなします。私が作り上げたスーパーＡＩ『ＡＩ《アイ》ザム』は、世の中のあらゆるデータを収集し、過去の出来事の検索だけではなく、予測――いえ、正確に表現するなら予知の域です――を行うようになりました。

半信半疑ですか？　お気持ちは分かります。では、私を信じてもらうために、『AIザム《アイ》』の〝力〟を少しお見せしましょう。

世間は今、サッカーワールドカップの真っ最中ですね。決勝トーナメント出場国を決めるグループリーグが行われています。あなたは試合を観《み》ていますか？

今夜の注目はグループGの第三戦、ドイツとモロッコの一戦です。

初戦を落としたドイツ。二連敗中の格下モロッコに負けた場合、他会場の試合結果次第ではグループリーグ敗退があるため、絶対に勝たねばならない一戦です。得失点差を考えれば、三点差以上の勝利が望ましく、ドイツはフルメンバーで大量得点を狙う試合。

しかし――。

この一戦はドイツが〇対二で敗北します。

モロッコの二点差勝利に賭ければ、大当たりです。

信じるかどうかはあなた次第です。

スーパーAIを相棒にした私があなたの人生をプロデュースします。私を信じるなら返信をお待ちしています。


ＡＩの凄《すご》さは知っている。画像生成ＡＩなどは、単語や文章で設定やシチュエーションを打ち込むだけで、一流のイラストレーターが何週間もかけて描くクオリティの美麗なイラストがほんの数十秒で生み出される。それをＣＧ映画のように、動かすこともできてしまう。文章作成ＡＩ

は、粗筋を打ち込めば、一瞬でベストセラー作家顔負けの比喩を駆使した小説が書かれる。特定の漫画家の絵を数枚貼りつけるだけで、まるで本人が描いたような絵が生成される。

インターネットやSNSに投稿されているプロのイラストや文章を無断で学習させている、と著作権絡みの問題が指摘されていることも知っている。単純作業ではなく、クリエイターの仕事が真っ先にAIに奪われつつあることに驚いている人たちは、よく見かけた。

それほどAIは進化している。

しかし――。

恵介は苦笑した。

サッカーは体育の授業でしか経験がないが、ワールドカップや日本代表戦のような注目度の高い試合はテレビで観戦している。それなりに知識はあるつもりだ。

大量得点必須の本気のドイツがモロッコに完敗？　さすがに考えられない。

モロッコは大会前に主力二人が怪我《けが》で離脱し、本大会でもチームが機能せずに連敗している。そのうちの一敗はイランに喫している。そんな状態なのに、ワールドカップの優勝経験も豊富なドイツを〇点に抑えて勝利する？

プロのサッカー選手でもそんな予想はしていない。AIがサッカーのあらゆるデータを収集していたとしても、実際にプレイするのは人間だ。将棋や囲碁とは違う。結果の予知などできるはずがない。

まあ、迷惑メールなんて、呆《あき》れるほどリアリティのかけらもない内容で送られてくることも多いから、これも同じだろう。

信じるに値しない。

恵介はメールを迷惑メールフォルダに移し、立ち上がった。

そのとき、メールで名指しされていたことに気づいた。

金崎恵介——とフルネームが記載されていた。普通、迷惑メールはメールアドレスしか知らないのではないか。流出したアドレスに無差別に送っているか、アドレスを適当に組み合わせて送りまくるか。

本名を知られていたことに若干の薄気味悪さを覚えた。個人情報を全て摑《つか》まれている気になる。

誰かの悪戯《いたずら》かもしれないな——。

だが、このような悪戯を仕掛けてくる悪友などはいないから、送り主に心当たりはない。喋《しゃべ》ったこともない高校時代のクラスメートがクラス名簿を見たとか？　友達でもなかったのに急に誘いの連絡があって応じたらマルチ商法や宗教の勧誘だった——というケースを聞いたことがある。

誰かが自分を騙《だま》そうとしているのかもしれない。

その場合、名前を知られていた理由にはなるが、メールが届いた理由にはならない。ぼっちだった自分は、誰かにメールアドレスを教えた記憶がないのだ。

深く考えるのはよそう。通販サイトや動画配信サービスなどには登録しているから、そこから漏れたのかもしれない。

恵介は本棚に目をやった。

一段目、二段目には漫画コミックが並んでいる。三段目に並んでいるのは――『コミュ症の治し方』『人付き合いが上手《うま》くなる方法』『10分で友達になる』『なぜかモテる人々』『話し方が第一印象を決める』『相槌《あいづち》こそコミュニケーションの全て』『会話はたった五つのポイントを押さえろ』など。

先ほどのメールに書かれていたように、人付き合いで悩んでいるのは事実だった。自分の〝選択〟が裏目に出た失敗談は数知れず。

誰かと会話するときは、話す内容を頭の中で反芻《はんすう》してからでなければ口にできない。そのせいで返事がワンテンポ遅れ、相手に怪訝《けげん》な顔をされる。

――あいつとは話しにくいよな。

仲良くしていると思っていた相手が、陰でうんざりしたように愚痴っているのを聞いてしまった。そんな経験が積み重なり、人間関係に臆病になった。

恵介はため息をつきながらタンスを開けた。そろそろ大学へ行く準備をしなければいけない。

だが、シャツを脱ごうとして指が止まる。

今日の服装はどうしよう。

毎日、憂鬱になる。

高校時代のトラウマはしっかりと刻み込まれていた。

自宅から一番近いという理由で受験した高校は、合格後、突然、制服が廃止された。生徒の主体性を育むとか、制服は〝管理の象徴〟だから好ましくないとか、意識が高そうな理由がいろいろと述べられていたが、一部の保護者から制服への批判があって日和見《ひよりみ》主義の校長が方針変更したという噂《うわさ》を入学後に聞いた。

お洒落《しゃれ》と無縁で生きてきた自分のような、いわゆる陰キャに属するタイプに私服はつらかった。それぞれの人柄を見る前に、服装によって早々と学校内序列《スクールカースト》が決まってしまう。

自分自身、お洒落な服装の同級生には引け目を感じて、絶対に性格が合わないと確信して避けてしまう。相手も、冴《さ》えない服装の同級生にはその見た目でレッテルを貼って、避けるだろう。

服装や外見で差別してはいけない、とか、上下関係を作ってはいけないとか、部外者が訳知り顔でどんなに立派なことを言ったとしても、スクールカーストはなくならないし、依然として存在するのが揺るぎのない現実だ。

ファッションセンスがないと自覚している者には、毎朝、私服に悩む時間が苦痛で仕方がなかった。外見に自信があれば、ファッション誌で特集されているような服装も似合うのだろう。しかし、自分は決してイケメンではないと分かっているから、どうしても無難な服装を選択してしまう。

制服なら——と何度思ったことか。没個性だとしても、少なくとも服装による序列は生まれない。私服に悩まなくてもすむ。

喜んでいる者の陰で苦しんでいる者がいる——という現実を誰も想像しようとしない。

恵介は孤独を感じたまま、シンプルな服装を選択した。柄物のシャツに濃紺のジーンズだ。安物の腕時計を嵌《は》め、大した意味もなく鏡に向かって髪形を整える仕草をした。

アパートを出ると、初夏の日差しに目を射られた。六月でも真夏のように暑く、すぐに汗が滲《にじ》み出てくる。

汗をハンカチで拭いながら歩き、最寄駅から電車に十五分揺られた。冷房が効いているとはいえ、満員電車の中では熱気が立ち込めており、香水のにおいや体臭でむせ返りそうになる。

車内では、立ったままスマートフォンを眺めるのが習慣だ。SNSでフォローしているのは、共通のアニメやゲームの趣味を持っているアカウントや、時事ネタの暴露系アカウントだ。話題になっている騒動や炎上や事件を面白おかしく取り上げている。自分が直接関係なければ、いい暇潰しになる。

下車してから徒歩十分。通りに学生たちの姿が増えてきた。誰もがお洒落に着飾っていて、華やかに見える。ファッションを意識したことがない自分にとって場違いな気がしてくる。

大学に着くと、だだっ広いキャンパスのど真ん中で、ひと際大きな声で騒ぎ立てている男女のグループが目に入った。

黒いロングヘアの女子大学生がミニスカートを翻す勢いで飛び跳ね、茶髪の男子大学生二人と一緒にダンスのような動きをしている。撮影係はスマートフォンを掲げていた。

流行《はや》っている『TikTok』用の動画だろう。音楽に合わせてダンスなどを投稿する若者向けのSNSがあり、いわゆる〝陽キャ〟に属する男女がいたるところで踊ったり跳ねたりしていた。

身バレ対策でマスクをしている者もいれば、堂々と顔を晒《さら》している者もいる。

同年代でも、まったく興味がない者からすればついつい冷めた一瞥《いちべつ》を向けてしまう。

プラタナスの木の前には、同じように数人でダンスを撮影している女子グループがいた。ファッション誌を読み込んで真似《まね》ているような服装や髪形の者たちだ。

まあ、外見に自信がなければ、SNSに顔を晒そうとは思わないだろう。

きゃっきゃ、と女子大学生たちの甲高い笑い声が上がり、男子大学生たちが囃《はや》し立てている。

楽しそうだな――と思う。

羨むように眺めてしまう自分に嫌気が差した。

大学に合格できればもっと楽しい人生が――。高校時代に想像した大学生活とは程遠く、『青春』の二文字は他人事《ひとごと》だった。ただ、単位目的で講義を受けるためだけに登校している毎日だ。

講義に出席してもなかなか集中できなかった。何の変哲もない時間が淡々と進んでいく。

女子が苦手だと自覚したのはいつからだろう。

小学校時代の記憶が蘇《よみがえ》ってくる。

自宅で留守番していると、電話が鳴り、受話器を取り上げた。

「もしもし。金崎君の家ですか」

聞こえてきたのは女子の声で、一瞬、言葉に詰まった。

「ええと……そうです」

辛うじてそれだけ答えた。

「六年三組の尾木《おぎ》です」

名乗られ、一拍遅れてから同じクラスの女子だと思い当たった。にわかに心臓の鼓動が速まった。

なぜ自分に電話してきたのだろう。彼女とは一度も話したことがないはずなのに――。

戸惑っていると、向こうが「金崎君?」と訊《き》いた。

「あ、うん……」

「連絡網なんだけど」

その言葉を聞いたとたん、学校の用事だったのだと理解した。少しがっかりしている自分に気づいた。

「明日は草むしりだから軍手がいるって」

女子は用件だけ言ってしまうと、「じゃあ」と電話を切ろうとした。

恵介は慌てて若干早口で言った。

「さようなら」

電話が切れる寸前、「え?」と困惑した女子の声が耳に入った。

恵介は、ツーツーと無機質な音が返ってくる受話器を握り締めたまま、立ち尽くしていた。

しばらくして女子が困惑した理由に思い至った。

さようなら――。

クラスメートとの別れ際の挨拶としては不適切だった。

会話こそタメ口で普通に話していたが、別れの挨拶でパニックになった。女子から電話を受けたのは初めての経験だったので、別れ際に何て言ったらいいか分からず、焦ったすえについ口から出てきたのが『さようなら』だった。

気軽に『じゃあ』と電話を切ればよかった。『さようなら』はあまりに堅苦しすぎる。後悔しても遅かった。女子との会話に不慣れなことが丸分かりだろう。今さらながら恥ずかしさが込み上げてきて、動悸《どうき》がした。

女子グループ内でこの話が広まって笑われるのではないか、と被害妄想に陥った。

今にして思えば、そのときの失敗がまだ尾を引いていて、異性への苦手意識に繫《つな》がっている気がする。緊張すると、テンパって自分でも意味不明の発言をしてしまう。

とはいえ、それは相手が異性だから——というわけでもなく、同性相手でも顔色を窺《うかが》ったり自分の言動を振り返って後悔したり、コミュニケーションに悩んでしまう。

こういうのを『コミュ症』というのだろう。

病気を意味する医学用語の『コミュ障（コミュニケーション障害）』と区別するため、『症』の字を当てているという話も目にした。正式な病気ならこのような性格も少しは気遣ってもらえただろうか。

恵介はため息を漏らした。

その日の講義が終わると、恵介は帰り支度をした。席を立とうとしたとき、伊藤和也《いとうかずや》が近づいてきた。

「よう！」

長めの黒髪で、糸目が特徴的だ。ボーダー柄のTシャツに縦のストライプの開襟シャツをラフに着こなしている。ジーンズは裾を折り曲げていた。

大学で唯一、話をする仲だ。同じ高校出身ということで話しかけられ――高校時代に接点はなかった――、少しずつ会話するようになった。

「今日、飲みに行かね？」

和也が意味ありげな笑みと共に訊いた。

恵介は返事に躊躇《ちゅうちょ》した。

大学で話をする関係性とはいっても、プライベートの時間まで一緒にいて楽しいというわけではなく、むしろ気を遣ってしまう。だが、断ったときの気まずさを想像したら、多少は我慢が必要だとしても応じたほうがましだと思う。

「いいけど……」

答えると、和也が親指を立てた。

「決まりだな！　じゃ、七時に駅前で待ち合わせな！」

一方的なペースに巻き込まれてしまう。とはいえ、自分が主導権を握る関係よりも気が楽だ――と思う自分もいた。

和也と別れると、恵介はいったん帰宅した。約束の時間まで適当に漫画を読んで過ごした。

アパートを出て駅へ向かう。

改札前に立っていた和也は、かなりお洒落な服装に着替えていた。藍色のシャツの上にネイビーのテーラードジャケットを羽織り、黒のスキニージーンズを穿《は》いている。右手首にはゴールドのブレスレット――。

近づくと、仄《ほの》かにフローラルな香水が鼻についた。

和也が恵介の体を眺め回し、呆れたように言った。

「何だよ、その格好。さっきと同《おん》じ《な》じゃん」

「いや、だって……僕ら二人で飲みに行くだけでしょ？」

「そうだけどさ。飲んでて何かあるかもしれないんだし、気合いは入れようぜ」

「何かって？」

「出会いとか、そういうやつ。ダサい格好じゃ、せっかくのチャンスも逃げてくだろ」

「……ごめん」

なぜ謝ったのか自分でも分からなかったが、自然と口から漏れた。性格だから仕方がない。

「たく……」和也はかぶりを振った。「そんな心構えだから彼女ができないんだよ」

恵介は「あはは……」と愛想笑いで受け流した。

電車で二駅の繁華街へ移動し、十分ほど歩いた。通りには、薄闇を追い払う原色のネオン看板があふれている。仕事帰りの会社員や、派手な身なりの若者たちが行き交っていた。

普段は絶対に来ない場所だ。

ついきょろきょろとしてしまい、和也から「笑われんだろ」と注意を受けた。

羞恥を噛《か》み締めながらまた「ごめん」と謝り、彼に付き従った。

和也が選択した居酒屋に入った。木製のテーブル席が並んでおり、客が半分ほど埋めていた。

「ここでいっか」

和也が店内を見回し、進み入った。店員に案内されるまま、奥のテーブル席で向かい合って座る。

「あちー」

和也がおしぼりで顔の汗を拭った。

恵介はメニュー表を取り上げた。各種のアルコール類と料理名が並んでいる。

和也がおしぼりを雑にテーブルに放った。

「恵介は何にする？　俺はとりあえずビールかな」

「僕は――」

恵介はメニュー表を眺め回し、「カシスオレンジを」と答えた。

「女子かよ」和也が苦笑した。「ま、いいか。じゃあ、つまみは？　適当に頼んじゃっていい？」

メニューの中で『明太子入りダシ巻き卵』が美味《おい》しそうだと感じたものの、普段から主張することに慣れていなくて、恵介は「うん」と笑った。

「オッケー」和也が大声で店員を呼び、壁に貼られたメニューを眺めながら言った。「枝豆とチーズ餃子《ギョーザ》、ポテトフライ、焼き鳥」

「かしこまりました。お飲み物はどういたしますか」

「生ビールとカシスグレープを」

「あ、いや――」

恵介は思わず尻を浮かせた。

飲みたかったのはカシスオレンジであって、カシスグレープではない。和也は間違えて注文している。カシスグレープは前に一度だけ頼んだことがあって、酸っぱさが苦手だった。

和也が「どした？」と怪訝そうな一瞥を向けた。

「……ううん、何でもない」

店員の前で注文を訂正する行為に気恥ずかしさを感じ、そんな精神的負担を想像して思い悩むくらいならこれくらいは我慢したほうがいい、と諦めた。

店員が去っていくと、二分ほど経《た》ってから飲み物を持ってきた。テーブルに置かれたカシスグレープを見つめる。

酸っぱそうなグレープフルーツの匂いが鼻をつく。

「乾杯しようぜ、乾杯」和也がビールを掲げた。「ほら！」

恵介はカシスグレープを取り上げた。

「乾杯！」

和也が店内に響きそうな大声を出した。

周りの反応が気になり、周囲を見回した。だが、客たちは誰もが自分たちの会話に夢中で、他の客の存在を気にしてはいなかった。

「乾杯」

恵介は控えめに応じ、グラス同士を軽く当てた。カン、と小気味よい音が響く。

和也がビールを一気に半分呷《あお》るのを眺めつつ、恵介はグラスに口をつけず、テーブルに置いた。

「生き返るわー」

和也が満足げに笑った。

しばらくすると、料理が運ばれてきた。枝豆とチーズ餃子、ポテトフライ、焼き鳥がテーブルに並ぶ。

「美味《うま》そー」

和也が割り箸を割り、さっそくチーズ餃子を摘まんだ。

一方的に喋るのは和也で、恵介は基本的に聞き役だった。和也が二杯目のビールを注文しても、カシスグレープは半分も減っていなかった。

「――だからさ、女のほうが有利だって言ってんの」

和也は三ヵ月前に告白してフラれた話で感情が高ぶっていた。『ごめん、顔がタイプじゃないし』と一刀両断にされたという。

「だってさ、男には化粧の文化がないし、化粧で＋α《プラスアルファ》ができないわけじゃん？　そりゃ、いい、レベルが低い顔面の男が多いのは自明じゃね？」

恵介は「かもね」と適当に相槌を打った。

「だろ！　ＳＮＳでアイドルみたいなイケメンが化粧を落として、不細工に戻る比較画像を自分で上げて、めちゃくちゃバズってるのを見たことあるけどさ、三十点が百二十点くらいになってたからな？　化粧でそんなに別人に化けられるなら、そりゃ、強いって」

「あー、その比較の投稿は見たことあるかも」

「自分は化粧で下駄《げた》を履きながら、すっぴんの男の顔面を馬鹿にするんだぜ？　男の外見を見下すなら、自分もすっぴんで勝負してみろって」

和也の愚痴はヒートアップしていく。

彼は容姿で傷ついた経験が多く、一緒に飲むと、その手の恨み節が止まらなくなる。生きていれば多かれ少なかれそのような経験はあるし、共感できる部分はあるものの、他人の愚痴を延々と聞かされても反応に困る。

「前にこの話をしたら、男はそもそも外見に努力しないから化粧があっても意味ない、みたいに反論されたけどさ、詭弁《きべん》だよな。男が化粧してもおかしくない価値観と文化があって、顔に自信が持てるようになったら、体型や服装も磨こう、って気持ちになるって。結局顔なんだろ、〝イケメンに限る〟なんだろ、って思いがあるから、体型や服装を磨く気にならないんだよな」

「……そうかも」

「不細工がお洒落して笑いものになってる姿、見たことないわけないよな？　同じファッションでも顔面が違うだけでどんなに差があるか、面白おかしく比較した悪意の投稿とかも、バズってたもんな」

和也と話していると、ネガティブな感情が加速する。負の感情に飲み込まれた自分も息苦しさを感じる。

恵介は酸っぱさを我慢してカシスグレープを一気飲みした。

そのとき、斜め向かいの男女グループの中で歓声が上がった。

恵介は思わず視線を向けた。

「ドイツ負けてんじゃん！」

一人がスマートフォンを見ながら言った。

「マジ？」

「〇対二だって。一点も取れず」

「無得点はヤバいだろ。グループリーグどうなった？」

「ドイツ敗退。決勝トーナメント進出はクロアチアとイランだって。衝撃だよな」

「優勝候補、消えたじゃん」

別の一人が「あり得ねえ。ドイツに賭けてたんだけど……」と嘆くような口調で言った。

「いくら？」

「一万五千。安パイだと思ったんだけど、信じられねえ。何やってんだよ、ドイツ！　役に立たねえな！」

ドイツが負けたのか――。

優勝候補がグループリーグで敗退したワールドカップは盛り上がりに欠けるんだよな――と思ったとき、その試合結果が脳裏に引っかかった。

〇対二――？

このスコアは――。

恵介ははっとしてスマートフォンを取り出し、メールソフトのアイコンをタップした。

「どうしたんだよ、恵介」

和也の困惑気味の声を無視し、迷惑メールフォルダを開いた。今朝見たメールのタイトルをタップする。


『あなたの人生、プロデュースします』


メールの送り主は、ドイツが〇対二で敗北することを予知している。そして――的中した。

普通に考えたら、強豪ドイツが敗北するはずがない。この大番狂わせは誰も予想できなかったのではないか。人工知能の『AI《アイ》ザム』とやらがそれほど凄いのか？

いやいや――と恵介はかぶりを振った。

偶然だ。偶然に決まっている。

サッカーの試合の点差を的中させるほどのAIは、SF映画の中にしか存在しない。現実に〝異世界〟はないし、人は透明人間にならないし、時間が止まったりもしない。大物食い《ジャイアントキリング》を一試合当てるだけなら人間でも可能だ。

恵介は自分に言い聞かせ、メールソフトを閉じた。

2

次にメールが届いたのは二日後の土曜日だった。タイトルを見たとたん、開かずにはいられなかった。

あなたの人生、プロデュースします。

金崎恵介様
ドイツ戦の結果をご覧になりましたか？　あれは『AI《アイ》ザム』の〝力〟の証明です。単なる偶然だとお思いでしょうか？　一試合の結果程度なら誰でも当てられると？　当然です。突然、未来を予知できるAIなどと言われても、信じられないでしょう。

それでは、今夜の決勝トーナメント一回戦、アルゼンチン対コスタリカの一戦の結果も予知しましょう。

アルゼンチンが一対二で敗北し、一回戦で敗退します。コスタリカの大番狂わせに賭ければ、臨時収入になります。

もし『AI《アイ》ザム』の〝力〟を信じるのであれば、返信してください。

『AI《アイ》ザム』は個人の人生にも役立ちます。常に〝正しい選択〟をすることができます。『AI《アイ》

ザム』が〝力〟であなたの人生をプロデュースします。

親友、恋人、恋愛など――あなたが内心で欲している、充実した毎日を送るお手伝いをします。


今度はアルゼンチンの敗退を予知している。

まさか本当に当たるのだろうか。

漫画じゃあるまいし――とかぶりを振る。

漫画であれば、不思議な効果があるアプリが手に入ったり、ある日突然特殊能力を授けられたり、非現実的な展開で物語がはじまる。だが、現実でそんなことは起こりえない。たとえＡＩが人間以上の知能を持っているとしても――。

恵介はメールソフトを閉じると、サッカーくじのサイトを検索した。コスタリカの二対一の勝利は、倍率四・三七だった。当たれば一万円が四万三千七百円になる。

二万円なら約九万円に――。

恵介はごくりと唾を飲み込んだ。

バイトで貯《た》めたお金を賭けたら――。

いやいや、と首を振った。

たまたま一試合の結果が当たったからといって、こんな迷惑メールの戯言《たわごと》を鵜呑《うの》みにして大事なお金を賭けるなんて、馬鹿としか言いようがない。

いいカモにされてたまるか。

恵介はサッカーくじのサイトを閉じた。

ＡＩなどに〝プロデュース〟されなくても、自分の人生は努力して充実させてみせる。

そのために勉強しているのだ。

恵介は本棚を見やった。並んでいるハウツー本の数々――。

タイトルを順に見ていると、その中である一冊がふと目に入った。

『恋活《れんかつ》セミナー①』

引っ張り出して表紙を眺める。デザイン性などはなく、白い表紙にタイトルが印字されているだけだ。棚の本の中で唯一、手作り感満載だ。

『恋活セミナー①』はその場で六千円を出して購入した本だった。正直、高い買い物だったが、現地で押しに負けて買った。

『恋活セミナー』――か。

モテたい人たちの恋愛活動を応援するセミナーだ。ノリが少し苦手で、最近は足が遠のいていた。メールマガジンもあまり読んでいなかった。

久しぶりに顔を出してみようか。

念のため、スマートフォンで『恋活セミナー』のＳＮＳを確認した。公式アカウントのフォロワーは十八万人もおり、セミナーは都内の複数の場所で定期的に開講されている。

渋谷では午後五時から行われていた。今から出発すればちょうどいい時間に着くだろう。

恵介は身支度すると、アパートを出た。電車に乗り、空いている座席に座って目的地の渋谷《しぶや》へ向かう。途中の停車駅で乗客が乗り込んでくるたび、車内の雰囲気が明らかに変わりはじめた。ファッション誌のモデルのような外見の男女が増えていく。

〝陰キャ〟丸出しの自分が浮いているのではないか、と気になり、しばしば上目遣いで様子を窺った。

だが——。

誰も自分の存在など気にしておらず——空気も同然だ——、グループで会話を弾ませている。

——そりゃ、そうか。

恵介は自嘲の苦笑をこぼした。

意識しているのは自分だけで、〝陽キャ〟集団からしてみれば、決して交わることのない存在なのだ。車内の背景と同じく、無だ。

居心地の悪さを感じたまま、渋谷まで揺られた。ドアが開くと、大半の乗客が下車した。

恵介は立ち上がり、電車を降りた。行き交う人々であふれ返る渋谷駅を歩き、出口から出る。

炎天下の中、十分ほど歩くと、目当ての雑居ビルが見えてきた。

——やっぱりやめようかな。

現場の空気感を思い返すと、尻込みしてしまう。しかし、ここまで来て今さら手ぶらで帰るのも馬鹿馬鹿しく思う。

大きく息を吐くと、意を決して雑居ビルに入った。エレベーターの前には男と女が二人ずつ、立っていた。会話がなく、互いに視線を外しているから、友人知人ではないだろう。

渋谷には不釣り合いな格好を見て、仲間だと確信した。

エレベーターが到着し、扉が開いた。狭い空間だから、五人が乗るのはかなり窮屈だ。

四人が順番に乗り込むのをチラ見すると、恵介はスマートフォンを取り出し、操作しているふりをした。

エレベーターに視線を合わせないことで、今すぐ乗るつもりはないですよ、と態度で伝えた。

エレベーターを見送ることを見知らぬ相手に伝えるのは苦手だ。どんな言い回しが適切なのか、分からない。相手に気遣わせたり、窮屈な中に体を押し込んで迷惑がられたりするのも耐えられない。

最善は察してもらうことだった。

五秒ほど経つと、エレベーターのドアが閉まる音がした。

恵介は早くも疲労が籠ったため息をつき、スマートフォンから顔を上げた。

エレベーターに近づき、何秒か待ってから『△』のボタンを押した。すぐに押してしまうと、エレベーターがまだ一階に留《とど》まっていてドアが開いてしまう危険性がある。見送ったはずの人間が乗客たちと対面したら――気まずすぎる。

しばらくしてからエレベーターが戻ってきた。乗り込み、四階へ上がる。

エレベーターから降りると、『恋活セミナー』と書かれたプレートが正面の壁に掲げられていた。

恵介はドアに近づき、深呼吸してから引き開けた。室内に踏み入ると、四十人ほどが折り畳み椅子に座っていた。男女比は七対三か、六対四——というところだろう。人が結構集まっている。

会議室風の内装になっており、正面には高さ三十センチほどの演壇があった。そこにはホワイトボードも置かれている。壁上部にはモニターも設置されていた。

空いている席を探すと、最前列に一席あった。

目立つ場所は避けたい。大学でも最前列には決して座らない。かといって、後列でも真ん中は避ける。映画館でもそうだが、先に座っている人たちに頭を下げ、迷惑そうな一瞥を向けられながら出入りするストレスに耐えられないからだ。

見回すと、四列目の奥側——左端に空席があった。

胸を撫《な》で下ろしながら大回りして席へ向かう。だが、たどり着く前に他の男が座ってしまった。

あっ——。

思わず声が漏れそうになる。だが、聞き咎《とが》められたら困るので、辛うじて呑《の》み込んだ。

諦めて他の座席を探し、結局、五列目の左から三番目の席に座った。少しでも端に近い席へ——。

大学とは違って、周りから私語はほとんど聞こえてこない。誰もが黙ったままおとなしく座っている。

喋らなくても浮かないというのは、それだけで居心地がよかった。

スマートフォンで時刻を確認しながら待つと、十分ほど経ってから奥のドアが開いた。全員が一斉に顔を上げる。

入ってきたのは——二人の男と女だった。

男は茶髪で、黒のTシャツの上に白の七分袖のシャツを羽織っており、裾丈が短めのクロップドパンツを穿いている。自分が着たらダサく見えるファッションでも、お洒落に着こなしている。その差は何だろう、と思う。

女は明るめの栗色《くりいろ》のロングヘアで、胸元にリボンが飾られた薄ピンクのワンピースを着ている。服から覗《のぞ》く二の腕やふくらはぎは色白で、ひと際目を引く。

演壇に立った男は、笑顔で「はーい！　注目！」と手を叩《たた》いた。すでに全員の視線が二人に注がれているが、発言の効果を期待するかのように間を置いた。

「まずは自己紹介から！　僕はシュウヤ」

男に続き、女が口を開いた。

「私はアサミ」

何度か参加しているので、二人のことは知っている。恋活セミナーの講師だ。

「『恋活セミナー』へようこそ！」シュウヤは朗らかな声で宣言すると、急にテンションを何段階か上げた。「恋愛したいかー！」

参加者たちは困惑顔で視線を逸《そ》らすだけで、誰一人としてレスポンスしたりはしなかった。

テレビドラマなどで見る怪しい自己啓発セミナーや情報商材を売り捌《さば》いているインフルエンサーを連想してしまい、苦手意識が増してしまう。

シュウヤは一人で納得したように「うんうん」とうなずいている。

「分かる。分かるよ。こんなノリについていけるようなら、そもそもここにはいないよねー」

彼は不快になった様子もなく、爽やかな笑みを浮かべている。決して万人が褒めるようなイケメンではないものの、お洒落な服装やスマートな体形、自然体の表情で格好よく見える。

「今日が初参加の人も多いよねー？　手を上げさせるようなことはしないからご安心を！　当セミナーでは充実した恋愛ができるようアドバイスします！　では基本的な話から――」

シュウヤはホワイトボードにマーカーで文字を書きつけた。二人が交互に講義をはじめた。

周りを見ると、数人が熱心な様子で手帳にメモを取っていた。

シュウヤが舞台役者さながら両腕を広げ、快活な声色で聴衆にスピーチしはじめた。

「大事なのは――好感度です。一口で好感度と言っても、漠然としていますよね。たとえば、優しさや愛嬌《あいきょう》です。皆さん、毛嫌いしていませんか？　媚は格好悪いと？　もしそうなら考えを改めてください。わざとらしくていいんです。あざとくていいんです。クールを気取って、黙っていても異性が寄ってくるのは、美男美女だけです。みなさんは外見に自信がありますか？」

答える者は誰もいなかった。首を横に振る仕草もなく、彫像のように動かず耳を傾けている。

少しでも目立つ動きは避けたい、という気持ちはとても共感できる。

「ここにいる男性諸君の中には、デート代は男性に出してほしい、という女性の意見が話題になるたび、なぜ男性が毎回女性に奢《おご》らなければいけないのか、と不満に思っている方もいるのではないですか？　気持ちは理解できます。男女平等が当たり前の時代です。男性だけが出費を被る、のは不公平だ――と」

今度は周りの男が何人か、はっきりとうなずく仕草を見せた。

「女性はお洒落にお金がかかっているから、という論理には、だったら俺は育毛や脱毛に数百万かけているから逆に奢ってくれ、と反論される。女性のほうが社会的に稼ぎが少ない、という論理には、男性である自分の収入の低さを競う告白合戦がはじまる。分かります、分かります。正論だと思います」

シュウヤは「しかし！」と語気を強めた。

「それではいつまで経っても女性に好かれません！　想像してみてください。デートのたび、きっちり割り勘を要求する男性と、スマートにご馳走《ちそう》する男性――。どちらの好感度が高いか」

彼は演説の効果を高めるためか、しばし間を置いた。

「ちなみに『奢るよ』という言い方は恩着せがましく、自分自身も釈然としない思いを抱いてしまうものです。相手も借りを作っている気持ちになるでしょう。そういうときは、『ご馳走しますよ』というスマートな表現を使いましょう」

意味は同じでも、たしかに言い回し一つでニュアンスはずいぶん違うな――と納得した自分がいた。

怪しい自己啓発セミナーのようでも、話には妙に説得力があり、実践したら自分でも少しは良好な人間関係が築けそうな錯覚に陥る。そもそも、食事に誘えるような肝心の相手がいないのだが――。

「何で女なんかに媚《こ》びなきゃならないんだ、とSNSで息巻く男もいますね？　好かれたいならば、媚びていいんです。あざとくていいんです。優しくていいんです。奢っていいんです。SNSのうるさい少数派《ノイジーマイノリティ》の過激で偏った意見が世の中の全てだと誤信したら、幸せは摑めません。所詮、SNSはSNS。ネットはネットです。思い込みが激しい攻撃的な人間同士が集まって、結びついて、誰もが同じ意見を持っているように見せているだけです。本当に充実した人生を送っている人間はSNSなんかしていない――というのは、よく言われることですが、事実です」

図星を突かれたのか、心当たりがあるのか、参加者の男性が何人も居心地悪そうに視線を落としていた。

今度はアサミが進み出てマイクを握った。

「うんうん、とうなずいている女性のみなさん。あなたたちも同じですよー。手料理をご馳走したり、バレンタインデーにチョコレートを手渡したり、にっこり愛想よくほほ笑んだり――。みなさんはしてますか？　そういう習慣、毛嫌いしてませんか？」

女性の参加者たちの何人かが小さくうなずいた。

「男性に好かれたいと思ったら、そういうあざとさが大事です。日ごろから笑顔を見せましょう。意中の男性がいるとして、その男性にだけ笑顔を見せても駄目です。人によって態度が露骨に違えば、悪印象のほうが本性だと思われます。でも、誰にでもにっこりしていたら、感じがいい子だな、と好印象を与えます。その中で意中の男性にだけ何か〝特別〟を見せることで、心を摑めるわけです」

そんな女性を想像してみた。

たしかに好感を抱くかもしれない。

「手料理もバレンタインデーもあざとい服装も控えめな態度も——接客中に見せる笑顔ですら、全て男性に媚びる〝悪《あ》しきもの〟として毛嫌いする意見はよく見かけます。しかし、それでモテますか？　意中の男性に好かれますか？」

今や、女性陣も真面目な顔で耳を傾けていた。

「これは私の女友達の話です」アサミが語りはじめた。「会社勤めの私の友達は、女同士で集まるたび、『今時、男に義理チョコ渡すなんて古いよね』『愛想を振りまくなんて時代遅れだよね』と言っていました。他の女性たちも同調していました。でも、自分は裏で一人、義理チョコを配って好感度を稼いでいたわけです。そして——まんまと有望株のイケメン社員を射止め、結婚してしまいました」

シュウヤが「したたか！」とツッコミを入れる。

「日ごろ結婚制度を否定していたくせに、ちゃっかり結婚して幸せになった女友達もいます」

今度はシュウヤが語る。

「愚痴や批判なんてものは、自分自身でそれが羨ましいと思う心理が心の奥底にあるから吐き出しているんです。鵜呑みにして同調して、そのとおりに実践したら幸せが遠のいていくだけです。SNSなんかをしていると、こんな男は駄目、こんな女は駄目——と否定尽くしで、駄目なことを避けようと思う真面目な人間ほど身動きが取れないレベルで縛られてしまうものです。しかし、現実で充実した人生を送っている人たちは、いちいちＳＮＳなんかの評価や意見を気にしていません！」

「そのとおり！」アサミが力強く言った。「しかし、ＳＮＳでそんな主張がはびこっていることは、決してマイナスではありません！　むしろプラスです！」

彼女の口調に熱が籠る。

「今時こういう習慣は古いよね、時代遅れだよね、と本気で言っている人間がいれば、同調し、持ち上げればいいんです。あなたの考え方はまさに正しい！　と褒め称《たた》えましょう。異性に好かれないい考え方をしている人間を増やしましょう。大勢が納得し、それを信じれば、その分、〝ライバル〟が減るわけです。そうしておいて、自分だけしれっと真逆の行動で好かれればいいんです」

シュウヤが続きを引き取った。

「本当に広まってほしいことは広めず、広まったら自分に利益があることを広めましょう。『何で男がデート代を出さなきゃいけないんだ！　男女平等だろ！』と言っている男がいたら、『そのとおり！』と持ち上げましょう。『優しい男はすぐフラれる』なんてのたまう人間がいれば、『さすが真理を分かってる！』と持ち上げましょう！　割り勘主義者が増えれば、デート代を出す男性は希少で、価値が上がり、恋愛の場において有利になります。自己中心的な勘違い俺様系が増えれば、優しい男が目立ちます。優しさは美徳です」

「そうです！」アサミが言った。「『女に手料理を望む男なんて時代遅れだよね』と言っている女性がいれば、同調しておきましょう。そんな中で手料理を特技にすれば、恋愛や婚活の場でリードできます。愛想のいい笑顔を毛嫌いする女性が増えれば儲《もう》けもの！　あなただけが好かれます！　ぶりっ子だと陰口を叩かれますか？　他人の生き方にケチをつけ、自分が気に食わないだけの他人の人生を支配したがる人間なんて無視一択です。そういうことをしていると、眉間に皺《しわ》が寄って――」彼女は不快そうに顔を歪《ゆが》め、醜い顔を作った。「常にこんな顔で世の中を見るようになって、ますます嫌われるだけです」

「愛想や笑顔が大事なのは男性も同じです。常に不機嫌そうで、仏頂面の男に近づきたいと思いますか？」

「笑顔笑顔！　愛嬌愛嬌！」

二人がほほ笑みを見せた。

間を空け、シュウヤがさらに進み出た。

「セクハラのでっち上げリスクがあるから女には関わらない、助けない、という価値観の男がはびこれば、困ってる女性に手を差し伸べる男性がより輝きます。恋愛が難しい今の時代だからこそ、ライバルを減らすことが重要です。表で言っていることと裏でしていることが違う人間は山ほどいるでしょう？　したたかに生きましょう」

二人が声を揃《そろ》える。

「恋愛強者になりましょう！　充実した人生を！」

交互にまくし立てる二人の言葉には熱量と説得力があり、参加者の誰もが雰囲気に呑まれているようだった。二人の語りは息もぴったりで、舞台演劇を思わせる。

こんな調子で講義は小一時間続いた。

シュウヤが「さて！」と手を叩き合わせた。「今回の講義内容は基礎にすぎません。さらに実践的な極秘テクニックが書かれた教本は、出入り口で六千円で売っています。恋愛強者になりたければ、ぜひご購入を！」

六千円――。

絶妙な価格設定だと思う。

巷《ちまた》で噂の悪質な情報商材であれば、十万、二十万は当たり前で、払えない者には借金まで勧めるという。このノウハウを実践すれば数十万なんてすぐペイできますよ、と囁《ささや》き、情報弱者を騙して購入させる。実際は内容を実践しても稼げない。だが、そのことに文句を言えば、実践の仕方が悪い、努力が足りない――と言いくるめられ、泣き寝入りさせられる。

SNSで見かけるその手の被害者を冷笑しておきながら、自分はこうして『恋活セミナー』を信じて何千円も払っているのだから、我ながら呆れてしまう。

だが――。

内容そのものはもっともらしく、参考になることが書かれている。書店で大量に並んでいる自己啓発本やビジネス本と一体何が違うのか。ほんの少し、高額なだけだ。

変わりたい。

友達が欲しい。

恋人が欲しい。

充実した人生を送りたい。

恵介は切実に願いながら帰宅した。

テレビを点《つ》けると、サッカーワールドカップの放送時間だったことを思い出し、チャンネルを替えた。アルゼンチンとコスタリカの一戦だ。

スコアは――。

アルゼンチンが一対〇でリードして後半三十分。

恵介は笑いをこぼした。

――だよな。

実力差を考えれば、アルゼンチンが勝つに決まっている。負けたら敗退の決勝トーナメント。強豪チームはここに合わせて仕上げてくる。グループリーグのような番狂わせは滅多に起こらない。


アルゼンチンが一対二で敗北し、一回戦で敗退します。コスタリカの大番狂わせに賭ければ、臨時収入になります。


やはり所詮は迷惑メールか。

テレビで試合を流したまま、購入した『恋活セミナー④』の教本を開いた。ページをめくりながらまず流し読みする。

興味を持った章タイトルを確認していると、突然、実況の興奮した声が耳に飛び込んできて、反射的に顔を上げた。アルゼンチンのゴール前でコスタリカの選手がドリブルでDFを剝がし、シュート態勢に入った。

「あっ！」

声が漏れた。

強烈なシュートがゴールの隅に突き刺さった。

アディショナルタイム間際の同点劇。

——嘘《うそ》だろ。

テレビ画面から目を引き離せなかった。大喜びでゴールパフォーマンスを披露するコスタリカの選手たちに続き、アルゼンチンの選手たちの愕然《がくぜん》とした表情が映し出される。

選手たちがポジションに戻ると、アルゼンチンのキックオフで試合が再開した。アディショナルタイムはわずか二分。残り数分で勝負をつけようとして猛然と攻め上がるアルゼンチン——。

左サイドからのセンタリングをコスタリカDFが跳ね返し、相手陣内にたった一人で残っていたCF《センターフォワード》のカウンターが発動する。豹《ひょう》のように快速で、疲れているアルゼンチンDFを置き去りにする。スタジアムの歓声が地鳴りのように大きくなった。

——いやいや、まさかな。

GKが飛び出してきた。コスタリカのCFがシュートする。

逆転弾が決まるかと思いきや、コースが甘く、GKの体に当たったボールがゴールラインを割った。

総立ちになった観客が画面に映っている。

恵介は、安堵《あんど》している自分に気づいた。『AI《アイ》ザム』の予知が当たってしまうことに恐れを抱いていた。

アディショナルタイムは一分が過ぎている。コスタリカのコーナーキックが最終プレイだろう。アルゼンチンが守り切れば試合終了の笛が鳴り、三十分の延長戦に突入する。

元より実力差ははっきりしている。延長になったら、アルゼンチンが勝ち越しゴールを決めるだろう。絶望したコスタリカは力尽き、そのまま追加点もあるかもしれない。最終的には三対一でアルゼンチンの順当な勝利――。

それが恵介の予想だった。

コーナーキックが蹴られた。ゴール前に上がってきていたコスタリカの長身のDFが競り勝ち、ボールを後ろへ逸らした。そのイレギュラーなボールの軌道にアルゼンチンの選手たちの反応が遅れた。ヘディングシュートが放たれ、ボールはそのままネットへ――。

恵介は実況の叫び声をどこか遠くに聞いていた。

試合終了直前の二ゴール。大逆転。あまりに衝撃的な試合展開で、アルゼンチンの選手たちの心が折れ、全員が倒れ伏したり、膝を落としたりしている。

――こんなことが起きるのか。

試合はコスタリカの勝利で幕を閉じた。

予知はまたしても当たった。

偶然の産物にしては出来すぎだった。誰がこのような結末を予想できる？

お金を賭けていれば――。

ふとそんな思いが頭をよぎった。

もしまたメールが届いたら――。

例のメールを待ち望んでいる自分がいた。

もしかしたら二度も信じなかったことで、もう届かないかもしれないとも思った。

だが――。

翌朝、再びメールが届いた。今度はイタリア対イングランドの大一番で、イタリアの三対〇の勝利が予知されていた。オッズはイングランドの一対〇の勝利が一番低い。イタリアの三点差以上の勝利は逆に高い。それだけ起こりえないと大勢が予想しているのだ。

恵介はサッカーくじのサイトにクレジットカードを登録し、イタリアの三点差以上の勝利に十万を賭けた。

3

試合当日の夜、恵介はテレビの前で画面を凝視していた。

イタリア対イングランドの強豪国同士の試合だ。予知を信じてイタリアの三対〇の勝利に賭けた。

当たってくれなければ――。

十万を失う。大事な生活費を失う。

――頼むぞ。

恵介は両手のひらをこすり合わせた。

試合開始前から緊張が高まってくる。

互いのチームの国歌斉唱が終わり、選手たちがそれぞれのポジションに散らばっていく。

そして――キックオフの笛が吹かれた。

サイトに登録するだけで簡単に十万円を賭けることができた。その気軽さが今さらながら恐ろしく感じる。現金を手にしていないから、十万の重みを実感できなかった。

試合結果が外れたら――。

毎月仕送りしてくれている両親の生活も決して楽とは言えず、万が一の事態に陥っても頼ることは難しい。

試合開始から十五分。攻めているのはイングランドだった。早くも五本のシュートを放っている。一本はＧＫ《ゴールキーパー》のファインセーブがなければ決まっていた。

心臓の鼓動音がにわかに大きくなる。

イタリアの三対〇の勝利——ということは、イングランドが一点決めた時点で外れてしまう。日本代表を応援しているような緊張があり、何度も手のひらの汗をジーンズにこすりつけた。

流れを摑んでいるのは相変わらずイングランドで、イタリアはカウンター攻撃すら不発に終わった。

イングランドのＦＷ《フォワード》がサイドからドリブルで切り込んだ。高速の跨ぎフェイント《シザーズ》からカットインする。幻惑されたイタリアＤＦ《ディフェンス》が思わず足を出し、イングランドＦＷが引っかかって転倒した。

「あっ——！」

絨毯《じゅうたん》から腰が浮いた。

レフェリーがけたたましく笛を吹きながら駆け寄り、ペナルティスポットを指し示した。

ＰＫ《ペナルティキック》——。

嘘だろ。

恵介は乾いた笑いを漏らしながら絨毯に尻を落とした。

終わった——。

試合はまだ前半の二十二分なのに、イタリアの三対〇の勝利は早くも消えてしまった。

自分が馬鹿だった。

まぐれ当たりの二試合の試合結果で迷惑メールの予知などを信じ、十万もドブに捨ててしまうとは——。

そもそもあの迷惑メールの目的は何だったのだろう、とふと疑問に思った。

法律で認められているサッカーくじに誘導したところで、自分たちの利益にはならないだろう。金の振り込みなどを要求されていたら決して信じはしなかったのに——。

イングランドのエースストライカーがペナルティエリアで待機し、ボールをじっと睨《にら》みつけている。イタリアのGKは名手だ。世界屈指の実力を誇っている。だが、PKは圧倒的にキッカーが有利で、決めて当然の得点機だ。

——無理だろうな。

絶望で暗澹《あんたん》としながら画面を見つめた。

イングランドのエースストライカーが助走し、強烈なシュートを放った。イタリアのGKが横っ飛びでボールを弾《はじ》いた。

——マジか。

恵介は目を剝《む》いた。

だが、弾いたボールが他のイングランドの選手のもとにこぼれた。がら空きのゴールへシュート——。

体勢が悪かったのか、シュートはクロスバーのはるか上へ打ち上がった。観客席へ飛んでいく。

恵介はしばし呆然《ぼうぜん》としていた。

ＰＫ失敗——。

イタリアは救われた。イングランドは絶好の得点機を逃した。

大喜びするイタリアの選手たちに対し、落胆の表情を浮かべるイングランドの選手たち。

こんなことがあるのか。

恵介は胸を撫で下ろすと、天井を仰いだ。

最大の危機をしのいだが、的中するにはまだまだハードルがある。押され続けているイタリアが三点も取らなければいけないのだ。

今大会のイタリアも伝統のカテナチオ——イタリア語で閂《かんぬき》を意味し、鉄壁の守備のことを言う——が最大の特徴で、攻撃力は他の強豪国より劣っている。グループリーグも、三試合で取った得点はわずか二点。無失点の二勝一分で二位通過している。

果たしてイングランド相手に三点も取って快勝できるのか。

まだ可能性はあるのだから、イタリアを応援し続けるしかない。だが、試合は圧倒的にイングランドペースで、いつ失点してもおかしくない流れだった。

前半は——〇対〇で終わった。

残りは後半四十五分。

恵介は太ももの上で拳を握り締めた。緊張の脂汗で拳の中がぬるぬるしていた。

イタリアが三点も取るイメージが湧かない。後半で悪い流れが変わるだろうか。

イタリアの名将の采配に期待するしかない。

恵介は気持ちを落ち着けるため、トイレに行った。用を足してからキッチンへ行き、ウーロン茶のペットボトル——五百ミリリットル——を取り出した。ラッパ飲みすると、渇いた喉に冷たい液体が心地よく、一気に半分も飲んだ。

少し落ち着いた。

恵介は座布団に尻を落とし、テレビを見つめた。ハイライトが終わってCMが明けると、双方の選手たちがピッチに戻ってきた。実況の男性アナウンサーが「おっ」と声を発した。

「イタリアは選手交代がありましたね。十八歳の新星がここでW杯デビューです。ワンダーボーイとなれるか」

実況が驚くのも無理はなかった。十八歳の選手と交代したのは、イタリア代表で十年以上、中心として活躍してきた10番だった。不動のエースをベンチに下げたのだ。

たしかにイタリアは前線でボールをキープできず、簡単に奪われてはカウンターを受けていた。何かを変えなければ失点することは目に見えていた。

とはいえ、打開策がエースの交代か。

この試合がW杯デビューの十八歳は、プレッシャーに圧《お》し潰されて何もできないのではないか。グループリーグですら試合に出場していないのに、いきなり強豪国イングランドとの大一番——。

恵介は手を合わせ、「頼むぞ頼むぞ頼むぞ……」と声に出して念じた。

後半がキックオフした。

再び攻め込んだのはイングランドだった。放たれたミドルシュートがゴールを襲う。

だが、GKがしっかりセーブした。

恵介は止めていた呼吸を解放した。

GKがすぐさまボールを蹴った。前線へのロングフィードを長身FWが競り勝ち、味方に落とした。十八歳の新星はパスを受けるや、足に吸いつくような華麗なターンで前を向いた。イングランドDFが一瞬で置き去りにされた。上半身の動きだけで相手の逆を突き、二人目のDFも躱《かわ》す。

「おおー！」

思わず前のめりになる。

――まるでメッシだ。

イングランドの選手がたまらずファールで止めた。スタジアムの空気が一変した。イタリアの観客が息を吹き返し、地鳴りのようなコールで応援しはじめる。

FK《フリーキック》の位置はゴールから約二十五メートル。イタリアには、イングランドの伝説的名プレイヤー、ベッカムばりのFKを蹴る名手がいる。

直接狙える距離だが――。

笛が吹かれるや、FKが放たれた。外からカーブを描きながらドライブする一撃は、スナイパーの狙撃さながらの精密さで、イングランドGKにはノーチャンスだった。

ボールがネットを揺らした。

恵介は両拳を突き上げ、雄たけびを上げた。

先制はイタリア！

——もしかしてもしかするぞ。

期待が膨れ上がってくる。宝くじの当選番号を順に確認して、残り二桁まで的中しているような興奮だ。

「行けイタリア！」

拳を振りながら応援した。

だが——。

先制したイタリアは守備的になった。ほとんど全員が自陣に引きこもり、イングランドの猛攻に対応する。

「いやいや！」恵介は怒鳴った。「守りに入るのは早いだろ！」

一回戦を突破するには別に二点も必要ない、カテナチオで無失点に抑えればいいのだ——と言わんばかりの守備だ。

——それじゃ困るんだよ。

三対〇でなければ、大事な十万円を失う。

「攻めろよ！」

恵介はローテーブルに拳を落とした。置いてあったコンビニ弁当が跳ね、ひっくり返りそうになる。

――まだ三十八分もあるのに守りに入ったら、いつか同点ゴールを決められるぞ。いいのか、イタリア！　攻める気持ちを忘れるな！

同点ゴールを狙って攻勢をかけるイングランドに対し、全員守備で跳ね返すイタリア――という構図が続いた。

攻める気がなくなったイタリアに対し、観客が大ブーイングをはじめた。

――いいぞ！　もっとプレッシャーをかけてやれ！

だが、イタリアは観客の圧に負けて攻めに転じたりはしなかった。この程度の反発は慣れっこだとばかり、自分たちのスタイルを貫き続けている。

後半三十八分になると、監督がＦＷの選手を下げ、守備的なＭ　Ｆ《ミッドフィルダー》を投入した。完全に守りに入った。同点ゴールを決められて延長に入る可能性も考えていない。

――これがイタリアの老獪《ろうかい》さか。

途中から何度も立ち上がっては歩き回っていた恵介は、力が抜けてへたり込んだ。

駄目――か。

一分一分があっという間に過ぎ去り、後半も四十三分になった。そのときだった。攻撃的にＤＦも攻め上がっていたイングランドが中盤でボールを失った。その瞬間のイタリアの攻守の切り替えは恐ろしく速かった。

チーム全体がラインを一気に押し上げ、五人の選手が攻め上がる高速カウンターがはじまる。虚を突かれたイングランドＤＦ陣は戻りが遅く、数的不利だった。五対三の局面――。

イタリアのスルーパスが綺麗《きれい》に通り、新星の十八歳がイングランドGKと一対一になる。GKも懸命に飛び出し、シュートコースを消しにかかったが、ビッグチャンスを難なく決めた。

「ゴール！」

実況が興奮の叫び声を上げた。

二対〇――。

賭けた点差まではあと一点。

だが――。

残り二分とアディショナルタイムで二点差がつき、勝敗は決した。イタリアはもう攻める必要はなく、確実に試合を終えるだけだ。攻めないチームに三点目は奪えない。

近いようで遠い一点――。

「イタリアも頑張ったんだけどな……」

恵介はため息を漏らした。

十万は〝勉強代〟としては大きすぎる。フィッシング詐欺や振り込め詐欺に引っかかった被害者のニュースを見るたび、そんな見え見えの手口に騙されるなんて――と呆れておきながら、自分はこの間抜けぶり。

イングランドは二点差になっても最後まで諦めず、シュートを打った。しかし、自陣ゴール前に引いているイタリアDF陣にブロックされた。

アディショナルタイムは一分。最後のコーナーキックだ。

イングランドが一点返しても賭けに外れることに変わりはなく、もう緊張はなかった。最後のコーナーキックでイングランドGKも攻撃参加し、イタリアのペナルティエリアまで上がってきた。一点でも返せばまだ奇跡は起こせる――という気合いが伝わってくる。

試合結果よりも、十万円を失ってこれからどうすればいいかのほうが気がかりで、暗澹たる気持ちになった。

イングランドがコーナーキックを蹴った。イタリアDFがヘディングで跳ね返そうとするも、当たり方が悪く、ボールは真上へ飛んだ。落下地点で数人が競り合う。

こぼれたボールがペナルティエリア外へ――。

イングランドGKが戻りながらボールを拾った。イタリアDFが猛然とプレスをかける。GKが不慣れな切り返しをした瞬間、ボールをかっさらい、シュートのようなクリアをする。無人の相手陣内へ飛んでいくボール。ただ一人全力ダッシュで追いかけたのは、イタリアの新星だった。

「あっ!」

恵介は跳ねるように立ち上がった。

GKが攻め上がっているイングランドのゴール前はがら空きだった。

新星がぎりぎりでボールに追いつき、ゴールへ流し込んだ。

イタリアの三点目――。

ゴール直後に甲高い笛が鳴り、試合が終了した。

恵介はしばし呆然と立ち尽くした。

『AI《アイ》ザム』の予知が――またしても当たった？

信じられない光景だった。イタリアは一点リードした時点で自陣に引きこもり、得意のカテナチオで守り切る作戦に出た。無理して二点目を取りにいくことはせず、失点しないことに注力していた。そのまま試合が終わるかと思った。

だが――。

試合終了間際にカウンターから二点。最終的にはイタリアの三対〇で終わった。

こんな劇的な幕切れがあるだろうか。

恵介は、ごくりと唾を飲み込んだ。顎を撫で、一呼吸置いてからスマートフォンを取り上げた。


『あなたの人生、プロデュースします』


迷惑メールの――いや、予知メールのタイトルがその存在を主張している。

三試合連続で勝敗のみならず点差まで的中させてしまった。これがスーパーAI『AI《アイ》ザム』なのか。

衝撃を隠せない。

そのとき、新着メールが届いた。サッカーくじのサイトからだった。四・七倍のオッズで、四十七万円が当たったことを告げる内容だ。

四十七万円――。

信じられない大金に目がくらくらした。

メールの内容を信じて四十七万円が当たった——。

W杯の勝敗を操作することなど不可能なのだから、『AI《アイ》ザム』の能力が本物でなければこんな奇跡は起こりえない。

恵介はじっとりと汗ばむ手のひらをジーンズにこすりつけた。渇いた喉に唾を飲み込む。

——次もメールが届いたら、また大金が稼げる。

興奮で感情が昂《たかぶ》ってくる。

だが——。

決勝トーナメントの他の試合の日時になっても、例のメールはもう届かなかった。

「何でだよ!」

恵介は絨毯に拳を落とした。舌打ちし、唇を噛み締める。

次にメールが来たらもっと大金を賭けるつもりだったのに——。そうしたら何十万も貯金が増えるはずだったのに——。

恵介は改めて過去のメールの内容を確認した。

もし『AI《アイ》ザム』の〝力〟を信じるのであれば、返信してください。

『AI《アイ》ザム』は個人の人生にも役立ちます。常に〝正しい選択〟をすることができます。『AI《アイ》ザム』がその〝力〟であなたの人生をプロデュースします。

親友、恋人、恋愛など――あなたが内心で欲している、充実した毎日を送るお手伝いをします。

そうか。これはデモンストレーションなのだ。

メールの送り主は『ＡＩ《アイ》ザム』の力を披露することで、こちらが〝人生のプロデュース〟のために返信してくるのを待っているのだ。タダでいつまでも儲けさせるつもりはない――ということか。

返信したらどうなるだろう。金銭を要求されるだろうか。

投資詐欺などでよく指摘されるのは、本当に儲かる話なら決して他人に教えたり勧めたりするはずがない――ということだ。儲かるなら自分で投資して大金を稼げばいい。

『前金で五十万が必要だけど、投資したら三倍になるんだよ』

そんなふうに言われたら、『僕の代わりに五十万円を投資して百五十万にしてくれたら、初期費用を払うよ。絶対に三倍になるならそれでも問題ないよね？』と返せばいい。『そんなお金はない』と言い逃れされたら、『絶対に儲かる投資を知っているのに五十万も稼げていないんだな』と返すのだ。投資詐欺の手口を見聞きするたび、そんな論破の妄想をしたことは何度かあった。

今回は――先に儲けた。

その儲けを要求されるだろうか。しかし、そんな手の込んだ詐欺をする意味があるか？

スーパーＡＩの予知能力でギャンブルに勝てるなら、自分で大金を賭ければいい。

恵介は文章に悩みながら返信メールを打った。『人生をプロデュースとはどういう意味でしょうか』『それに対して対価は必要なのでしょうか』と尋ねる。

もし金銭を要求されたら、その時点できっぱり断って終わりにすればいいのだ。

もう三十七万円も儲けたのだから――。

メールが届いたのは半日後だった。


『AI《アイ》ーザム』は常に学び続けています。インターネットやSNSの膨大な情報だけではなく、人々の選択と結果を学習し、〝正しい道〟を答えることができるまでになりました。とはいえ、『AI《アイ》ーザム』もまだ万能ではありません。そこで心理学や行動学を修めた私がサポートし、AIの欠点を補うことで、その能力を極限まで高めることができました。

私と『AI《アイ》ーザム』があなたの人生をよくするお手伝いをします。もちろん金銭を要求することはありません。


人生をよくするお手伝い――か。理屈は理解できても、動機や目的は意味不明だ。金銭を要求しないということは、ボランティアだ。そんなことをするメリットは何だ?

恵介は『目的は何ですか』『どうやって僕のメールアドレスを知ったんですか』と返信した。

今度は数分で返事があった。


メールアドレスは、インターネットのアングラサイトに漂うアドレスを無作為に収集し、『A《ア》

I《イ》ザム』が独自の基準で選出しました。

唐突なお話で驚かれたと思います。しかし、私にとっても無意味な提案ではありません。こちらのメリットとしては、『A《ア》I《イ》ザム』に実践経験を蓄積できることです。あなたの〝人生をプロデュース〟することにより、『A《ア》I《イ》ザム』はさらに進化します。

信じてもらえるなら、きっとウィンウィンの関係になれると確信しています。

人生をプロデュースするための機器をこちらからお送りいたします。受け取って指示に従ってください。


機器とやらを受け取るには住所を教えなければならない。それには抵抗もあった。

だが――。

大金を儲けさせてもらったという恩もあり、今では信じてみたい気持ちが強くなっていた。どうせハウツー本や自己啓発本やセミナーで方法を学んだとしても、実践する勇気は出ず、人生は何も変わっていない。それならばいっそ――と思う。

恵介は配達先としてアパートの住所を返信した。

4

土曜日の昼下がり――。

アパートに宅配便が届くと、恵介は小箱を受け取って部屋に戻り、絨毯に置いた。

一体何が入っているのだろう。

恐る恐る小箱を開けた。中から出てきたのは――透明のイヤホンと、服のボタンに偽装した超小型の隠しカメラだった。

機器が届いたことをメールで伝えると、返信があった。イヤホンとボタン形隠しカメラを装着するように指示がある。

隠しカメラは音声も拾うらしく、それで会話できるという。イヤホンは耳の中に埋没するうえ、透明なので髪で隠せなくても他人からはまず気づかれない。説明によると、テレビ番組のドッキリの仕掛け人などが使っているタイプのイヤホンらしい。

スイッチを入れて装着すると、ザザッ――とイヤホンから音が漏れてきた。

《……初めまして、恵介君》

聞こえてきたのは、落ち着いた雰囲気の男性の声だった。

「あっ、は、はい……」

赤の他人との通話はほとんど経験がなく、言葉に詰まった。挨拶を返していないと気づき、慌てて「初めまして！」と返した。思いがけず出た大きな声が裏返りそうになった。

《僕のことは〝ロペ〟って呼んでほしい。アルファベットでR、O、P、E――。ROPE》

「……ロペさん」

日本語は流暢《りゅうちょう》だが、外国人なのだろうか。それとも、ハンドルネーム――いや、コードネームのようなものだろうか。

本人に由来を尋ねる勇気はなく、恵介は押し黙った。間を置き、ロペが言った。

《恵介君。ちゃんとセッティングしてくれてありがとう》

「い、いえ……」

《僕が〝人生をプロデュース〟するから安心してね》

「あのう……訊いてもいいですか」

《いいよ。何かな？》

「〝人生をプロデュース〟って――具体的にはどういうことなんですか？」

ロペが《言葉どおりの意味だよ》と答えた。《服に付けてくれたボタンの隠しカメラで、恵介君が見ている世界を僕も見ることができる。こうして音声も拾える。恵介君の日々の生活に関して、僕が『AI《アイ》ザム』と協力して指示や決断をするから、それに従って行動してくれたらいい》

ボイスチェンジャーでも使っているのか、声色に少し機械的な雰囲気もあり、まるでAIそのものと会話しているような錯覚に陥る。

「たとえば……どんなことなんでしょうか」

《何でもだよ》

「何でも……」

《急にそんなことを言われても不安だよね》ロペが快活な笑い声を上げた。《無茶は言わないから安心して。まずは簡単なことから。今日の昼ごはんは？》

「ええと……まだ何も考えていないです」

《そう。なら冷蔵庫を開けてみようか》

「は、はい……」

恵介は立ち上がり、キッチンへ向かった。冷蔵庫の扉を開け、中を確認する。

《……あまりないね》

イヤホンから聞こえてきた声に、恵介ははっとした。

そうだ。ボタン形の隠しカメラの映像が向こうに送られているから、全て丸見えなのだ。改めて実感した。

そわそわと落ち着かない気分になってくる。

「普段はコンビニで済ませているので……」

《料理は？》

「……全然しません」

《面倒だからね、手料理は》

「……はい」

《一人暮らしで自分が食べるだけなら、見栄えも気にする必要ないし、手間暇かけるのは非効率的だしね》

批判されるかと思いきや、意外にも理解してもらえてほっとした。

「そうなんです！」

思いのほか、大きな声になった。

《じゃあ、今日はコンビニへ行こう》

恵介は「はい」とうなずき、外出の準備をした。洗面所の鏡で軽く髪形を確認したとき、ロペに自分の姿を見られたことに気づいた。今さらながら、一方的に自分の個人情報も容姿も知られていることに不安を覚える。

《コンビニは遠い？》

ロペの声が訊いた。

「いえ……徒歩三、四分です」

《近いね。出発しよう》

「はい」

恵介はアパートを出た。鉄製階段を降り、真昼の陽光が降り注ぐ住宅街を歩いた。

コンビニに入店すると、ひんやりした空気が心地よく、滲み出ていた汗もすぐに引いた。

《さあ、食べ物や飲み物を買おう》

「はい……」

人目があるので、唇をほとんど動かさず、小声で答えた。一人でぶつぶつ喋っていたら、不審者だと思われてしまう。

恵介は入り口で籠を手に取り、店内を徘徊《はいかい》しはじめた。冷麺《れいめん》、ダシ巻き卵、ポテトサラダ、サラミ、レトルトの味噌汁《みそしる》、おにぎり、ウーロン茶、コーラ——と好きな商品を籠へ入れていく。

《結構買うんだね》

恵介は店内を見回し、近くに他の客がいないことを確認してから答えた。

「何度も出歩くの、面倒なので、コンビニに来たときはある程度まとめ買いするんです」

《なるほど。効率的だ》

恵介は籠をいっぱいにし、レジの前に並んだ。今は若い女性客が会計している。自分の順番は次だ。

手持無沙汰の時間がしばらく続いた。

何気なく振り返ったとき、中年男性が真後ろに並んでくるのが目に入った。右手には缶コーヒーを持っている。

女性客が会計を終え、コンビニを出ていく。

「次の方どうぞー」

男性店員が声を発した。

恵介は一瞬迷った後、後ろの中年男性に声をかけた。

「あっ、お先にどうぞ」

中年男性が「え？」と戸惑いの声を漏らした。

恵介は自分の籠を指し示した。

「僕は結構量がありますから」

中年男性は驚いたように目を見開いた後、恐縮したような顔で「すみません。ありがとうございます」と会釈した。

「いえ」

中年男性は恵介の前を通り、レジへ向かった。レジに立ってからも振り返り、もう一度、恵介に頭を下げた。嬉《うれ》しさがこぼれ落ちそうな顔をしている。

缶コーヒー一本なので、会計はあっという間に終わった。

中年男性はコンビニを出る前にも、律義に頭を下げてくれた。想像以上に感謝され、胸が温かくなる。

――いいおじさんだったな。

何か見返りを求めているわけではないにしろ、当たり前のような顔をされていたら、やはりこれほどいい気分にはならなかったと思う。

恵介は籠を置き、会計をした。

重いレジ袋を受け取ってコンビニを出る。そのとたん、ロペの声が聞こえてきた。

《気遣い、素晴らしいね》

言動の全てを見られていることを改めて実感し、気恥ずかしさと困惑が入り混じった感情が込み上げてきた。
大量の商品の会計で何分も待たせては申しわけないし、自分に非があるわけではなくても落ち着かない気分になるから、ちょっとした気遣いとして順番を譲ったのだ。
《じゃあ、買い物も終わったし、帰ろうか》
恵介は「はい」と答え、アパートに帰宅した。レジ袋をキッチンに置き、冷蔵庫に入れていく。
《プロデュースの練習として、簡単なことからしてみよう。お昼は冷麺とポテトサラダにしよう。飲み物はウーロン茶で》
「はい……」
恵介は言われたとおり、指示された飲食物を持って座卓に戻った。冷麺とポテトサラダとウーロン茶を置く。
《食事をはじめよう》
「はい……」
《返事は最低限でいいよ。人前で独り言を発していたら不審に思われるし、必要がなければ喋らなくても大丈夫》
「はい……」
《ほら、また返事してる》
恵介は苦笑しつつ、割り箸を手に取った。

返事を強いられないことはありがたかった。日常の行動を支配されている感じが多少なりとも薄れる。

黙ったまま昼食を摂《と》った。

食べ終えると、ロペが言った。

《ごみを捨てようか》

「え？」

《コンビニの》

「あ、ああ……はい」

そこまで指示されるとは思わなかった。

ロボットみたいだな――と思いながら、冷麺とポテトサラダの空き容器をごみ箱に放り込んだ。

大金を得た興奮のままメールに返信し、住所と氏名を教え、隠しカメラとイヤホンを受け取った。そのときはそれが救いだと信じていた。

だが――。

こうしていざ指示されてみると、面倒臭さを感じ、軽率な判断だったのではないか、と後悔がよぎる。

恵介は気になっていることを思い切って訊くことにした。

「あのう……」

《何かな？》

待ち構えられると、躊躇してしまう。訊いていいのかどうか、迷いが生じる。

だが——。

恵介は思い切って尋ねた。

「ＡＩって、本当にあんなに凄い予知のような力があるんですか？」

イヤホンから、ふっ、と息を漏らす音が聞こえた。

「……ワールドカップの試合結果が的中して……びっくりしました」

《賭けた？》

「……はい」

《最初から？》

「いえ……。最初は迷惑メールの類だと思って無視したんです。後で試合結果が当たっていたことを知ったんですけど、二回目も信じられなくて無視して。でも、二試合目も当たって。三回目のメールで、思い切って賭けました」

《いくら勝った？》

「……四十七万円です」

《オッズは四・七倍だったから、十万賭けたんだね》

「貯金から大事な生活費を遣い込んだので、生きた心地がしませんでした。でも、十万が四十七万になって——。信じられない大金で、手が震えました」

《それが『ＡＩ《アイ》ザム』の力だよ。奇跡的なスーパーＡＩだ》

「だから実践経験のために〝プロデュース〟を?」

《『AI《アイ》ザム』の力が凄くてね。僕は『AI《アイ》ザム』の選択に従って生きたら成功するんじゃないか、って思った。実際、自分自身で試したら、人間関係も仕事もうまくいった。そこでその力をもっと調べるため——データを蓄積するため、周りの人間で実験してみた。『AI《アイ》ザム』の選択に従ったグループは次々に人生を好転させた。『AI《アイ》ザム』の指示と逆の選択をしたグループは、人生が悪化した》

「そうだったんですか……」

《その力をもっと把握したくて、今回、こういうことを考えた。で、恵介君に白羽の矢が立ったってわけ》

ロペは《恵介君は幸運だったよ》と笑った後、続けた。《まあ、そんな堅苦しい話はやめて、もっと気楽にいこう。僕は恵介君の人生に少し助言して、充実する手伝いをするだけ》

「……はい」

《普段、土曜日は何して過ごしてるの?》

急な話の転換に少し戸惑った。

「ええと……一人でゲームしたりとか」

答えてから恥ずかしさが込み上げてきた。

充実した人生とは程遠く、胸を張れる毎日は送っていない。惰性で生きているだけだ。

だからこそ、〝人生をプロデュース〟という、奇妙な文言に惹《ひ》かれたのだ。

《どんなゲームするの？》
意外にも踏み込まれ、恵介は若干困惑しながら答えた。
「ええと……オンラインじゃないアクションとか……」
《オンライン？　ゲームって普通はオンラインじゃないの？》
「あ、いえ……なんて言うか、オンラインは知らないプレイヤーとマッチングして、戦ったり協力したりするゲームです。僕はそういうの、気を遣ったりするし、苦手なんです。対戦相手から暴言を吐かれたりするのも怖いですし。だから、オフラインで、一人で遊べるゲームが好きなんです」
《なるほど。対戦するゲームは過激になりそうだよね。恵介君の性格が少し分かった気がするよ》
返事に困った。
黙りこくっていると、ロペが言った。
《……じゃあ、今日は外出しよう》
「え？　外出ですか？」
《ゲームも楽しいと思うけどね。部屋で一人で遊んでいても、〝物語《ドラマ》〟は何も起きないでしょ》
「ま、まあ……」
〝ドラマ〟か――。
そう表現したら聞こえはいいが、自分にとって〝ドラマ〟とは想定外の〝ハプニング〟だ。出歩いていて予期しない何かが起きたら、どう応じていいのか分からず、あたふたしてしまう。外出が苦手な理由を説明して言い争ったりするよりは、素直に従ったほうが精神的負担も少なくてすむ。

《さあ、立ち上がって》

恵介は指示どおりにした。アパートを出る。

《普段はどこに行くの？》

「どこって言われても……コンビニくらいしか……」

《近場には何がある？》

カラオケやカフェなどのことだろう。あるいは美術館やライブ会場とか——。

だが、何も思い浮かばない。そもそも興味を持ったこともない。ゲームセンターでさえ、ゲームを人前でプレイすることに抵抗があり、場所を知らない。

炎天下の道路で立ち尽くし、沈黙が続いた。レジ袋を下げた中年女性が怪訝な一瞥を寄越して歩き去っていく。

ロペに何か答えなければ——と焦りを感じた。

《……無理に答えなくていいよ》ロペが言った。《目的もなく外を散歩するだけでも〝ドラマ〟だよ》

そんなはずはない——と思ったものの、救われた心地がした。

恵介は「はい……」と答えて歩きはじめた。何度も通ってきた住宅街だったが、目的もなく歩くと、不思議と景色が違って見えた。飼い犬を散歩させている若いカップル、自転車で通過していく老人、立ち話している主婦など——。いつもは背景として流れていくだけだった人々の存在も意識した。

最寄駅が近づいてくると、景色が変わりはじめた。居酒屋やカラオケ店などが並んでいる。

《そのまま書店に入ろうか》

恵介は指示に従った。

《漫画のコーナーでも見に行こう》

書架を確認しながら歩く。

《どう？　慣れてきた？》

「いえ……」恵介は苦笑し、小声で答えた。「なかなか……」

《最初はそうだろうね。恵介君は『ミッション：インポッシブル』は観たことある？》

唐突な話題に戸惑った。

「トム・クルーズの——ですか？」

《そうそう。スパイアクション映画》

「前に観たことあります。テレビですけど」

《面白かった？》

「うろ覚えですけど、迫力があった気がします。トム・クルーズがワイヤーで吊《つ》り下がってるシーンが印象に残っています」

《格好いいよね、トム・クルーズ》
「……はい、まあ」
《中高生くらいのころ、ああいうスパイに憧れなかった？》
男なら多かれ少なかれ、映画や漫画の格好いい主人公の活躍を自分に置き換えて妄想したことはあると思う。普段は目立たない生徒を装っているだけで、実は特別な能力を隠し持っていて——。
ある日突然、教室に乗り込んでくる暴漢。パニックになるクラスメイトたち。隠していた能力を発揮し、危機を救う。一躍物語の主人公のようになる。
「……憧れました」
《だよね。極秘任務を与えられたスパイなんて格好いいし、男なら誰でも憧れるよね》
「はい……」
《今の状況、まさにそんな感じだと思わない？》
「え？」
《『ミッション：インポッシブル』に限らず——だけど、極秘任務を与えられている主人公は、イヤホンを嵌《は》めて、仲間や分析官から指示を受けながら行動してるでしょ。『対象はショッピングモールへ入った。見失うな。右から尾行しろ』『八時の方向に敵が一名。見つからないように奥へ』》
今までは指示されたとおりに行動するだけのロボットになったように感じていたが、言われてみればこの状況はまるでスパイ映画だ。

《ちょっと楽しく感じない？》

　ロペが明るい口調で言った。

「たしかに少し楽しいかもしれないです」

　恵介は漫画コーナーへ行き、指示された漫画を二巻、購入した。あらすじを見ると、大学生の主人公の隣の部屋に引っ越してきたのが人気アイドルで――というストーリーだった。

《現実じゃありえないけど、夢があって面白いよ》

　自分の人生にもそんな奇跡が起きたら――。

　いつも部屋で一人、あり得ない妄想をしては現実との落差で落ち込んだり、失望したりしている。

　書店を出ると、再び歩きはじめた。

《次はそこのコンビニへ寄ろうか》

「コンビニはさっき行ったばかりですし、買いたいものなんて今は特に――」

《熱中症が怖いし、スポーツドリンクを買おう》

　そこまで気にかけてくれることに驚きつつも、嬉しさを感じたのも事実だった。

「あ、ありがとうございます」

　礼を言ってから、そのおかしさに苦笑してしまった。お金を払うのは自分なのに、ただの指示に対して感謝している。

恵介は目の前のコンビニに入った。

《籠を持とう》

スポーツドリンク一本なのに――?

反射的に質問しかけて、すぐそばに二人の客がいることに気づいて口を閉ざした。

指示どおり籠を手に取り、スポーツドリンクのコーナーへ向かった。

《せっかくだし、お菓子を籠に入れよう》

普段しない行動だからこそ〝プロデュース〟に意味がある――と肯定的に考え、ポテトチップスの袋を二つ、籠に入れた。

《次は整髪剤と汗拭きシートを》

言われるまま従った。

結局、店内を一周したときには、二千円を超えそうなほどの商品を籠に入れていた。

《じゃあ、レジへ》

恵介はレジのほうへ歩いていった。レジでは中年女性が会計中だった。

適当に視線をさ迷わせながら自分の順番を待つ。

《恵介君》

中年女性の会計が終わりそうな雰囲気になったとき、耳にロペの声が聞こえた。

《後ろにペットボトル一本持った女性が並んだよ》

反射的に後ろを振り返りそうになり、思いとどまった。前に立つ人間が急に振り向いて目が合ったら――女性は困惑するだろう。きっと不審者を見る眼差《まなざ》しを向けられる。

恵介は、店内の上部に備え付けられたミラーに目をやった。たしかに後ろに若い女性が立っていて、右手にペットボトルの飲料を一本持っている。

《順番を譲ろうか。さっきのおじさんにしたように》

「それは……」

周りに聞こえないほどの小声でつぶやいた。

《気遣いは感謝されるよ》

恵介は困惑したまま動けなかった。心臓の鼓動が若干早足になっている。

身動きできないまま額から汗が滲み出たとき、中年女性の会計が終わった。

《ほら、タイミングだよ、恵介君》

恵介は下唇を噛んだ。

店員の女性が焦《じ》れたらしく、「お次の方――!」と呼びかけた。

「は、はい!」

恵介は早足でレジへ進み、籠を置いた。女性店員が商品をレジに通していく。

レジ待ちの女性客の存在を意識していたせいもあり、二分以上かかった会計のあいだじゅう、落ち着かない心地だった。

会計が終わると、そそくさとコンビニを出た。

《どうしたの?》

ロペが困惑した声で訊いた。

「どうって――」

《ほら、後ろの女性と順番を代わらなかったでしょ。さっきは指示がなくても代わったじゃない》

恵介は答えられず、黙り込んだ。

背後で自動ドアが開く音がして、思わず振り返った。早々に会計を終えた女性客が出てきた。一瞬だけ目が合ってしまって、恵介は慌ててそっぽを向いた。

待ち伏せしている不審者だと疑われただろうか。

去っていく女性客を目で追わないよう、視線を外したまましばらく立ち尽くしていた。

《先に会計させてあげたら感謝されたよ。どうして代わってあげなかったの？》

ロペの声には非難がましさが混じっている気がした。

「それは――」

《おじさんには譲ったでしょ》

恵介は下唇を嚙み、少しのあいだ黙り込んだ。

「……おじさんなら平気なんです」

《分かるように説明してくれる？》

「……おじさんにだったら、親切にしても下心を邪推されたりはしないじゃないですか」

《下心？》

「はい。僕としては完全に親切心で、よこしまな感情とかは全然ないんですけど、相手はそうは思わない可能性が高いですよね。同じような状況なら性別とか年齢とか関係なくしている行動でも、向こうはそれを知っているわけじゃないですし。そういう気遣いや親切は女性相手だからしている、よく思われたいからしている、下心があるからしている――みたいに思われてるかもしれません。相手の一瞬の表情でそういう感情が読み取れてしまったら、恥ずかしいし、居心地が悪くなります。否定しようと思っても、焦った表情でわざわざ『純粋な親切心なんです！』なんて言おうものなら、どんな目で見られるか……。それが耐えられないんです」

「なるほどね。なんとなく分かるよ」

「自意識過剰と言われたらそうかもしれませんけど、でも、男からの親切心を警戒する女性は少なくないですよね？　よく『困ってるおじさんと若い美人がいたら、どっちを助ける』みたいな質問で、大勢が『当然、美人に決まってんじゃん』なんて答えてますけど、一方を選ぶなら僕はおじさんを助ける人間なんです」

《悩ましいね》

「女性だって、純粋な親切心で男に声をかけたり手を差し伸べたりして、不快な思いをさせられることがあるって言うじゃないですか。好意があるって誤解されたり」

《あるみたいだね》

「そういうこと考えたら、男も女も同性だけに関わるほうが無難で安全かな、って思うんです。そうすれば平和で、面倒なことは何も起こらないじゃないですか」

《トロッコ問題みたいだね》
「トロッコ問題って――あの有名な？」
《そうそう》
トロッコ問題は分かる。ネットでもよく話題になる。
暴走するトロッコの先に五人の作業員がいる。このままでは五人が死んでしまう。自分の目の前には分岐器のレバーがあり、トロッコのコースを変更できる。だが、変更した先には作業員が一人、いる。五人を助けようと思ったら一人を殺してしまう。あなたはどんな選択をしますか――という倫理の問いだ。
《五人が死ぬとしても自分はレバーを引かない――って答える若者が増えてるそうだよ。その理由は単純明快で、レバーを引いてトロッコの進路を変えたら、一人の死に責任が生じるし、罪悪感に苦しめられるから。それだったら、何の行動も起こさないほうがいい。五人を見殺しにしたとしても、一人の死の責任を背負い込むよりまし――って考え方だよ》
「……間違ってると思いますか？」
《いや》ロペは即答した。《わりと普通だと思うよ》
「ですよね。安心しました」
《ただね、行動しなきゃ、物語《ドラマ》は起きないよ。人生、何かドラマチックな出来事が必要だと思わない？》
「それはまあ……」

《でも、正直な告白ありがとう。恵介君の性格がまた摑めたよ》
「い、いえ……。すみません、指示に従えなくて」
《最初はそんなものだよ。人間はゲームのキャラクターじゃないからね。『ザ・シムズ』って知ってる？》
「……有名なゲームですよね？」
《そうそう。〝シム〟と呼ばれるキャラクターの服や外見や性格をカスタマイズして、その人生を思うままにコントロールして、幸せな生活を送れるようにする——。ゲームでは目的は決まっていなくて、何でも自由自在。プレイヤーは〝シム〟の日常生活やドラマを堪能《たんのう》する。この状況みたいじゃない？》
「たしかに……」
《僕がプレイヤーで、君が〝シム〟》
「僕はテレビ番組とか、ＹｏｕＴｕｂｅっぽいなって思ってました。隠しイヤホンを付けて、デートで指示どおりの行動をしたり……。前に少し観たことがあります」
女性が苦手な男が指示されて見世物になっていることが見るに堪えず、苦手だった記憶がある。そもそも、企画とはいえ、カメラの前で女性とデートできる時点で自分とは違う人種だと思っていた。
《ちゃんと恵介君の〝人生をプロデュース〟するから安心してね》
ロペは自信満々に言った。

《ただし、〝プロデュース〟のことは口外禁止だよ》

5

その日からロペの〝プロデュース〟で行動する毎日がはじまった。

重要なルールは基本的に一つで、〝プロデュース〟されていることを他人に教えないことのみ。口外した時点で〝プロデュース〟は終了する。

メールを誰かに盗み見されたらまずいということで、ロペとの会話は指示に従って削除した。

服に付けているボタン形の隠しカメラを外すのは、風呂やトイレに入るときと寝るときだけだ。

それ以外はロペの指示に従って生活する。自分の私生活を覗き見られる不安にも、次第に慣れてきた。

《晩ご飯の準備をしよう》

《出かけよう》

《教授に質問しよう》

《今日は外食にしよう》

《困ってるおばあさんに声をかけよう》

――そんな具合に指示が出る。

最初こそ反応が遅れたが、今ではゲーム内のキャラクターのように行動できる。とはいえ、誰かに話しかけたり、返事したりするときはまだまだためらってしまう。

だが、他人に選択を委ねてしまう気楽さに気づいてしまった。多少恥ずかしい思いをしたとしても、指示されたから——と思えば気が休まるし、ロペがリアルタイムで励ましてくれたりする。それだけで気分が落ち着いた。

ロペとは、他愛もない雑談もした。自分の誕生日が七月一日であることや、納豆が苦手なことなども話した。体育の授業が嫌いで、特にバスケットボールやサッカーなどのチームスポーツの日は何とか仮病で休めないか真剣に思い悩んだことなど——。

「足を引っ張って、迷惑そうな顔を向けられることに耐えられなくて……。競技のガチ勢は、運動が苦手なタイプとチームになったとたん露骨にうんざりした顔をしたりしますし。失敗したら舌打ちされたり」

《なるほどねー》ロペは同情するように言った。《運動はどうしても向き不向きがはっきりしてるしね》

「そうなんです。スポーツが得意なら人生ももっと変わっていたかも——とか思ったりしました」

《僕の〝プロデュース〟も運動能力までは向上させられないからね。でも、人生を変える方法はなにもスポーツだけじゃない。安心して任せてほしい》

「はい」

《じゃあ、そろそろ大学に行こうか》

身支度して家を出ると、真夏の太陽が照り付ける中、最寄駅から電車に乗った。空いている座席に座って一息つく。冷汗シートを取り出し、顔の汗を拭いた。

次の駅で電車が停車し、乗客が入れ替わる。車内は先ほどより混んできた。

《恵介君》ロペが言った。《顔上げて。目の前にお婆《ばあ》さんがいるよ。席を譲ろう》

視線を上げると、たしかに小柄な老女が立っていた。腰を曲げ気味にしている。

席——か。

どうしても座りたいわけではないが、どんなふうに譲っていいのか分からない。

ためらっているのを感じ取ったのか、ロペが台詞《せりふ》を指示してくれた。正直、ありがたい。

《『あっ、どうぞよろしければ座ってください』》

恵介は立ち上がりながら老女に話しかけた。

「あっ、どうぞよろしければ座ってください」

老女は「え?」と驚いた顔を見せたものの、すぐに恐縮したように言った。

「ご親切にありがとうございます。構わないんですか?」

「もちろんです」

「それでは、お言葉に甘えまして……」

老女が代わりに座席に座った。

「助かりました。これから病院へ行くんですけど、膝がつらくて……」

ロペが《『助けになってよかったです』》と言った。

「助けになってよかったです」

嬉しそうにほほ笑む老女を見ると、心が温かくなる思いがした。脇役の自分にも、少しスポットライトが当たったような――。

社会の中で自分の存在を意識できた。

その後は立ったまま電車に揺られた。

《いいことしたね、恵介君》

人目がある電車内なので、返事しなくてもロペが一方的に話しかけてくる。

《いい気分になれるでしょ。小さな親切は豊かな人生の第一歩。無償の善意を他者に向ける余裕があれば、そのことで自分の人生にも余裕が生まれる。余裕がある人間に幸福は訪れる》

言われてみれば、今の自分は少し心にゆとりが生まれた。落ち着いて周囲を眺められる。

《余裕のなさは周りに伝わるからね。余裕がない人間には誰しも近づきたくないものだよ。まずは自分が行動を変えよう。自分が変われば周りも変わる。周りが変われば自分も変わる。好循環だよ》

恵介は大学に行き、講義を受けた。授業中はロペも静かにしている。しかし、咳払《せきばら》いしてからカメラのレンズを一回触ると、適当な話題で話しかけてくれる。声は出せないから聞いているだけだ。それでも退屈は紛れた。

授業が終わると、学生たちが講義室を出ていく。

恵介は教科書やノートを鞄《かばん》にしまいはじめた。

「よう」

背後からの声に振り返ると、伊藤和也が立っていた。今日は無表情で糸目をますます細めている。

明らかに不機嫌な顔つきだった。

「……どうかした?」

和也はため息をつき、恵介の隣の席に腰を下ろした。うんざりしたようにかぶりを振る。

「……またフラれたの?」

和也が顔を顰《しか》めた。

「またって何だよ、またって」

「いや、つい——」

「そんなんじゃないって」和也は舌打ちした。「サークル、追い出されたんだよ」

和也はいわゆる〝飲みサー〟に入っている。『飲み会サークル』の略で、表面上は運動部や文科系サークルの仮面を被《かぶ》っていながら、実態は会員で集まって飲み会をしているだけのサークルのことだ。

「追い出されたって何があったの」

和也は講義机を睨みつけた。

「サークルの女子に付きまとったとか言われて。マジ最悪だし、むかつく」

「付きまといって……」

「言っとくけど、冤罪《えんざい》だからな」

「何があったの」

「……嵌められたんだよ。LINE交換して、仲良く話してたんだけど、俺が付きまとってるって訴えられて、サークル内で吊《つる》し上げられて……」

「嵌められたっていうのは？」

「俺を追い出すために仕組まれたんだよ。気があるふりして、LINEを交換したときから罠《わな》だったんだよ」

「いくらなんでもそんな……」

「誤解を解こうとして部室に行ったとき、追い出しに成功したって話してるの、聞いたんだよ。思わせぶりなLINEしてさ、仲良くなったって誤解させて俺に返信させせて、付きまとわれて困ってる、って訴えて」

「恨まれるようなことでもした？」

和也は顔を上げ、恵介を睨みつけた。

「するわけねえだろ。相手の女、LINE交換するまで話したことなかったし」

「全く？」

「挨拶すらしてないわ。絶対合わないタイプだって分かってるし、関わろうと思ったことなかったしな。陰口で知ったのは、雰囲気がキモいってさ」

「それだけ?」

「マジでそれだけ。なんかさ、SNSで〝弱者男性の追い出し方〟ってイラストがバズってたみたいで、それを真似たんだって」

弱者男性——。

最近になってよく耳にするようになった単語だ。独身だったり貧乏だったり障害を持っていたり、社会的に弱い部分があって苦しんでいる男性のことだ。〝恋愛が苦手な恋愛弱者〟という意味で使われていたりもする。

コミュ症で、恋愛経験がない自分のような男も、一般的には当てはまるのかもしれない。

「そのイラスト、検索してみたんだけど、俺がやられたのと全く同じ手口を紹介してたわ。存在が不快な非モテをサークルから追い出したいときは、仲良くなったふりで自分に執着させて、ストーカーの濡《ぬ》れ衣《ぎぬ》着せたら一件落着! ってさ。マジありえないよな」

「ひどいね、それ」

「何かしたわけじゃないのに、不快ってだけで嫌悪されて、こんな追い出され方するんだぜ。何が〝みんなで仲良く楽しく交流〟だよ。クソサークルだわ」

「誤解は解けないの?」

「部長や副部長にでっち上げだって訴えたけど、女子に付きまとって怯《おび》えさせておきながら自覚がないところが問題だ、とか言われてさ。いや、それが罠だったんだけど……? 部長や副部長は俺より女子をとった。当たり前だよな、そりゃ。女子の味方して好感度アップしたいんだよ」

和也が吐き捨てたとき、イヤホンからロペの声がした。

《彼は友達？　今は返事できないから、イエスならカメラのレンズを一回指先でタッチして。ノーなら二回。『まあ……』なら三回》

三日間の〝プロデュース〟で性格を見透かされたらしく、『まあ……』という選択肢が入っている。

恵介は少し迷ったすえ、ボタン形の隠しカメラのレンズを三回、指先でタッチした。

《なるほど》ロペが言った。《話をする仲だけど、友達ってほど仲良くはない――と》

思わず苦笑しそうになった。

隣の席で和也が「これだから女は――」と愚痴り続けている中、ロペの声が割り込んだ。

《そろそろ話を切り上げようか。無益だからね。腕時計を確認して、『今日は買い物して帰りたいからそろそろ……』》

恵介は腕時計を見ると、指示どおりの台詞を口にした。

「あ、そうなんだ」和也が残念そうに愚痴をやめた。「じゃあ、夜は？　二人で飲もうぜ」

ロペが《『断ろう》と言った。《『ごめん、今日は用事があって』》

「ごめん、今日は用事があって」

和也が露骨に落胆した表情を浮かべた。

「……マジかよ」

「うん、ごめん」

「いや、まあいいけどさ。じゃ、また今度な」

「うん、また」

恵介は鞄を持って立ち上がった。

《賢明だよ、恵介君》ロペが言った。《ああいう手合いと付き合っても、人生に好影響は一切ないからね》

人気《ひとけ》がない廊下に出ると、恵介は歩きながら言葉を返した。

「ああいう手合いっていうのは――？」

《異性への愚痴が常習化していて、常に他責思考の人間ってこと。SNSにも大量にいるでしょ。男でも女でも。プロフィール欄に異性への批判や主義主張ばかりわざわざ大量に並べていて、毎日の発言の大半が愚痴か批判――みたいな人間》

「……いますね」

《そういう人間が他者に寛容で、思いやりに満ちた発言をしている姿、見たことある？》

「……ないです」

《でしょ。そういう人間と接点を持っても、自分の人生にプラスは何もないよ。負の感情に引きずり込まれて、目の前の幸せを感じられなくなる。相手の善意も悪意に解釈してしまったり、ね》

「でも、和也の場合は被害者ですし――」

愚痴を吐き出したい気持ちは理解できる。自分もいつ何時、同じような目に遭うか分からない。

タイプ的には自分も和也側なのだ。異性を前にしたときのおどおどした喋り方をからかわれるならまだましなほうで、面と向かって『キモッ』と吐き捨てられた経験も一度や二度ではない。
《誰でも愚痴くらいは吐くけどね。気をつけないと、愚痴はすぐ批判に転じ、そのうち罵詈雑言《ばりぞうごん》や中傷に為《な》り変わる。他人を責め立てる快感を覚えたら、もう取り返しはつかない。毎日毎日、とにかく気に食わないことや不快なことを探しては、文句をまくし立てるだけ。そんな人間に親切にしたり、仲良くしたりしたくなる？》
「……いえ」
《人生に不満と批判だらけの人間は、他人に優しくするゆとりもなくなるしね。そういう人間に寄ってくるのは、同じような怒りを抱えていて、人生に不満を持っていて、他人に攻撃的な人間だけ。表面上は共感してもらえるから、自分の感覚を肯定してもらえて居心地が良く感じるだろうけど、どっぷり浸《つ》かると、後は暴力的な思想に溺れていく。充実した楽しい人生を送りたければ、その手合いと縁を切って、ポジティブで、楽しく毎日を過ごしている仲間を見つけること。そうしたら、今まで気づかなかった幸せに気づいたり、他人に優しくする余裕ができる。すると、幸せのほうが向こうから寄ってくる》
ロペの弁舌は力強く、引き込まれている自分に気づいた。歩きながら喋っていたはずなのに、いつの間にか足も止まっていた。
「……僕も幸せになれるでしょうか」
《なれるよ》ロペは即答した。《人生は選択が全てだからね。アドベンチャーゲームはしたこと

ある?》
「あります」
《現実の人生も実は同じでね。一つ一つの状況にどう行動するか。どんな台詞を返すか。選択によって展開が変わる。好感度が上がったり下がったりする。そんな単純じゃない、って思う?》
「いえ、そんなことは……」
《友達と話していて、言葉遣いを間違って怒らせてしまった経験とかない?》
「……あります。中学校のころとか」
《どんな感じだった?》
「修学旅行のとき、宿に帰って『あー、疲れたねー』って何気なくつぶやいたら、怒らせてしまって」
《ん? どうして?》
「神社を回らなきゃいけなかったんですけど、班のメンバーが道を間違えちゃって、三十分くらいうろうろするはめになったんです。僕はそんなつもり全然なかったんですけど、『嫌味かよ』ってキレられて、空気が悪くなって……最悪の夜になりました」
《そのメンバーも、迷ったことに罪悪感があったんだろうね。だから、恵介君の何気ないつぶやきに過剰反応してしまった。誤解は解こうとしたの?》
「もちろんです。慌てて、そういうつもりじゃなかった、って言ったんですけど……手遅れで」
《あー、あるよね、そういうこと。一回キレちゃった手前、誤解だって聞かされても、もう引っ込みがつかなくなって、そのまま突き進むしかなくなる心理。相手もそこで神妙な顔して一言謝ったら終わりになるはずだったのに。それも選択ミスだよね》
「……人の心理がよく分かるんですね」
ロペは快活に笑った。
《経験だよ、経験。大勢と付き合って、失敗も積み重ねるうち、何が正解か分かってくるもんだよ。しかも、僕たちには『AI《アイ》ザム』もついてる》
「心強いです」
《選択肢といっても、もちろん全てが最高の結果に繋がるわけじゃないよ。でも、どんなときでもベターな選択はあるし、最悪の結果を避けつつ、ここぞというときに最高の選択をする――。それが豊かな人生のコツだよ》
「僕はそういうの苦手なので、頼りにしています」
《任せておいて》ロペが自信に満ちあふれた口調で請け合った。《さあ、とりあえず帰宅しようか。さっきの彼に見つかったら、用事が口実だったってバレちゃうからね》
「あ、はい」
恵介は慌てて大学を出ると、駅へ向かった。男女で盛り上がっているグループを尻目に歩く。
自分もいつかあのように楽しい青春を送れるだろうか。
横断歩道が近づいてきたとき――。
「――ねえねえ、いいでしょ」

前方の右側から軽薄そうな声が聞こえた。顔を向けると、カフェの前の歩道に三人の青年が立ち並んでいて、一人の若い女の子に話しかけていた。

ナンパだろうか。

一生交わることのない人種だ。

目を合わせないようにして横断歩道を渡ろうとしたとき、ロペの声がした。

《見て。女の子が絡まれてるね》

「……みたいですね」

恵介は小声で答え、横断歩道に踏み出した。

《止まって！》

ロペがぴしゃりと命じた。

指示に慣れていたせいで、反射的に足が止まる。

《困ってるみたいだよ。ほら》

恵介は立ち止まり、横目でさりげなく見た。

青年三人は見るからに軽そうで、一人は金髪、残り二人は茶髪だった。髪形も馴染《なじ》みの美容室を持っていそうな感じで、耳にはピアスが光っている。ラフに着こなした半袖の柄シャツは、襟元を大胆に開けており、スマートな体形に自信を持っていることが窺える。

絡まれている女の子は大学生だろうか。顔立ちは整っていて、黒色のロングヘアが風になびいている。桃色のノースリーブシャツの胸は豊かに盛り上がっていた。ミニスカートから伸びる太ももは色白で、目を引く。

金髪の青年が女の子に一歩詰め寄った。露骨な目線を女の子の大きな胸に這《は》わせる。

「俺らと遊ばない？　奢るからさ。カラオケ行こうよ」

「わ、私は――」

「すぐ近くだしさ。楽しいよ」

女の子は困惑した表情で視線を泳がせている。

彼女のお洒落な服装を見ると、自分とは正反対の陽キャ寄りで、ナンパには慣れていそうに見えるが――。

《助けようか》

「え！」

思わず大きな声が出た。幸い青年たちに聞こえることはなかったが、内心、かなり焦った。

「助けるって――」

《言葉どおりの意味だよ。困ってる女の子を助けよう》

「いや、でも――」

《どうしたの？》

「僕には無理ですよ、そんなの」

自分はスーパーヒーローではない。スパイダーマンやバットマンのように超人的な能力も持っていない。

《大丈夫。僕を信じて》

「ですけど――」

《指示どおりにすればうまくいくよ》

無茶を言わないでほしい。ロペは安全圏にいるが、殴られるのはその場にいる自分だ。

《さあ、彼らの前に進もう》

恵介は二の足を踏んだ。

信じろと言われても――。

一体どうすればいいのか。

《助けてあげよう》

緊張の脂汗が額に滲み出てきた。

恵介は勇気を振り絞り、一歩を踏み出した。視線を落としながら歩を進め、途中で顔を上げた。

自分たちのほうへ向かってくる人間に気づいたのか、青年三人の目が恵介に向けられた。

金髪の青年が威嚇するように目を細め、睨みつける。

「何、お前」

ビクッと肩が震え、再び足が止まる。

「ぼ、僕は――」

ロペの声がイヤホンから聞こえる。

《大丈夫。落ち着いて。指示どおりにしたら負けないから》

負けない――と言われても、自分は格闘ゲームのキャラクターではないし、パンチやキックを指示されても実践はできない。一方的に殴られて終わるだろう。

今さら引き返すには遅すぎた。

《恵介君》ロペが言った。《『店に入ろうと思ったら騒がしくてね』》

明らかに喧嘩《けんか》を売っている台詞だ。口にしたとたん、ぶん殴られるのではないか。

こんな余裕ぶった台詞は、漫画の強キャラが言うものだ。

《ほら、黙ってたら流れが変わるよ、恵介君》

恵介はごくりと唾を飲み下した。緊張で強張《こわば》った体を意識したまま、重い口を開いた。

「店に入ろうと思ったら騒がしくて……」

声には震えが混じっており、語尾も弱々しかった。

おどおどした態度を小馬鹿にされて大笑いされるかと思ったが、青年たちの顔に怒りが浮かび上がった。

「何だ、てめえ！」

金髪の青年が唾を撒《ま》き散らさんばかりに怒鳴る。

ひっ、と情けない声が漏れた。

《強めに言おう。『暴力？』》

イヤホンからロペの声が聞こえた。

「……暴力？」

ありったけの勇気を総動員した。

《恵介君。財布を取り出して言おう。『買い物したいんだけど』》

財布って――。

そんなことをしたら余計にややこしいことになりそうだ。だが、こうなった以上、ロペを信じて従うしかない。何か考えがあるのだろう。

恵介は鞄に手を差し入れた。

青年たちがピクッと肩を反応させた。武器でも取り出すと思われたのだろう。

恵介は財布を出し、視線を逸《そ》らしぎみに言った。

「買い物したいんだけど」

「……はあ?」茶髪の青年が顔を歪めた。「余裕ぶってんなよ」

ロペが《落ち着いて落ち着いて》と繰り返した。

金髪の青年が薄ら笑いを浮かべ、詰め寄ってきた。腕を差し出しながら言う。

「今日は買い物はなしだ。俺らにカラオケ代くれよ」

《おっ》ロペが嬉しそうに言った。《食いついたね。言ってやれ。『お金は渡せない』》

そんなことを言ったら今度こそ殴られる。

恵介は小さく呼吸し、気持ちを落ち着けた。

「……お金は渡せない」

「あ? 渡せって言ってんだよ!」

再びロペが言う。
《『渡してもいいけど、それは脅しかな？』》
「……渡してもいいけど、それは脅しかな」
「だったら何だよ！」
《ゆっくり言うから繰り返して。『恐喝罪』》
「恐喝罪」
《『刑法二百四十九条。恐喝罪。相手を怯えさせて金品を奪ったら成立する。法定刑は十年以下の懲役だ』》
「刑法二百四十九条。恐喝罪。相手を怯えさせて金品を奪ったら成立する。法定刑は十年以下の懲役だ」
青年たちが困惑した表情で顔を見合わせた。
何秒かの沈黙の後、金髪の青年が拳を握り、今にも振りかぶりそうな気配を見せた。
《『殴る？』》
「殴る？」
《『暴力を振るって金品を奪ったら強盗致傷になるよ。恐喝罪とは比べ物にならない罪だ。刑法二百四十条。無期又は六年以上の懲役』》
恵介はロペの台詞を繰り返した。
青年たちが明らかに尻込みした。

《駄目押ししよう。『財布を奪うためにたった一発殴って、当たりどころが悪くて相手が死ねば、死刑又は無期懲役。たかだか財布の中の数千円のために人生を失うリスクを背負うかな?』》

ロペの台詞を真似ているうち、役者になったような気がしてきた。別人格が喋っているように思える。

「財布を奪うためにたった一発殴って、当たりどころが悪くて相手が死ねば、死刑又は無期懲役。たかだか財布の中の数千円のために人生を失うリスクを背負うかな?」

言い放つと、ロペが興奮気味に言った。

《いいよ、いいよ。いい感じ。さて、仕上げだ。胸ポケットに指を入れて、さりげなくつぶやこう。『バッジ、置いてきたな……』》

恵介は指示どおりの言動をした。

茶髪の青年が金髪の青年に耳打ちした。

「おい、ヤベえんじゃね? バッジって――」

ロペが言う。

《余裕の笑みを見せてやろう》

恵介は顔が引き攣《つ》らないよう、意識しながら笑みを浮かべてみせた。

金髪の青年が「弁護士かよ……」とつぶやいた。舌打ちし、踵《きびす》を返す。

「行こうぜ」

三人組は通りの向こうへ姿を消した。

恵介はしばらくその方向を眺め続けた。三人組が戻ってくることはなかった。

危機が去ると、安堵のため息が漏れた。

「助かった……」

緊張が抜けると同時にへたり込みそうになった。

《ほら、振り向いて》

ロペの声が聞こえ、恵介は「え？」と声を漏らした。

《独り言はなし。何のために勇気を振り絞ったのか忘れたの？》

一瞬、何を言われているのか分からなかった。

——そうだ。絡まれている女性を助けようとしたのだ。

恵介は深呼吸し、振り返った。

女の子が戸惑いがちな表情で突っ立っていた。ノースリーブのシャツを盛り上げる胸が存在を主張していて、恵介は意識的に視線を脇道へ逸らした。

《自分から話しかけよう。『大丈夫だった？』》

ロペに指示されると、恵介は女の子の顔に視線を戻し、口を開いた。

「大丈夫——だった？」

女の子は間を置き、「は、はい」と答えた。「ありがとうございました。弁護士さんなんですか？」

改めて声を聞くと、アニメのキャラクターのように高めだった。それが彼女の雰囲気に合っていて可愛《かわい》いと思った。

　ロペが言う。

《頭を掻《か》きながら苦笑い。『だったら格好良かったけど……。ただの大学生』》

　恵介は指示に従った。苦笑いはし慣れているから、たぶんうまくいったと思う。

「あ、そうなんですね」女の子が言った。「私と同じですね。法学部とかですか？」

《『全然。普通の文学部』》

「全然。普通の文学部」

「法律用語が凄かったから、専門家の方かと思いました」

《『ネットで聞きかじった知識の受け売りだよ。とっさに機転を利かせただけで、正直、膝はガクガク』》

「ネットで聞きかじった知識の受け売りだよ。とっさに機転を利かせただけで、正直、膝はガクガク」

　女の子は、ふふ、っと明るい笑みを見せた。

「でも、助かりました。勇敢なんですね。他の人たちはみんな見て見ぬふりでしたし……」

　周りを見回しても人の姿は見当たらなかった。誰にも助けを求められなかったらたしかに怖いだろう。

　ロペに指示されたとおりの台詞で答えていく。

「そんなことないよ。臆病のほうが専売特許みたいな性格だし」

「……じゃあ、どうして助けてくれたんですか？」

女の子が小首を傾《かし》げるようにして尋ねる。

「困ってるみたいだったし、つい……」

「本当にありがとうございました。しつこい人たちで、何されるか分からなくて、怖かったです」

ロペが続けて指示を出す。

《『何事もなくてよかった。それじゃあ、気をつけて』笑いかけながらそう答えて背を向ける》

自然な笑顔は一番難しい。

恵介は頑張って笑みを作った。

「……何事もなくてよかった。それじゃあ、気をつけて」

口にして立ち去ろうとしたとき――。

「あのう……」

後ろから控えめな声が聞こえた。

《振り返ろう》

ロペの指示に従って振り向いた。

女の子がためらいがちに口を開く。

「もしお時間があればそこのお店でコーヒーでも……。助けてもらったお礼をさせてください」

「え？」

まさかの申し出に言葉を失った。

《いいね》ロペが言った。《ありがたく応じよう。すぐ食いつくのはがっつきすぎに見えるから、とりあえず、『そんな……悪いよ』くらいにしよう》

「そんな……悪いよ」

「助けてもらったのにお礼もせずじゃ、気が咎《とが》めますし」

《少し迷いを見せてから『そんなつもりはなかったんだけど……じゃあ、せっかくだからぜひ』》

「そんなつもりはなかったんだけど……じゃあ、せっかくだからぜひ」

「はい」

女の子が笑みを返し、身を翻した。その瞬間、絹糸のような黒い美髪が一瞬だけふわっと舞い上がり、また肩甲骨辺りまで覆った。シャンプーのCMを連想した。

カフェに向かって歩きはじめた。

ミニスカートから伸びる色白の太ももがまぶしく、意識して視線を外さなければ目が吸い寄せられてしまう。

恵介は緊張を押し隠したまま、彼女についてカフェに入った。モダンな内装で、白を基調にした壁にアンティーク調のテーブルと観葉植物の緑が映えている。席を埋めている客のほとんどは女性で、後はカップルのみ――。

一人では絶対に入らない店だ。

《ほら、ドラマだよ》ロペが軽い調子で笑いながら言った。《勇気を出してよかったでしょ?》

ロペの指示がなければ、見て見ぬふりをしただろう。心の中で自分は路傍の石だと言い聞かせ、そそくさと素通りしたはずだ。女の子の縋《すが》るような眼差しとも対面しないようにしながら――。

勇気を振り絞った結果、女の子からカフェに誘われた。想像もしていなかった展開だ。

ウエイトレスに案内されるまま奥のテーブルへ移動し、向かい合ってソファ型の座席に座った。

「ご注文がお決まりになりましたらお呼びください」

ウエイトレスが去っていくと、今の状況の非日常さを意識した。

目の前には可愛い女の子が一人――。

女の子と二人きりでカフェ――というシチュエーションは初めてで、心臓の音は若干高まっていた。本当ならもっと緊張し、何を話せばいいのか分からずパニックになっているだろう。今はロペが指示を出してくれるので心強い。

自分がゲームのキャラクターで、ロペがプレイヤーだと思い込むことで、指示内容も実行しやすい。

最初に口を開いたのは女の子のほうだった。

「改めて――助けてくれてありがとうございました。しつこくて怖かったので、本当、救われました。綾音穂香《あやねほのか》です」

ロペが言った。

《こっちも自己紹介しようか。『どういたしまして。僕は金崎恵介』》

「どういたしまして。僕は金崎恵介」

「金崎さん」

「うん」

《『綾音さん』》ロペが言った。《彼女の苗字《みょうじ》を口にしてから『下の名前で呼んでるみたいで少し緊張する』そう言って軽く笑おう》

「綾音さん……。下の名前で呼んでるみたいで少し緊張する」

恵介は指示に従って笑みを作った。

「よく言われます」穂香は笑顔で答えた。「男の人に苗字で呼び捨てにされていると、親しい関係だと誤解されたり」

恵介はロペの指示を待ち、「そうなんだ」と相槌を打った。

「高校のころ、クラスに漢字が違う彩音《あやね》ちゃんって名前の子がいて、私の苗字と同じだから、余計に名前で呼ばれている気がして。担任の先生は呼びにくいって笑ってました。生徒は全員、苗字で呼び捨てだったから、知らない人が聞いたら誤解されそう、って」

恵介は返事を全てロペに委ねて会話した。

「先生の気持ち、分かるかも。苗字で呼ぶ友達と名前で呼ぶ友達が一緒だったら、混乱の極みだね、きっと」

「ホント、そうなんです。『君は綾音さん？　穂香さん？』って声をかけられたことがあって」

恵介は笑いながら「どういうこと？」と訊いた。

「私が名前を呼ばれるのを聞いて、双子だって誤解されたみたいで。一卵性双生児の」

「その誤解は面白いね。でも、外から見てたらたしかにそういう勘違いはしそう。名前で苦労した？」

「苦労はあまりないです。むしろ、覚えてもらいやすくて、ネタになったり、ポジティブな面が多いです。金崎さんは何を飲みますか？」

彼女にメニューを差し出され、恵介は飲み物の一覧を眺めた。

《無難にカフェオレにしておこう》ロペが言った。《飲食物そのものが目的じゃないからね》

「僕はカフェオレを」

恵介はメニューを返した。

「私はアップルジュースにします。デザートはどうします？」

デザート――か。何を選択すればいいのだろう。

《〝幸福のパンケーキ〟にしようか》ロペが言った。《『今はそんな気分だから』》

キザすぎないだろうか。そういう台詞はドラマの中のイケメン俳優だからこそ似合うのであって、自分のようなタイプが口にしたら陰で笑われてネタにされるのがオチだ。

躊躇を見て取ったのか、ロペが自信満々の口調で言った。

《大丈夫、大丈夫。僕を信じて》

今は〝プロデュース〟してくれているロペを信じるしかない。

「……〝幸福のパンケーキ〟にしようかな」恵介は声が上ずらないように意識して言った。「今はそんな気分だから」

穂香は目をぱちくりさせた。だが、すぐににっこり笑った。その表情に胸が高鳴る。

「じゃあ、私も今はそんな気分だから同じものにします」

「え?」

ロペが《ほらね》と満足げに言った。《『ツッコミ待ちだったんだけど。ご馳走してもらえて幸せな気分だったから、って返そうと準備してた』》

そこまで先を計算しての台詞だったのか。

恵介はロペの台詞を口にした。

彼女がきょとんとした顔を見せた後、笑い声を上げた。

「えー、そういう意味だったんですか?」

ロペが指示する。

《『冗談冗談』》

「冗談冗談」

彼女が「もう!」と唇を尖《とが》らせた。「意地悪ですー」

〝リア充〟のようなやりとりだ——と思った。自分ではないように感じる。赤の他人の視界に憑《ひょう》依《い》して、その人生を覗き見ているような——。

穂香が軽く手を上げ、奥へ向かって「すみませーん!」と声を発した。

躊躇せず店内で声を出せるのは、やはりカフェに慣れているのだろう。自分なら店員が近くにやって来るタイミングを待って、控えめに呼びかける。

そもそも、このような洒落たカフェを利用すること自体、まず経験がないが――。

《沈黙禁止》ロぺが言った。《『綾音さんはここ結構来るの？』》

ロぺの存在は心強い。自分一人なら、何を喋っていいのか分からず、気まずい沈黙が続いただろう。そして――その沈黙がプレッシャーになり、ますます口が重くなるか、テンパって支離滅裂な話をしてしまう。

「綾音さんはここ結構来るの？」

彼女は小首を傾げながら「んー」と少し考える顔をした。

「お洒落すぎて苦手な空間なんですけど、パンケーキが美味しくて、甘いものを食べたいときに利用します」

ロぺが常に会話を先導してくれる。

《『そうなんだ。正直僕も苦手で、一人じゃ入らないかも』》

「そうなんだ。正直僕も苦手で、一人じゃ入らないかも」

「男の人、少ないですもんね」

《『一人なら不審な目で見られそう』》

「一人なら不審な目で見られそう」

「そんなことないですよ……たぶん」

《『たぶんなんだ？　あ、同《おな》い年なんだから敬語じゃなくていいよ』》

「たぶんなんだ？　あ、同い年なんだから敬語じゃなくていいよ」

《『僕だけ一方的にタメロだし、何だか自分が偉そうな気がして落ち着かなくて』》

「僕だけ一方的にタメロだし、何だか自分が偉そうな気がして落ち着かなくて」

穂香は、アハハ、と明るく笑った。

「じゃあ、私も敬語なしで」

「うん」

恵介はロペの指示に従って会話を続けた。

「そういえばさ、あんなふうに絡まれること、よくあるの?」

「あそこまで執拗《しつよう》だったのは初めて。ナンパとかキャッチなら、まあ、何度か……」

「大変だね、それは」

「ごめんなさいって一言謝って早足で歩き去ったら、大抵は終わりなんだけど、今日は囲まれちゃって」

「それは怖いよね。男の僕もガクブルだったし……。相手が逃げてくれてよかったよ、ホント」

話していると、飲み物と一緒にパンケーキが運ばれてきた。チョコソースがかかったバニラアイスクリームが載っており、薄切りバナナが添えられている。

甘いものは好きなほうだが、このような店では外食しないので、シンプルなデザートしか食べたことがない。内心、テンションが上がっていた。

《『美味しそう―』楽しそうな口調で言おうか》

ロペの指示に従うと、彼女も「ね!」とうなずいた。

「私、スイーツ大好きで」

彼女が明るくレスポンスを返してくれるので、ロペの指示どおりの台詞を口にしているだけとはいえ、喋りやすかった。

《自分から話題を振ろうか》ロペが言った。《詮索しているように聞こえたら警戒されるし、上手く話を広げよう。パンケーキを食べながら、『就活で疲れた脳にエネルギーが行き渡る！』》

大学三年の五、六月から就職活動をはじめたほうがいい――とは言われているが、まだ行動には移せていなかった。その話題ではかなり付け焼刃になってしまう。

だが、会話の内容をロペが全て指示してくれるなら関係ないか、と思い直した。

恵介はナイフとフォークでパンケーキを切り分け、一口食べてから指示どおりの台詞を口にした。

「就活、大変だよね」穂香がしみじみ言った。「私も苦戦中」

ロペに従って会話する。

「綾音さんはどこ目指してるの？」

「私はアパレル系」

「ファッションに興味あるの？」

「昔からお洒落が好きで、自然と――って感じかな」

自分の話しやすい話題になったからか、彼女の表情が明るみ、声もワンオクターブ上がった。

ロペが《自然な流れで褒めよう》と指示を出した。《『だから服もお洒落なんだ』》

褒め言葉だとしても、迂闊《うかつ》に女性の外見に触れたらセクハラと批判されかねず、普段なら決して口にしない。だが、現実は『恋活セミナー』の教えのように、平然と気軽に「可愛いね」と褒められる男がモテて、自分のように褒め言葉を呑み込むタイプは見向きもされない。

今回は服装に触れても自然な流れをロペが作ってくれた。

「だから服も――お洒落なんだ」

声に少し緊張が混じってしまった。

穂香は「ホント？」と自身の服装を一瞥した。「そう言ってもらえて嬉しいな」

ロペの指示に従って会話する。

「僕はファッションには無知だから、アドバイス貰《もら》いたいくらい。ブランドとか買うの？」

「全然！　ブランドは見る専門。雑誌とかで」

「じゃあ、センスで勝負？」

「勝負できるくらいセンスがあればいいけど……」

穂香は苦笑いした。

控えめで、ブランド品志向でもなく、優しい雰囲気を纏《まと》っている彼女に好感を抱いた。

彼女はしみじみと言った。

「就活も、支援サービスとか利用して勉強したりしてるけど……なかなか難しいよね。毎日てんてこ舞い」

「分かる。高校時代と違って今は一人暮らしだし、全部一人でしなきゃいけないからそれも大変で」

「私も大学に入ってから一人暮らしだし、最初は慣れるまで大変だった。金崎さんは食事とかどうしてる？」

「僕はコンビニを利用することが多いかな。楽だし……。綾音さんは料理するの？」

「最近はデリバリー頼みがち」

「デリバリーは高くない？」

「高い！　びっくりする」

「その分、楽ではあるけど」

「料理もちゃんとするよ」

「僕は卵焼きくらいしか作れないかな。得意料理はあるの？」

「肉じゃがとか、カレーとか、作り置きできる料理は最初に覚えて、後は――煮物とか、炒《いた》め物とか」

会話の指示に注力していたロペが軽く笑いながら言った。

《彼女、ファッションに関心があって、一人暮らしで、彼氏はなし――って感じかな。自然な会話で相手のことが少し分かったでしょ》

言われてみれば――。

相手のことを知りたいと思っても、コミュ症の自分なら、素直に質問するしか方法が思いつかない。それも結局は『失礼になりそうだから』と諦める。

その後は他愛もない会話をしながら時を過ごした。パンケーキは美味しかった。

ロペが《サラッと『また会えるかな？』》と指示を出した。

大丈夫だろうか。下心を疑われて、警戒されないだろうか。警戒ならまして、嫌悪されたら――。

《一歩を踏み出そう。勇気を出さないと何もはじまらないよ。感触は悪くないから、自信を持って》

恵介は深呼吸すると、何でもないことのような口調を意識して「また会えるかな？」と訊いた。

穂香は一瞬だけ目をしばたたいた後、「うん……」とうなずいた。「じゃあＬＩＮＥを」

彼女がスマートフォンを取り出し、操作した。

ＬＩＮＥ――有名なコミュニケーションアプリ――は〝陽キャ〟専門というイメージがあり、やり取りする相手もほとんどいなかったので、〝陰キャ〟にありがちな流行《はや》り物嫌いも手伝ってダウンロードすらしていなかった。〝陽キャ〟なら何百人も連絡先を登録していて、当たり前のように使いこなしているのだろう。

困惑を見て取ったのか、ロペが言った。

《『あ、ＬＩＮＥ、持ってないや。あまり必要性感じなかったから……。ダウンロードしなきゃ』》

「あ、ＬＩＮＥ、持ってないや。あまり必要性感じなかったから……。ダウンロードしなきゃ」

彼女は驚いた顔を見せたものの、引いたりはしなかった。

「私も友達多くないし、ＬＩＮＥはそんなに活用しないから気持ちは分かる」

穂香はそう言って笑った。

《『そうなんだ。意外』》

「そうなんだ。意外」

「うん。友達より公式の数のほうが多いくらい」

公式――というのは、企業アカウントなどのことだろう。ＬＩＮＥにはファッション関係だったり飲食店だったり、数多くのアカウントが存在している程度の知識はある。

恵介はロペに指示されるまま、「ちょっと待ってね」と口にしてＬＩＮＥのアカウントを検索し、ダウンロードした。

《せっかくだし、彼女に使い方を教わろうか。『新規登録でいいのかな？』》

「新規登録でいいのかな？」

口にすると、彼女は立ち上がってテーブルを回ってきた。そして――恵介の隣に腰を下ろした。

彼女と体が触れ合いそうな距離になるや、フローラルな香水の香りが鼻先をくすぐった。

普段の電車内で嗅いでいるときは不快に感じたはずの香水の香りも、今は不思議と嫌な感じはしなかった。

彼女は特に意識せず隣に座ったのだろう。だが、人生でこれほど女性がそばに寄ってきた記憶はなく、緊張が高まった。心臓が駆け足になったことを意識する。

スマートフォンをテーブルに置くと、彼女が黒髪を耳の後ろへ掻き上げながら「どれ……？」

と画面を覗き込んだ。そのちょっとした仕草にドキッとした。

「まず電話の発信と管理を『ＬＩＮＥ』に許可して……」

穂香が指で画面を操作する。

「あっ、ごめんなさい」

突然の謝罪に恵介は「え？」と困惑の声を漏らした。

緊張を見透かされ、嫌悪されたのだ。

——あまり体を近づけないで。

『ごめんなさい』の後にそんな台詞が続くのかと思った。

だが、違った。

「電話番号、見ちゃった」

スマートフォンの画面には電話番号が表示されていた。管理を許可したら自動で番号が入力される仕様になっていたようだ。

《軽く流そう》ロペが言った。《『何かと思った。いいよ、全然。むしろ覚えておいてほしい』》

攻めた台詞だ。

普段なら絶対に言えないだろう。しかし、指示だと思えば素直に口にできる。

従うと、穂香は笑った。

「見たの一瞬だし、覚えてないよ」

「残念」

恵介は指示に従って笑い返した。

名前を登録すると、次はパスワードの登録画面になった。

「これは見ちゃ駄目だから」穂香がスマートフォンを取り上げ、「はい」と差し出した。

恵介は受け取り、パスワードを登録した。基本的な設定を終えると、LINEが使えるようになった。

「じゃあ、LINE教えるね」

彼女が率先して交換してくれた。

ロペが言った。

《『試しに送ってみていい?』》

「試しに送ってみていい?」

穂香は「いいよ」と快諾してくれた。

不慣れなアプリだったが、使い方はすぐに理解できた。彼女にメッセージを送ると、返事をしてくれた。

その後は他愛もない会話を交わして、彼女と別れた。

女の子と連絡先を交換できる日が来るとは思わず、少し舞い上がっている自分に気づいた。

全てはロペの〝プロデュース〟のおかげだ。

6

恵介は自室のベッドで仰向《あおむ》けに寝転がり、スマートフォンを眺めていた。

自分の表情が緩んでいるのを自覚する。

『じゃあ、今度、一緒に観に行こ、金崎君』

穂香と出会ってからの三日間は、LINEでやり取りをした。女の子とのLINEは経験がなく、どんな会話をすればいいか分からなかったが、ロペが常にアドバイスをくれた。

服のボタン形の隠しカメラではスマートフォンの画面の確認が難しいので、相手のLINEの内容を口頭で伝えて、返信内容を相談したのだ。

その結果、土曜日の午後に映画を観に行く約束を取りつけた。トム・クルーズ主演のアクション大作――『ミッション：インポッシブル』の最新作だ。彼女の好みを聞いたところ、映画館で観るなら迫力のある映画がいい、と言われ、ロペが提案した。彼女は、話題になっていたから観たかった、と答えた。呼び方も、堅苦しい〝さん〟から〝君〟になっている。

《よかったね》

イヤホンからロペの声がした。

「はい！」恵介は上半身を起こし、居ずまいを正した。「これもロペさんのおかげです！」

反射的に頭を下げ、ロペには見えないのだと気づいた。照れ臭さを覚える。
《いやいや》ロペが爽やかな口調で答えた。《僕は〝プロデュース〟しているだけだよ。人生が変わりはじめているのは、恵介君が勇気を出したからだよ》
ロペと出会わなければ、事務的な内容以外で女の子と話さないまま大学を卒業していたかもしれない。思い切って一歩を踏み出してよかったと思う。
《女の子と二人で遊びに行くなら、映画は安パイだからね》
「そういうものなんですか？　映画はリア充の専売特許ってイメージが……」
《無難にごはんもいいけど、食事中、ずっと会話で持たせるのはなかなか大変だよ。コミュ強ならいいかもしれないけど、恵介君はそうじゃないでしょ？》
恵介は苦笑いした。
《その点、映画は約二時間、話さなくても構わない場所だからね。ジャンルも多様だし、相手の好みに合わせて楽しめる。映画を観た後は内容の感想を話のネタにできる》
「たしかに……」
《同じく会話以外で場が持つ定番はいろいろあるけどね。たとえばカラオケ。だけど、カラオケは得意な歌があっても、誘うにはリスクがもある。二人きりの密室空間だから、女の子もハードルが高いと感じるでしょ。たとえ下心がなかったとしても、女の子側に重荷を感じさせる誘いを平然としてしまう男は、ハンデリと思われる可能性がある》
「ノンデリ？」

《ビジネス用語のほうじゃないよ。ノンデリカシー。デリカシーなし、ってこと》

「……気をつけます」恵介はふと思い出し、「でも……」と切り出した。「初デートに映画館を選ぶ男は駄目——みたいな意見、SNSでバズってるの目にしました。それは大丈夫なんでしょうか」

《どうして映画館は駄目なの？》

「具体的に覚えてるわけじゃないんですけど……」

《お互いを知る時間が無くなる、とか、せっかくお洒落しても暗くて見てもらえない——とか、そんなことが書いてあったんでしょ》

「そうでした、そうでした」

《SNSなんて、個人の意見を全員の意見に見せたがる人間ばかりだよ。真に受ける必要なし》

「……はい」

《こういうデート先を選ぶ男は地雷とか、誰かがSNSで好き放題言っていたとして、そんなの、個人の価値観や好みだし、逆の考え方の人間も大勢いるよ。映画館、水族館、動物園、カラオケ、図書館、ゲームセンター——。誰かがSNSでケチをつけていたデート先を全て排除したら、どこも選べないよ。そもそも、誰に迷惑かけているわけでもない他人の人生に文句や難癖ばかりつけている人間は、僕に言わせれば〝人生クレーマー〟だよ。自分の人生が充実している人間は、他人の人生にいちいち難癖つけたりしない。そう思わない？》

「……思います」

《恋愛やデート関係で、自分の手柄やキャリアをプロフィールに並べ立てて、俺、私が正しいことを教えてあげます――なんて、承認欲求を拗《こじ》らせた人間か、情報商材でも売りたい人間か、インフルエンサーでも名乗りたい人間か、肩書で信頼性をアピールしたい人間か。いずれにせよ、成功者を装ってるだけだよ、所詮。人生が充実していない人間の意見やアドバイスに信憑性《しんぴょうせい》、ある?》

「……ないです」

彼の言葉には説得力を感じる。聞いていると自信が湧いてくる。どんな疑問にも納得できる答えを返してくれる。

映画の日までは、落ち着かない毎日を過ごした。ロペの〝プロデュース〟があるとはいえ、女の子との映画は初経験で、変な失敗をしないか緊張してしまう。

土曜日はあっという間に訪れた。

《身支度しようか》ロペが指示した。《できるかぎりお洒落して行こう》

恵介はクローゼットを開けながら訊いた。

「気負いすぎてるって思われないでしょうか」

《ん?》

「いや、デートならともかく、友達として一緒に映画に行くだけでお洒落してたら、下心を疑われたりしそうで」

《あー、なるほどね。恵介君、そういう心配があるって言ってたもんね》

「……気負っているように思われないためには、お洒落とか意識しない格好のほうがいいんじゃないか、って」
《お洒落は意識しよう。なんだかんだ言っても、お洒落は自分のためじゃなく、相手のため、って面もある。自分のスタイルを貫く――って表現したら一見格好いいけどね。それは見方を変えれば他人のために気遣いができない人間ってことだよ。一緒にいる相手に恥ずかしい思いをさせないこと。男同士だとしても、奇抜な格好やダサい格好で隣を歩かれるの、嫌じゃない？》
「……それはそうですね」
ロペに同意しながらも、男同士だと今まで服装に気遣ったりはしていなかったな、と思い出す。飲みに誘われたとき、和也にも指摘された。まあ、和也には、女の子との出会いを期待する下心があったようだが――。
《でしょ。とはいえ、お洒落していたとしてもいつもどおりって顔をしておくことが大事だよ》
恵介は再び苦笑いした。
「なかなか難しいです」
《だからこそ、普段から外見には気を遣っておくべきなんだよ。そうしたら服に着られることはなくなるからね》
「……これから頑張ります」
《少しずつ慣れていこう》
持っている服の中から、ロペが選んだものを着た。無地の白いＴシャツを着て、襟がある紺の半袖シャツをアウターにした。下はデニムだ。
《いいね。無難ではあるものの、カジュアルで、清潔感もある》
持っている服の中から選ぶしかなかったので、ロペもかなり悩みながらの組み合わせになったことが窺えた。
《今度、高くなくていいから、お洒落な、恵介君に似合う服を買いに行こう。ワールドカップで勝ったから余裕があるでしょ》
「おかげさまで」
《お洒落はイケメンや美人の専売特許じゃないからね。お洒落を意識したら外出ももっと楽しくなる》
以前、ＳＮＳで見たことがある内容が改めて脳裏に蘇る。冴えない男性とイケメンに全く同じファッションをさせ、顔面の差でどのように見えるか面白おかしく比較した写真だ。実際、服は同じなのに印象は全く違った。
それを見てから、イケメンではない自分にはお洒落を頑張る意味はない、ファッション誌のモデルを真似ても笑い者になるだけだ――と自覚した。
恵介はその話をした。
《なるほどね。ＳＮＳの悪意で〝呪い〟がかかっちゃったか》
「呪い――？」
《剥《む》き出しの悪意もあれば、無自覚な悪意、正しさの悪意――。悪意にもいろいろある。罪のない趣味や娯楽を普通に楽しんでいる人たちに、それを楽しむことは罪だ——と感じさせるのは、全て〝呪い〟だよ。たとえば、こういう作品を楽しむ人間はキモイ、とか、暴言じみた批判を目にしたら、その言葉が頭にこびりついて、もう純粋に楽しめなくなる。他人にそういう〝呪い〟を植えつける人間は加害者だよ、本人が否定したとしても——ね》

心当たりがある。ネットやSNSでは、何にでも批判があふれていて、楽しむ気持ちを奪われる。観なくなった、買わなくなった、ではなく、観られなくなった、買えなくなった。

それが〝呪い〟——。

自分がそうしなくなったのではなく、他人の〝呪い〟によってそうできなくされたのだ。一時期は純粋に楽しんでいたコンテンツをどんどん奪われ、苦しんだ。

《僕がこうしてアドバイスしていることすら、仮にSNSで発信したら、批判する人間は現れるだろうね》

「どうしてですか？」

《変わらなければいけないいって〝呪い〟を植えつけているいる——ってね。ある女の子がダイエットしてお洒落して可愛くなって自信を持って、そのことをSNSで発信した。そうしたらどうなったと思う？》

「普通に称賛されたんじゃないんですか？」

《『女は痩《や》せていてスタイルがよくて可愛くなかったらいけない、ってメッセージになる』『そうじゃない女の子たちを追い詰める』——って非難が浴びせられて、まるで彼女が加害者のように

叩かれた。ただ自分を磨いて喜びを発信しただけなのに、だよ》
「信じられません」
《それがSNSだよ。何をしても誰かに難癖をつけられる。まるで自分たちこそ絶対正義だ――と思い込んだ連中によって。だからこそ、口外禁止なんだよ。この〝プロデュース〟は他人に知られたくない。水を差されたら気持ちも冷めちゃうからね》
　恵介はロペの話に耳を傾けた。
《結局、叩かれた女の子は謝罪してアカウントを削除した。その後どうなったかは神のみぞ知る――だけど、この先の人生、お洒落するたびにSNSの暴言を思い出して楽しめなくなるだろうね。そんなふうに非難する連中がいるからって、恵介君は変わる努力は罪だって思い直して、もうやめる？》
「……やめないです」
《でしょ。一度しかない人生、自分のために生きなきゃ。自分のために――っていうのは、他人に迷惑をかけたり、他人を気遣わない、って意味じゃないよ、もちろん。大事にしたい相手を大事にするのも、自分の人生を自分のために生きる、ってことだよ》
「はい！」
《だから大丈夫だよ、恵介君》ロペが安心を感じさせるような優しい声色で言った。《ネットやSNSで平然と他人を中傷して傷つけているような連中とは、現実じゃ、滅多に遭遇しないものだよ。多いように見えるのは、そういう連中がハエみたいに寄ってたかってるだけ。炎上に加担しているネットユーザーは、四十万人に一人——って分析もある。声が大きいだけの人間の悪意に負けないようにしよう。お洒落だって誰が楽しんでも構わないものだよ》

「……素材がよくなくても？」

《もちろん。同じ服装をしたら、そりゃ、イケメンや美人のほうが似合うなんて、当然のことだよ。悪意ある比較さ。体型や髪形、顔つき——人にはそれぞれに似合う格好がある。それを追求するのがファッションだと思ってるよ》

ロペの言葉に救われた気がした。

《じゃ、自信を持って出発しようか》

恵介は元気よく「はい！」と返事し、アパートを出た。

待ち合わせ場所は最寄駅から一駅だ。

電車に乗り、目的の駅で下車して改札へ向かった。約束の時刻より十五分ほど早く着いた。

待っている時間は緊張を落ち着かせるために使った。

十分ほど経ったとき、明らかに改札へ向かってくる人の人数が増えた。電車が着いたのだろう。

そわそわしながら眺めていると、穂香の姿を見つけた。向こうもこちらを見つけてくれたらしく、目が合った。

彼女は恵介の前まで歩いてきた。くりっとした大きな目が小顔に引き立っている。艶やかな黒色のロングヘアが胸の前まで流れ落ちていた。

「待たせちゃった？」

ロペの指示が出るより先に、恵介は「ううん」とかぶりを振っていた。

穂香が安堵するように息を漏らした。

「よかった」

恵介は露骨にならないよう彼女の全身を眺めた。ぴったりした白の半袖ロゴTシャツが豊かな胸の膨らみを忠実に描き出している。ピンク色のプリーツミニスカートは膝上二十センチほどで、色白の太ももを覗かせていた。

「今日も暑いよね」

彼女が手のひらを団扇《うちわ》にして胸元をパタパタと扇《あお》いだ。

恵介は手に持っていた汗拭きシートを差し出した。

「あ、良ければ――」

穂香は笑顔で答えた。

「ありがとう。大丈夫。ハンカチあるから」

彼女はハンドバッグからピンクの花柄のハンカチを取り出し、軽く額を拭った。

《恵介君》ロペが言った。《先走りすぎ。指示を待って。その手の汗拭きシートじゃ、化粧が落ちちゃうよ、女性は》

はっとした。

そこまで考えていなかった。親切心のつもりで、汗拭きシートを勧めた。こういう言動で、女性慣れしていないことが彼女に伝わったかもしれない。

思わず弁解を口走りかけたとき――。

《化粧落ちちゃうよね、とか言ったら駄目だよ、恵介君》

ロペの声が耳に入った。

「え？」

条件反射で声が漏れ、穂香が怪訝な顔で小首を傾げた。

「あ、いや……」

恵介は愛想笑いで誤魔化した。

《言わぬが花――ってこともあるしね。女性は化粧で綺麗になっていることをあえて指摘されたくはないものさ》

なるほど――。

ロペに止められなかったら、『ごめん、化粧してるもんね』と言いわけを口にするところだった。注意されてみれば、たしかに好感度が上がるとは言い切れない台詞だ。

《『じゃ、映画館に行こうか』》

恵介はロペの台詞を口にした。

穂香が「うん」とうなずいた。

穂香が歩きはじめると、一緒に改札を抜けた。階段の横にエスカレーターがあり、彼女が先に乗った。恵介は一段あいだを空けて乗った。

ふう、と息を吐きながら顔を上げると、目の前にピンクのプリーツミニスカートがあった。視線を少し下げると、剝き出しの太ももが目に入る。

慌てて視線を逸らしたものの、すぐ目が戻った。今にも下着が見えてしまいそうで、困惑する。

恵介は理性を総動員し、視線を持ち上げた。彼女の背に黒色のカーテンさながら広がる髪を見つめる。

そのとき、胸のボタン形隠しカメラを通してロペがこちらの映像を見ていることを思い出した。

自分の視線が胸の高さにあるということは、ロペには彼女のスカートの中が丸見えになっているのではないか。

手のひらでカメラのレンズを塞いだほうがいいのかどうか、迷った。手が自身の胸のほうへ動き、途中で停止する。

カメラが真っすぐ前を映しているとしたら、見えているのは彼女の太ももだろう。それなのにレンズを隠すようなまねをしたら、ロペに対して失礼になるのではないか。

何より、自分が彼女のミニスカートを意識していることをロペに知られてしまう。気まずい空気が流れるかもしれない。

そのとき――。

「盗撮だ！」

男性の叫び声が鼓膜を叩き、恵介はビクッと身をすくませた。自分が告発されたと思った。

「い、いや、僕は――」

動揺して振り返ると、数人の男女が立ち止まっている階段を駆け上ってくる野球帽の男がいた。

茶髪の若者がスマートフォン片手に追いかけている。

「逃げるな、盗撮野郎!」

二人は階段を上りきり、右側の通路へ姿を消した。

エスカレーターで振り向いていた穂香と目が合った。

「びっくりしたね、大声だったし」

恵介は「うん」とうなずきながらも、内心では戦々恐々としていた。心臓が早鐘を打っている。

盗撮——。

もし胸の隠しカメラの存在に気づかれたら——。自分も盗撮犯になってしまうのではないか。

人生のプロデュース——などという話を信じてもらえるだろうか。後ろめたいことは何もしていないつもりだが、ロペも盗撮の共犯者として疑われるかもしれない。そうなったら人生は終わる。

恵介はロペの視界を遮るためではなく、カメラの存在を他者から隠すために胸のボタンを手のひらで覆った。エスカレーターは動き続け、二階へ着いた。

通路で彼女と肩を並べると——目線の高さが等しくなると、安堵の感情が押し寄せた。

「——おとなしくしろ!」

声の方角に目をやると、売店の前で茶髪の若者が柔道の寝技のように野球帽の男を押さえ込んでいた。

遠巻きにしている野次馬の中から、囁き交わす声が聞こえてくる。

「盗撮だって」

「最悪」

「誰か駅員、呼べよ」

恵介は立ち止まり、穂香と顔を見合わせた。彼女は二人を一瞥し、わずかに眉を顰《ひそ》めた。

盗撮犯への嫌悪を口にするかと思いきや――。

「ああいうふうに行動できるの、立派だよね」

彼女は取り押さえた若者を称賛した。

心の中に、一瞬、モヤっとした感情が生まれた。目の前の犯罪を阻止するような人助けは妄想の中でなら何度もしてきたが、今まで実行に移すことは全くなかった。

自分との差を見せつけられた。しかも、彼女が褒めている。自分に落ち度はないにもかかわらず、惨めさを覚えた。

《同意しておこうか》ロペが言った。《『最近は見て見ぬふりも多いもんね。勇敢だと思う』》

恵介は一瞬ためらった後、ロペの台詞を口にした。

「だよね」穂香はうなずいた。「ああいう人が増えてほしい」

自分なら色んな可能性を考えて動けないだろう。

冤罪だったらどうする？　誤認が判明しても、ふてぶてしく開き直るほどの豪胆さは持ち合わせていない。どう責任をとればいいか、思い悩んでしまう。仮に相手が犯罪を犯していたとしても、証拠がなく、逆ギレされたら？　「証拠あんのか！」「証拠出せよ！」と怒鳴りつけられたら萎縮してしまう。

立ち尽くしていると、誰かに呼ばれたのか、中年の駅員が駆けつけてきた。

「盗撮犯です！」

茶髪の若者は野球帽の男を取り押さえながらも、左手のスマートフォンで撮影しているようだった。犯罪の証拠を残そうとしているのだろうか。かなり揺れているので、荒っぽい映像になっているだろう。

「行こうか、金崎君」

穂香が切り出し、二人で歩きはじめた。後ろからは、野球帽の男が「やってない！」と叫び立てる声が聞こえてきた。

駅を出て五分ほど歩くと、映画館が見えてきた。中に入り、見回した。

券売機の近くにはタワー型のラックがあり、映画のパンフレットが並んでいる。突き当りには売店があり、多種多様なポップコーンや飲料を売っていた。

先ほどの騒動で沈んでいた気持ちが浮き立ってくる。

映画館に来るのは何年ぶりだろう。中学校か小学校のころ、両親に連れられて観に行ったことがある程度だ。何を観ただろう。もう記憶に残っていない。

穂香がはしゃいだように声を上げた。

「うわー、楽しみ！　私、映画に来るの、久しぶり」

イヤホンからロペの声がする。

《同じくテンションを上げた口調で言おう。『僕も久しぶりだから楽しみ』》

「僕も久しぶりだから楽しみ！」

《いいよ》ロペが言った。《恵介君が仮に映画マニアでも、ここは映画好きを誇ったりしてマウントを取る必要はないからね。同じ立場にいるほうが共感し合える》

「映画館って何かワクワクするよね」

穂香が嬉しそうに言った。

女の子と二人で映画――。そんなシチュエーションが自分の人生に訪れるとは思ってもいなかった。

ロペに感謝しなければいけない。

「何か買おっか」

穂香は売店に掲げられた飲食物のパネルを指差していた。

「金崎君は何にする？」

イヤホンから《好きなもの選んでいいよ》と言われ、恵介は商品を眺め回した。

《ただし、代金は恵介君が出そう。奢ることに抵抗ある？　下心を邪推されそう――って、例の。大丈夫。口実はあるから》

飲食物を選んでいるあいだ、ロペが一方的に喋っていた。

《『ここは僕が出すよ』って言って、彼女が申しわけなさそうにしたら、『映画は僕が誘ったんだし』でオーケー》

なるほど――と思う。

そのようにしたら押しつけがましくならず、スマートに払えるのか。ロペは本当に頼りになる。

恵介はしばらくパネルを眺め、飲食物を決めた。

「僕はキャラメルポップコーンとメロンソーダにするよ」

「じゃあ、私、買ってくるから、金崎君は座ってて」

彼女が見た先には、休憩スペースがあった。丸形のソファが並んでいる。

《『僕が買ってくるよ』》ロペが言った。《女の子に並ばせて、当然って態度で座ってる男は駄目だよ、恵介君》

彼女が売店へ向かおうとしたので、恵介は慌てて「僕が買ってくるよ」と言った。

穂香が動きを止めた。

「……いいの?」

「映画は僕が誘ったんだし、ここは僕が出すよ」

彼女は少し躊躇を見せた後、「ありがとう」とほほ笑んだ。「私も金崎君と同じものにする」

恵介は列に並び、メロンソーダとキャラメルポップコーンを二人分ずつ購入した。

「じゃあ、入ろうか」

二人で係員にチケットを見せ、映画館に入場した。前から四列目の中央の座席に並んで座る。

「ワクワクするね」

穂香が子供のような表情を見せていた。

観客はまばらに座席を埋めている。話題作とはいえ、満員ではないので、窮屈な思いはしなかった。

「金崎君は前のシリーズは観た？」

彼女が訊くと、ロペがイヤホンから答えた。

《『全部観たけど、結構前だから忘れてる部分あるかも』》

恵介は指示どおりの台詞を答えた。

「私は三作見逃してたから、サブスクで予習しておいた」

ロペの台詞を口にして会話する。

「あー、僕もそうしておいたらよかった」

「登場人物は全員覚えてる？」

「一応——覚えてると思う」

「金崎君は何作目が好き？」

「僕は二作目かな。ジョン・ウー監督の担当で、スタイリッシュな演出が最高すぎた」

「私も好き。髪伸ばしてるトム・クルーズ、格好いいよね」

「うん。最後のバイクのアクションは圧巻だった」

実はシリーズは一作目しか観ていない。だが、会話の内容はロペが指示してくれるから、まるで『ミッション：インポッシブル』の大ファンのように話が通じる。

彼女のはしゃいだ反応を見ると、何だか騙しているようで、少し後ろめたさを覚えた。

だが、映画館が真っ暗になると、そんなことも気にならなくなった。そもそも、最初から言動の全てをロペに委ねているのだ。自分であって自分ではない。今さら気にするほうがおかしい。

スクリーンに〝映画泥棒〟を注意する映像が流れた。映画の撮影や録音は犯罪であり、違反すると十年以下の懲役、もしくは一千万円以下の罰金、またはその両方が科せられます——とテロップが映し出された。

ボタン形の隠しカメラの存在を改めて意識した。

映画を隠し撮りするためのものではないとはいえ、見つかったら言いわけできないのではないか。指先でレンズを塞いだほうがいいだろうか、と考えた。

今までの生活で誰かにバレたことはない。きっと大丈夫だろう、と気持ちを切り替えた。

映画がはじまると、あっという間にスパイの世界に没入した。

ときおり横目で穂香の様子を窺った。横顔からも、圧巻のアクションの数々に興奮していることが伝わってくる。

二時間四十分あまりの大作だったが、一時も退屈することなく、最後まで観終わった。

館内が明るくなると、視界が一気に開けた。隣の穂香と目が合った。

彼女がほほ笑むと、恵介は照れ笑いを返した。

「凄かったね！」

彼女が興奮気味に言った。

《共感しておこうか》ロペが言った。《面白かったことは間違いないし、ここは僕の指示は不要

かな。自分の口で素直な感想を伝えよう。そのほうが興奮も伝わるからね。借り物の言葉は今は不要だよ》

ロペがそこまで考えてくれることに驚きつつも、心強く思えた。ロペに委ねておけば何も間違ったことは起きない――と確信する。

「うん」恵介は素直な感想を返した。「超大作で、目が離せないシーンの連続だったよね。特に最後のアクションはハラハラした！」

「記事で少し読んだんだけど、スタントとかCGじゃなく、実際にトム・クルーズがやったんだって」

「それは凄いね。命がいくらあっても足りなそう……」

「ほんと」

彼女と映画の感想を言い合いながら席を立った。穂香の提案で館内のカフェに移動する。

彼女がお手洗いに立ったタイミングで、ロペが話しかけてきた。

《いい雰囲気だね、恵介君》

恵介は客や店員の注意を引かない程度の声で返事した。

「はい。こんなふうな休日、想像できなかったので、ドキドキしてます」

《ほんの少しの勇気や選択が人生を変えるんだよ。前も言ったけど、恵介君が僕を信じて一歩を踏み出したからだよ》

「彼女に嫌われないようにしたいです」

《目標が低いよ、恵介君》ロペが笑った。《好かれなきゃ》

好かれる——か。

思えば、今までの自分の人生は諦めと一緒にあった。友情も恋愛も一朝一夕ではいかないし、期待して裏切られるくらいなら最初から諦めたほうがましだ——と。

心の奥底では切望しているくせに、表向きは一人で平気なような顔をして一匹狼《いっぴきおおかみ》を気取り、他人を拒絶してきた。

しかし、今は違う。ロペに従えば何でもうまくいくような気がしていた。

足音が耳に入り、顔を上げると、穂香が戻ってきたところだった。「ごめんね」と言いながら向かいの席に座る。

その後も映画の感想で盛り上がった。脱線しそうだったり、空気を読み間違えそうになったときは、ロペがしっかりアドバイスをくれた。

彼女が「ここは私が……」と伝票を手に取った。

《『いいの?』》

ロペの声が聞こえた。

「いいの?」

「全然釣り合わないけど」

彼女が笑った。

このカフェで飲んだのは三百六十円のオレンジジュースだ。

《『気持ちだけで嬉しいよ』》ロペが言った。《『でも、気になるなら次回、ご馳走して』》

恵介は指示どおりの台詞を口にした。

「じゃあ、次は私がセッティングするね」

次回の約束が前提で話が進んでいる。ロペがいなかったら、何の未来もないまま別れるはめになっただろう。

会計を済ませると、一緒にカフェを出た。浮足立っている自分に気づいた。

映画を観て感想を言い合っただけなのに、距離が一気に縮まった気がする。

二人で最寄駅へ歩き、ホームのほうへ向かった。その途中、穂香が立ち止まり、「ねえねえ」と呼びかけた。

「どうしたの?」

「ほら、これ」

彼女が指差したのは、壁に貼られているポスターだった。浴衣姿の家族連れのバックに花火が上がっている。地元の夏祭りの宣伝だ。日時が記載されている。

「来週、花火大会だって」

「花火かあ……」

「金崎君、花火は好き?」

彼女が訊くと、イヤホンからロペの声が聞こえた。

《『最近は全然見てないなあ』——。懐かしそうな口ぶりを意識してしみじみ言ってみよう》

恵介は指示に従った。

「私も」穂香は興味深そうにポスターを眺めたままだ。「中学校のころのイベントくらい」

ロペが《いいね》と言った。《誘われるの待ちだよ、これは。『一緒に行こうか』》

恵介は彼女の横顔を見つめたまま言った。

「……一緒に行こうか」

穂香は振り返り、笑顔で「うん」とうなずいた。

《ね？》ロペが自信に満ちた口調で言った。《こういうとき、誘い受けに対して誘い受けを返すのは悪手だよ。思い切って誘わなきゃ、そこで話は終わる》

誘い受けとは、相手から誘われるのを待つような言動のことだ。男同士でも、今までの自分は常にそうだった。自分から直接誘う勇気がなく、『これ、面白そうだよね』とか『あれ、いいよね』と遠回しに匂わせ、相手が誘ってくれるのを期待する。だが、大抵は誘われないまま終わる。

彼女は控えめにほほ笑んだ。

「何だかデートみたいだね」

「え？」

驚きのあまり、素の声が漏れた。

穂香はまぶたを伏せ気味にしながら言った。

「私、男の人と二人で出かけたりとか、実は初めてで……」

ロペの声が聞こえる。

《『そうなんだ』くらいの反応を返しておこう》

「そうなんだ」

「うん。男の人と付き合ったりしたことなくて」

交際経験がない、という意味だ。信じられない。こんなに可愛くて性格もいいのに——。

意外に思ったとき、心の中を見透かしたようにロペが慌てて言った。

《恵介君、意外、とかはタブーだよ。『実は僕もこういうの、初めてだから緊張してる』》

非モテだと思われないだろうか、と不安を覚えつつ、ロペを信じて台詞を口にした。

「実は僕もこういうの、初めてだから緊張してる」

「えー」

彼女の反応に嫌悪などはなく、むしろその逆のような——。

「じゃ、初めて同士だね」

穂香は照れ臭そうに笑うと、ポスターに目を逃がした。

恵介も一緒にポスターを見た。時刻や場所を改めて確認する。

駅構内の喧騒《けんそう》はいつの間にか消え、二人きりの時間が流れている気がした。

そのとき——。

「おい！」

突如として真後ろで怒声が炸裂《さくれつ》し、恵介は身をすくませながら振り返った。

茶髪の若者が三十代くらいの男の手首を握り締めていた。男の手には黒色のスマートフォンがある。

「あんた、盗撮してたろ！」

盗撮――？

恵介は横目で穂香を見た。当惑している彼女のミニスカートに目が落ちる。色白の太ももが半分以上覗いている。

彼女が狙われたのか？

茶髪の若者が左手で自分のスマートフォンを掲げ、男に向けた。

「盗撮の証拠、撮ってるからな！」

「と、盗撮って――」

男の目は泳いでいた。

「その子のスカートの中、撮ってたよな、そのスマホで」

「い、いや、俺は何も――」

男が身じろぎした。

数人の通行人が一瞥し、そのままホームのほうへ歩いていく。所詮は赤の他人同士のいさかいなのだろう。

「大丈夫？　二人とも」

茶髪の若者が訊いた。

困惑顔の穂香が「は、はい……」とうなずいた。

茶髪の若者が男に目を向ける。

「おとなしく警察行こうか、警察」

男が逃げ場を探すように周りをチラ見する。

「顔、撮ってるからな」茶髪の若者が得意満面で言った。「逃げたって無駄だぞ」

「俺は――」

「動画確認しようか。犯行の証拠」

茶髪の若者が自分のスマートフォンに視線を落とし、操作しはじめた瞬間――。

「……クソッ！」

男はいきなり踵を返した。全力で駅構内を逃げ去っていく。

「あっ、おい！」

茶髪の若者は追いすがろうとしたが、思いとどまったらしく、二、三歩踏み出したところで動きを止めた。伸ばした腕を下ろし、恵介たちに向き直る。

「足、痛めてなきゃ、追いかけて捕まえてやったんだけど……」

茶髪の若者は申しわけなさそうに言うと、下唇を嚙み締めた。

彼の顔を凝視しているうち、恵介ははっと気づいた。

「昼間、そこで盗撮犯を取り押さえてた……」

茶髪の若者は顔を上げた。

「ああ、あの騒動、見てた人？」

「は、はい。映画に行く前、通りかかったら、たまたま……」

「そうそう。盗撮野郎は今日二人目。一人目の奴《やつ》と格闘してるときに右の足首をちょっと捻っちゃってさ」

穂香が頭を下げた。

「助けていただいてありがとうございました」

「いやいや」茶髪の若者が顔の前で手のひらを振った。「撮る前に止められたならいいけど……逃がしちゃったわけだしね。犯罪の証拠とセットで警察に突き出してやりたかったな」

《恵介君》ロペが言った。《相手のことを訊いてみようか。『それにしても、犯罪者を追いかけてまで捕まえるなんて、正義感あるんですね』》

恵介は茶髪の若者に言った。

「それにしても……犯罪者を追いかけてまで捕まえるなんて、正義感あるんですね」

茶髪の若者は頭を掻きながら答えた。

「悪党は許せないしさ。ちゃんと裁かなきゃ」彼は自分の顔を親指で差した。「俺は奈良岡翔《ならおかしょう》。社会制裁系配信者してる」

7

社会制裁系配信者――。

一体何だろう。初めて耳にする単語だったので、すぐには頭に入ってこなかった。

恵介は返事に窮したまま立ち尽くしていた。

奈良岡は細面《ほそおもて》で、意志的な眉の下に切れ長の目がある。左頬にはわずかにニキビがあった。服装は、黒の半袖シャツと白のパンツのモノトーンでコーディネートしていた。胸元には細い銀色のネックレス――。

ロペがどことなく楽しそうに言った。

《彼女が被害に遭ったのは可哀想《かわいそう》だけど、またしても物語《ドラマ》だね。数奇な出会い――ってやつ。尋ねてみよう。『社会制裁系配信者っていうのは？』》

「社会制裁系配信者っていうのは？」

奈良岡はにやりと笑みをこぼした。

「社会悪を裁いてる配信者だよ」

「社会悪を……」

「配信者にはいろいろいるでしょ。迷惑系とか、暴露系とか、突撃系とか、私人逮捕系とか」

迷惑系配信者は有名だ。文字どおり、他人に迷惑をかける害悪行為で注目を集める配信者だ。飲食店で不潔な行為をしたり、通行人に嫌がらせをしたり――。犯罪スレスレどころか、明確に法律に反する行為をして大炎上し、逮捕されているケースもある。社会問題として大々的に報じられていた。

暴露系は、同業者だったり、芸能人だったり、インフルエンサーだったり、ゲーム実況者だったり、特定の界隈《かいわい》で人気を博している他人のスキャンダルや犯罪行為を暴露して注目を集めている配信者だ。〝被害者〟から持ち込まれた告発をもとに〝罪〟を暴露しており、加害者として吊し上げられた人間はＳＮＳで袋叩きにされる。

突撃系は、問題を起こした学校や企業、店舗などに突撃し、拡声器で糾弾する配信者だ。近所迷惑や営業妨害と紙一重で、警察沙汰になっていることもしばしば。

私人逮捕系は、街中で犯罪行為をしている人間を探し回り、『私人逮捕』する光景を撮影している配信者だ。冤罪のリスクもあり、一般市民による『私人逮捕』の権限を逸脱している――と批判されている。

「俺は社会制裁系」奈良岡が胸を張るように言った。「カテゴリー的には私人逮捕系に近いのかな？　犯罪者を見つけたら、捕まえて、顔を晒して、社会的制裁を与えてる。犯罪者に甘いこの世の中じゃ、俺みたいな存在は大事だと思ってる」

「だから昼間も今も――」

「そうそう。駅とか本屋は無防備な女性が狙われがちだから、朝から何時間も目を光らせてる」

朝から何時間も――。

毎日ひたすら犯罪者を捕まえる動画を撮影して、それをインターネットにアップして稼いでいるのだろうか。

ロペが言った。

《少し話をしよう。『僕らポスターに目を奪われてて全然気づかなかったです』》

「僕らポスターに目を奪われてて全然気づかなかったです」

「立ち読みしてたり、何かを眺めてたり――。そういうときは後ろに意識がいかないからね。階段やエスカレーターだけが狙われポイントじゃないんだよ」

奈良岡は彼女を一瞥し、「気をつけなよ」とミニスカートを指差した。

穂香が「気をつけます」と答える。

「二人はカップル？」

奈良岡が訊くと、イヤホンからロペが言った。

《彼女をチラっと見て、『いや、そういうわけじゃ……』くらいの曖昧な感じで答えておこうか》

恵介は指示に従った。

穂香は「うん……」とうなずいた。

《いいね》ロペが言った。《正直に『友達です』って答えるのもいいけど、多少でも意識し合ってる関係だと悪手だからね。相手も今後、二の足を踏んでしまう》

言われてみればそのとおりかもしれない。きっぱり否定されてしまうと、わずかな勇気も挫《くじ》けてしまう。相手にはそのつもりがないと知り、もう踏み込めず、友達同士という関係を守ろうとするだろう。

彼女が明確に否定しなかったことに、可能性を感じている自分がいた。

「そっか」奈良岡が笑った。「ごめんごめん。ところでさ、少し話できないかな？」

彼女が小首を傾げる。

「話――ですか？」

「ああ。その辺の喫茶店でもいいよ」奈良岡が片目をつぶり、両手を合わせた。「お願い！　少しだけ！」

穂香が恵介を見やり、若干当惑した顔つきで「どうする？」と尋ねた。

イヤホンでロペが答える。

《『話くらいなら』》

応じていいのだろうか、と躊躇しながらも、恵介は指示どおりに答えた。

「話くらいなら……」

「決まり！」

奈良岡が率先して歩きはじめたので、恵介は穂香と再び顔を見合わせた後、彼の背を追った。

構内の喫茶店に入り、ウエイターに案内されるまま奥の席に座る。

恵介はソファ席で穂香と並び、テーブルを挟んで奈良岡と向かい合った。

彼が「何飲む？　何でも奢るよ」と言った。

「僕らはさっき飲んだばかりなので――」

「そっか」奈良岡がウエイターに声をかけた。「じゃあ、アイスコーヒーを三つ」

奈良岡は飲み物が運ばれてくるまで、自分の話をまくし立てた。

社会制裁系の動画をアップしているチャンネルの登録者は、二万八千人。SNSアカウントのフォロワー数は七千人。週に三件ほどの制裁動画をアップしているという。

「昔はさ、プラモデルの制作とか、ゲーム攻略とか、そういう動画をアップしてたんだけど、登録者が全然伸びなくて。たった百数十人。再生回数も数十回とかでさ。誰にも興味持たれてなかったんだよね」

奈良岡はグラスの水を呷った。

「でも、企画を変えたら急に伸びはじめてさ」

恵介は「どんな企画ですか？」と訊いた。

「街中インタビューとか」

奈良岡はスマートフォンを操作し、テーブルの上に置いた。恵介たちのほうへ向ける。

動画投稿サイトのサムネイルが並んでいた。チャンネル名は『ナラショーCH』――。

投稿日時は三カ月前だ。

『街の女の子に経験人数訊いてみた』

『過去一美人の驚愕《きょうがく》の交際数！』

『双子の美人姉妹の衝撃の性癖！』

そんな煽情的《せんじょうてき》なタイトルが並んでいる。サムネイルにモザイクなどはなく、女の子の顔がはっきり写っている。

「アップする許可は貰ってるよ、ちゃんと」

奈良岡はそう言って動画を再生した。動画を途中まで飛ばすと、奈良岡がマイクを女の子に向けているシーンが映し出された。彼に「セフレとはどんなことしてんの？」と訊かれた女の子が、「えー」と軽く嫌がる素振りを見せた後、堂々と答えている。

恵介は反応に困り、水のグラスに手を伸ばした。勢いに押されて——正確にはロペの指示だったが——話に付き合ったことを、早くも後悔しはじめていた。

根本的にソリが合わないタイプだ。盗撮を注意喚起してくれたし、犯罪者を許さない正義漢かと思いきや——。

横目で見ると、穂香も困惑混じりの表情をしていた。気まずい空気を感じる。

だが——。

奈良岡はまったく気にした様子がなく、動画を再生しっぱなしで意気揚々と語った。

「やっぱさ、なんだかんだ言っても、他人《ひと》の秘め事ってみんな興味津々じゃん？　俺はさ、需要を満たしてあげてたの」

「なるほど……」

適当な相槌を打つしかなかった。

動画では、奈良岡が女の子に「俺ともどう？」と軽い調子で尋ね、苦笑いされているシーンが流れていた。

穂香が「こういう動画、批判とか来ないの?」と訊いた。

奈良岡は「来る来る!」と笑い声を上げた。

「コメント欄に『失礼すぎる!』とか『セクハラ!』とか書かれたり。別にあんたにはインタビューしてないよ、って感じ。勝手に自分に置き換えて不快だとか言われてもさ。そう思わない?」

奈良岡の一瞥が向けられると、恵介は「まあ……」と相槌を打った。

「俺はさ、こういうノリが平気な子にしかインタビューしてないよ。むしろ、俺のほうがタジタジになる告白ばっかり」

世の中には、自分とはあまりに違いすぎる価値観の持ち主は大勢いる。

ネットで海外の恋愛リアリティ番組を少し観たことがある。性に奔放なラテン系の美男美女たちが登場し、自分の性遍歴を語り合っていた。女性陣も、いかに大勢の男を食べてきたか、笑いながら告白していた。真面目な男女関係を嫌い、性的に楽しむためだけに一夜の関係を繰り返してきたことを堂々と語っていた。

異星人を見ているようだった。

日本でも、いわゆる〝陽キャ〟や〝ギャル〟同士だと、平然と下ネタで笑い合っていたりする。自分がもし口にしたら「キモい」と切り捨てられるような発言でも、当たり前のように飛び交っていたり――。

アイスコーヒーが運ばれてきた。ウエイターが去るのを待ってから奈良岡が口を開いた。今までとは打って変わって真面目な表情と口調だ。

「ところでさ、二人は逃げた盗撮犯を捕まえたくない？」

「え？」

「犯罪者に成功体験を与えたら、また繰り返すし、しっかり捕まえて社会制裁を与えてやらなきゃ」

恵介は穂香と顔を見合わせた。

ロペの声がする。

《急展開だね。でも、興味はあるんじゃない？　大切な女友達が盗撮されて見過ごしたら男がすたる。とりあえず、話を聞いてみようか。『捕まえるって？』》

恵介は奈良岡に目を戻した。

「捕まえるって？」

奈良岡はアイスコーヒーを一口飲んだ。

「この辺の駅を張り込みしてさ、さっきの奴を見つけ出すんだよ。逃げ得は後味悪いじゃん？」

《『僕も捕まえられるものなら捕まえたいです』》

「僕も捕まえられるものなら捕まえたいです」

「だろ。動画としても、犯人に逃げられたんじゃお蔵入りだし、俺としても捕まえたいわけさ」

奈良岡が穂香を見た。「君も、盗撮データ、消させないと安心できないでしょ」

穂香が「はい」とうなずく。

「ネットに流される危険もあるし、とっ捕まえてデータを削除させなきゃ」

「他にも被害者がいるかもしれませんもんね」

「間違いなくいるよ。盗撮は常習だから」

「私も捕まえたいですけど、出来ることがあるかどうか……」

奈良岡は「うーん……」となった後、少し言いにくそうに切り出した。

「囮《おとり》って手もあるけど……」

《おっと！》ロペが割って入った。《ここは難色を示しておこうか。彼女を心配しているところを見せておこう。『彼女にそんな危ないまねは……』》

「彼女にそんな危ないまねは……」

恵介はそう口にし、横目で穂香を見やった。彼女と再び目が合った。反対したことをどことなく喜んでくれているような――。気のせいだろうか。

「もちろん分かってる」奈良岡が答えた。「女の子に危ないまねはさせたりしないよ」

ロペが指示を出す。

《少し笑いながら『安心しました』》

恵介はロペに従った。

奈良岡が穂香に目をやった。

「ただ普通に駅の中を歩いてくれれば――って思ってさ。それだけでも無理かな？」

「私は……」

彼女の声に困惑が混じる。

助け舟を出したほうがいいのではないだろうか。盗撮被害に遭ったうえ、犯人逮捕のために自分自身で行動するのは――果たして彼女の望みなのだろうか。

警察に任せるほうがいいのでは？

思案していると、穂香が覚悟を決めたように口を開いた。

「それくらいなら――」

「決まり！」奈良岡が親指を立てた。「俺たちの手で絶対犯人を捕まえてやろう！」

8

「あのう……」
恵介は自分の部屋で身支度をしながら、ロペに話しかけた。
《何かな？》
「今日はカメラを外したら駄目ですか」
《ん？　どうして》
「盗撮犯を捕まえに行くのに、自分が胸のカメラで隠し撮りしているのはまずいかな、と……」
《恵介君は盗撮しているわけじゃないでしょ》

「それはそうですけど……バレたら問題になるかもしれませんし……」

《大丈夫。バレないよ。今まで誰にも気づかれてないでしょ》

「ま、まあ……」

《カメラは僕の目だよ。目がなきゃ、適切な〝プロデュース〟ができない。恵介君は僕のアドバイスなしで奈良岡君とうまくやれる？》

「それは……」

ロペがいなければ、奈良岡はもちろん、穂香ともどんな会話をすればいいか分からない。

《でしょ。心配せず、準備して出発しよう》

恵介は「はい……」とうなずき、大急ぎで身支度を終えた。待ち合わせの駅へ向かう。

到着したのは約束の十分前だった。駅構内のコンビニの前に奈良岡が立っている。

彼が「よう！」と手を挙げた。

《挨拶しよう》ロペが言った。《『お待たせしました』》

「お待たせしました」

「俺も今来たとこ。彼女はまだだよ」

恵介は奈良岡を見た。昨日と同じく、黒と白のコーディネートだ。お気に入りの組み合わせなのだろうか。

穂香を待つあいだ、奈良岡と二人で話をした。彼は二十五歳の年上だった。高校卒業後、フリーターとしてアルバイト生活をしていたという。だが、代わり映えのしない退屈な毎日に飽きて、なんとなく配信をはじめたらしい。

「俺、何かになりたくてさ」

何か——というのは、職業的な話ではなく、人生の主役、とか、そういう抽象的な意味だろう。

「今は最高に充実してる」

奈良岡が満面の笑みで言った。

「そうなんですね」

「堅苦しいなあ」奈良岡は苦笑いを浮かべた。「タメでいいよ、タメで」

「僕は年下ですし、そういうわけには……」

「学校じゃないんだし、年齢なんて関係ないって。他人行儀なの、苦手なんだよね。俺たち、仲間じゃん？」

仲間——か。

会ったばかりの人間に対して、サラッとそんなふうに言えるのは、やはり人種が違う。

これが〝陽キャ〟の距離感なのだろうか。

イヤホンからロペの声がした。

《恵介君、こういう相手、正直苦手でしょ？》

からかうような口調だった。だが、本人を前にして内心を言い当てられると、落ち着かない気分になる。

《返事がなくても分かるよ。でも、常に自分のペースで行動できて、一切振り回されない関係は安心かもしれないけど、面白みに欠けるよ。まやかしの居心地の良さだよ。全ては自分次第さ。振り回されることを楽しんでみよう》

無言の時間が少し続いたせいか、奈良岡が「な？」と同意を求めてきた。

「……う、うん」

恵介はタメ口でうなずいた。

奈良岡は「そろそろかな？」と腕時計で時刻を確認した。

恵介はホームに続くエスカレーターのほうを見た。数人の利用客が上ってくる。眺めていると、隣の奈良岡が言った。

「それにしてもさ、穂香ちゃん、可愛いよね」

恵介は「え？」と振り向いた。

「そう思うよね」

恵介は返事に困り、黙り込んだ。

彼女は可愛い。それは迷わず同意できる。だが、男同士にありがちなこの手の話題は今までした経験がなく、どう答えていいのか分からなかった。

「本当に二人は付き合ってないの？」

《おっと！》ロペがからかうように言った。《ぶっこんできたね。これは大事な質問だよ。ある意味、宣戦布告だね。付き合ってないよ、って答えたら、じゃあ俺が狙ってもいいよね、ってなるパターンだよ。とりあえず、探りを入れようか。『どうして？』》

「どうして?」

「あ、いや……」奈良岡は苦笑いしつつ頭を掻いた。「付き合ってないならチャンスあるかな、って思ってさ」

ロペが強気な口調で言う。

《ストレートだね。ここで引き下がったら駄目だよ。ある程度ははっきりさせておこう。『そういう話なら協力はできないよ』》

「……そういう話なら協力はできないよ」

奈良岡が探るような眼差しで恵介の顔を真っすぐ見つめた。しばらく沈黙が続いた。

そして——彼がふっと表情を緩めた。

「冗談冗談」

「え?」

「ちょっと言ってみただけだって。お邪魔虫にはならないよ」

察してくれた——ということだろうか。

穏便に話が終わったことに安堵する。

「お」奈良岡がエスカレーターの方角へ顔を向けた。「来たよ」

彼の視線の先に目をやると、歩いてくる穂香の姿があった。スタイルがよく、相変わらずのミニスカートなので、通行人の集団に紛れていてもひと際目を引く。

「お待たせ」

彼女が目の前までやって来た。

ロペが指示した。

《『僕らも今来たとこ』》

「僕らも今来たとこ」

彼女はほほ笑みながらうなずいた後、奈良岡に目を向けた。

「それで――私はどうしたらいいの？」

「危険はないから安心して。普段どおり駅を歩いてくれればいいよ。エスカレーターや階段を上るとか、書店で立ち読みするとか。俺らは離れた場所から見守ってる」

「……うん」

「怪しい動きがあったら、しっかりスマホで証拠を撮影しながら駆けつけるから」

穂香は恵介を見た。

「……守ってね、金崎君」

心臓が大きく鼓動した。

――守ってね。

こんなドラマチックな台詞があるだろうか。冴えない人生を惰性で生きてきた自分に対して、不釣り合いなほど可愛い女の子が口にしたのだ。

ロペの指示を待つより先に口が答えていた。

「もちろん！」

断言すると、彼女が笑顔を返してくれた。

ロペが茶化すように言う。

《気合い入ってるね、恵介君》

奈良岡が「よし！」と親指を立てた。「じゃあ、行こうか」

いざ行動を起こすとなると、さすがの穂香の顔にも若干の緊張が見え隠れしていた。

だが、彼女は決然とうなずき、歩きはじめた。人通りが多い通路を真っすぐ進む。

「……俺たちも行くか」

恵介は奈良岡と並んで穂香を追いはじめた。彼女から十メートルほど離れている。

用心深く周囲に目を走らせた。

「金崎君、金崎君」奈良岡が苦笑混じりに言った。「あからさますぎるよ、態度が。盗撮犯に怪しまれる」

「あ、ごめん」

恵介は胸を押さえ、深呼吸して緊張を抜いた。

絶対に守るんだ――という思いが先走りすぎた。盗撮犯に警戒させてしまっては意味がない。

罠だとバレないようにしなければ――。

並んで歩いているときは意識していなかったが、離れた位置から観察していると、彼女に目を向ける通行人の多さに気づいた。すれ違った男がにやけ面で振り返り、彼女の後ろ姿――というか、下半身――を眺めていたりする。中年男性や男子高校生がチラっと一瞥していくのが分かった。

穂香はエスカレーターでホームまで下りた後は、電車の到着を待ち、下車した乗客たちと並んで階段を上った。盗撮犯に狙われやすい状況だから、彼女の周囲にはしっかり目を光らせた。

怪しい動きをする人間はいなかった。好色そうな中年男がスカートの中を覗けないか、首を動かしてゆっくり階段を上っている姿には気づいた。

だが、犯罪行為をしているわけではないので、咎めることはできなかった。

この囮捜査は無関係な人間に無用なサービスをしているだけではないか。

盗撮されなかったとしても、複雑な感情が胸の中に渦巻いた。

穂香は二階へ上ると、通路を歩き、書店に寄った。適当な雑誌を手に取り、パラパラと眺める。

その姿はあまりに無防備で、たしかに盗撮犯に狙われやすいと言われる理由も理解できた。

書棚の陰から十分ほど彼女を見守った。

特に何事もなく、穂香は雑誌を戻して書店を出た。そのままホームへ降りていく。

恵介は距離を取って後を追いながら、隣の奈良岡に話しかけた。

「現れないね、この前の盗撮犯」

ロペの〝プロデュース〟に慣れてきた最近では、指示がなくても自分から話題を振ることがある。少しは自信がついたのかもしれない。まあ、当たり障りがない内容にかぎるが――。

奈良岡はさも当然という顔で答えた。

「昨日の今日だしな。しばらくはおとなしくしてる可能性もあるな」

「じゃあ、無駄足になるかもね」

「……どうかな」

意味ありげな台詞を意味深な表情でつぶやく。

「確信があるの？」

「まだ初日だし、焦る必要はないって」

初日――ということは、例の盗撮犯が現れるまで何日もこの囮捜査を続ける気なのか。

その後も三十分ほど歩き続けたが、何事も起きなかった。穂香の安全を思えばそれが一番だが――。

「ちょっと休憩するか」

奈良岡がそう言ったときだった。

「あっ！」

恵介は思わず声を上げた。

「あ、あれ……」

奈良岡が穂香のほうへ目をやる。

ホームで電光掲示板を見上げる彼女の背後には、不審な挙動の中年男が立っていた。一メートルほど離れた位置から、無防備な後ろ姿をじっと見つめている。

「やっぱりな」

奈良岡がにやりと笑みを漏らした。

「やっぱりって？」

奈良岡はスマートフォンを取り出し、動画の録画を開始した。柱の陰から中年男を撮影する。

「例の奴が現れなくても、別の奴が現れると思ったんだよ。珍しいことじゃないしな」

考えてみれば、奈良岡は毎日張り込みをして、盗撮犯や痴漢を捜しているのだ。犯罪者がいかに多いか知っているのだろう。

穂香は電光掲示板を見上げたままだ。

ハラハラしながら様子を窺っていると、彼女が歩きはじめた。階段へ向かう。

中年男はスマートフォンを取り出し、周りを警戒するように見回した。そして――彼女にぴったりと接近した。

奈良岡がつぶやくように言った。

「やるぞ、あいつ」

奈良岡は自分のスマートフォンで中年男の様子を撮りはじめた。言い逃れできないよう、犯罪の証拠はしっかり残しておかなければいけない。

穂香は背後の中年男に気づいていないのか、一度も振り向くことなく階段を上りはじめた。

中年男はスマートフォンを握った右手を自然な動作で下ろした。あくまで日常の仕草であるかのように。

「撮ってんな、あれ」

奈良岡が中年男の後ろ姿を睨みつけながら歩き出した。

二人で揃って階段を上った。

上り終えると、中年男は立ち止まってスマートフォンを確認していた。

「突撃するぞ！」

奈良岡が歩調を早め、中年男に迫っていく。

恵介は慌てて後を追った。

中年男がスマートフォンを鞄にしまおうとした。

「おっさん！」

奈良岡が声を荒らげ、中年男の手首を鷲掴《わしづか》みにした。

「な、な……何ですか、一体」

中年男の声は上ずっており、目は泳いでいた。

「盗撮したよな！」

周りにもはっきり聞こえる声だ。数人の通行人が立ち止まり、目を向けてきた。

「な、何を馬鹿な……」

中年男が人目を気にするようにきょろきょろと周りを見た。

穂香は立ち止まり、振り返っていた。

奈良岡は左手に持ち替えたスマートフォンで撮影しつつ、右手の人差し指を彼女に突きつけた。

「階段であの子のスカートの中、盗撮してたよな」

「わ、私は何も……」

「じゃ、そのスマホの中、見せてくれるよな」

「それは――」

「盗撮してないんだろ。だったら見せられるだろ」

「……プライバシーの侵害だ。大事なデータが入ってる」

「写真フォルダだけだって。何か困るわけ？」

「プライベートの写真があるんだ」

「誤魔化すなよ、おっさん」

奈良岡は中年男のスマートフォンを一瞬で奪い取った。

「あっ――」

中年男が手を伸ばし、取り返そうとした。だが、奈良岡はさっと躱し、恵介にスマートフォンを差し出した。

「調べてくれ」

《恵介君》ロペが言った。《彼に言おう。『確認は彼女が』》

反射的に台詞を口にした。

「確認は彼女が」

奈良岡は一瞬きょとんとした顔をした後、合点がいったようにうなずいた。

「だな」

奈良岡に遅れて理解した。

スカートの中の盗撮画像が写っていたとしたら、犯罪の証拠の確認のためとはいえ、男友達に見られたくはないだろう。ロペのとっさの気遣いに感心した。

奈良岡が穂香にスマートフォンを手渡した。彼女が戸惑いがちに操作しはじめると、中年男の顔色が次第に青ざめていった。

「……あった」

彼女がぽつりと答えた。

奈良岡が中年男を睨みつけた。

「盗撮確定。警察行こうか、おっさん」

中年男は逃げ場を探すように周りを見回したものの、スマートフォンを奪われていては無理だと気づいたのか、観念したようにうなだれた。

何秒か沈黙が続いた。

通行人たちが一瞥すらせず歩き去っていく。

「さ、行こうか」

奈良岡が促すと、中年男はとぼとぼと歩きはじめた。彼はその後ろ姿を撮影している。

その後は思ったより大変だった。駅員と話をし、警察が呼ばれ、事情聴取された。

9

解放されたのは昼だった。

恵介は二人と喫茶店で休憩した。

穂香が嘆息し、オレンジジュースに口をつける。

「疲れたね」

奈良岡がスマートフォンを操作しながら答えた。

「警察沙汰まで行ったら、どうしても、ね」

「裁判とかなったら、どうしよう。法廷で証言するのはちょっと……。元々、誘いかけたようなところあったし」

「最終的には示談みたいな話になって、不起訴で決着――あたりが現実的かな」

「〝被害者〟になるのも大変だよね」

ロペの声がイヤホンから聞こえた。

《恵介君。話に混ざろうか。脇役に甘んじていたら彼女を取られちゃうよ。奈良岡君に話しかけよう。『奈良岡君は警察に慣れてる感じだったよね。向こうも知ってる感じだった』》

「奈良岡君は警察に慣れてる感じだったよね。向こうも知ってる感じだった」

奈良岡はスマートフォンから顔を上げた。

「活動柄、自然と警察官と顔見知りになっただけだよ。まあ、厄介者扱いされてるかもしんないけどな」

ロペの指示に従って会話する。

「厄介者?」

「何人も突き出してるし」

「犯罪者を捕まえてるんだし、いいことでしょ?」

「一般人が警察の真似事してるわけだしな。余計な仕事増やすなー、って」

「間違ったことしてないのにね」

「……ありがとな」

奈良岡は照れたように微苦笑を浮かべた。

「いや、僕は何も……」

「ぶっちゃけ、俺の活動って肯定の声ばっかりじゃないしさ。結構悩んだりもするんだよ。だからそんなふうに認めてくれると、嬉しくなる」

「大変なんだ」

「まあな」奈良岡は再びスマートフォンを操作し、恵介と穂香を交互に見た。「今回の動画、顔にモザイクかけるし、チャンネルにアップしていいかな」

恵介は彼女と顔を見合わせた。

答えたのは穂香だった。

「うん……。顔を隠してくれるなら」

「サンキュ！」

奈良岡は親指を立ててみせた。

恵介は黙ってメロンソーダを一口飲んだ。

盗撮犯を追い詰めて警察に突き出した動画——か。奈良岡のチャンネルの同系統の動画は数万再生されているので、それなりに話題になるのだろう。

奈良岡はスマートフォンをポケットにしまった。

「じゃあ、次は明後日《あさって》の夕方とかどうかな」

「え？」穂香が少し困惑気味に訊き返した。「明後日もするの？」

「そりゃそうだよ。釣れたのは別人じゃん。例の犯人、捕まえなきゃ」

穂香は「うん……」と小さくうなずいた。

その後は奈良岡とＬＩＮＥを交換し、三人で適当に話をして解散となった。興奮する非日常の体験だったとはいえ、彼女との二人きりの貴重な時間を失ったことは寂しく感じた。

奈良岡からＬＩＮＥが来たのは、夜だった。編集し終わった動画をアップしたという。

恵介はスマートフォンで奈良岡のチャンネルにアクセスした。

『リベンジ戦で盗撮犯逮捕！』

動画のサムネイルには、そんなタイトルが躍っていた。

ドキドキしながら再生してみると、奈良岡と出会った日の騒動が流れはじめた。

奈良岡が登場して挨拶し、駅を徘徊する。そのうち、『そして――!』とテロップが入った。

映ったのは、駅構内を並んで歩く恵介と穂香だった。彼女のミニスカート姿は、色白の太ももが剝き出しで、はた目にはかなり煽情的だ。

続いて『怪しい男を発見』と赤文字でテロップが入り、恵介と穂香をじっと見つめる男が映った。

例の逃げた盗撮犯だ。

恵介と穂香がポスターの前に立ち止まり、会話していた。距離があるので二人の声は入っていない。

奈良岡が視聴者に向かって、囁き声で「あいつ絶対やるよ」と話しかけた。

映像がズームアップした。男の顔にはモザイクがかかっている。

奈良岡が黙り込むと、緊張が張り詰めた。男はズボンのポケットからスマートフォンを取り出し、自然な動作で顔の前に持っていった。だが、その過程で穂香のミニスカートのそばを通過した。

一瞬で撮影したのだろう。

「撮った、撮った、撮った!」

万引きGメンを特集したテレビ番組さながら、奈良岡が緊迫感たっぷりの声で繰り返した。

画面がブレながら男に近づいていく。それが逆に臨場感を生み出していた。

「おい！」

奈良岡が怒鳴りつけると、三人が同時に振り返った。奈良岡が男の手首を鷲摑みにしている。

「あんた、盗撮してたろ！」

奈良岡が責め立てたが、男は隙を突いて逃げ出した。

『盗撮犯が逃亡！』とテロップが表示された。

逃げ去る男の背中が映った後、字幕が流れた。

『取り逃がした盗撮犯を捕まえるため、被害者の女性とその友達に協力をお願いすることに……』

『そして——後日』

『三人で駅に集合した』

『そこでまさかの展開に！』

思わせぶりな字幕の後、今日の行動が流れた。駅構内を歩き回る穂香の後ろ姿がしばらく映る。

『彼女を付け狙う怪しい男の姿……』

昼間の中年男が動画に晒された。中年男にモザイクはかかっておらず、遠目にも顔がはっきり映っている。

穂香が階段を上りはじめると、中年男が張りつき、スマートフォンでミニスカートの中を盗撮した。

「撮ってんな、あれ」

奈良岡の声が入る。

その後は記憶に新しい。階段を上り切ったところで、中年男に突撃し、問い詰める。動画の見せ場だった。

恵介は動画を観終えると、ふう、と息を吐いた。

《結構丁寧に編集してあるね》

ロペの声が聞こえた。

「……自分が動画に出演するの、変な感じです。いつもは観る専門でしたし」

《でも、ちょっと興奮しない？》

「はい。少し」

《でしょ。物語《ドラマ》だよ、これも。人はほんの少し行動するだけで、自分の人生の主役になれる》

中学校や高校のころは数えきれないほど妄想した正義のヒーロー。悪漢を退治したり、片思いの相手を守ったり――。

何か大活躍したというわけではないが、妄想が現実になった気がして、気分が高揚している。

《世の中の反応はどうかな？》

ロペに言われて、投稿された動画には誰もがコメントを書き込めるのだと思い出した。

緊張しながらコメント欄をタップした。

『犯罪者撲滅！　ナイス！』

『犯罪者が減って安心できる。私の利用する駅でもやってほしい』

『リベンジはお預けかー。残念！』

『最初の盗撮犯は絶対追い詰めて捕まえてほしい！』

『犯罪者の顔、拡散しよう』

『被害者と協力するなんて、斬新な展開！　次回の動画が楽しみ！』

肯定的なコメントが何十件も並んでいる。主役は奈良岡で、自分は何も活躍していないにもかかわらず、大勢から認められた気がして何だか嬉しかった。

恵介は奈良岡に『動画観たよ。本命の逮捕、求められてたね』とLINEを送った。

『捕まえたいよな。頑張ろうぜ』

奈良岡からは、親指を立てた絵文字と一緒に返信があった。

『ところでさ、話は変わるけど、明日、俺んち来ない？　金崎君とはあまり話せてないし、仲良くやろうぜ』

突然の誘いに困惑し、恵介はロペに相談した。

《せっかくだし応じよう。恵介君はこういうノリ苦手かもしれないけど、意外と楽しいかもしれないよ》

「……分かりました」

恵介は奈良岡に「オッケー」と返事した。

10

友達の自宅を訪ねるなんていつ以来だろう。

赤々とした夕日が照らし出すころ、恵介は二駅離れた町にあるアパートの二〇三号室の前に立ち、深呼吸してからチャイムを鳴らした。

小学校のころ、クラスメートの誕生日会に招かれたときが最後だった。十人ほど集まったと思う。盛り上がる集団の輪に入れず、孤独に落ち着かない時間を過ごした記憶がある。

一分ほど待つと、ドアが開いた。ラフな格好の奈良岡が「よう！」と顔を出した。

「うん」

恵介は軽くお辞儀をした。

「上がってくれ」

奈良岡が室内に戻ると、恵介は遠慮がちに中へ入った。案内されたリビングは六畳ほどで、L字形のソファがあり、その前にローテーブルと薄型テレビがあった。脇の本棚にはコミックスとDVDが並んでいる。

ロペが言った。

《せっかく招かれたんだし、軽く感想を言おうか。部屋を見回して、『意外とシンプルにコーデ

ィネートしてるんだね』》

「意外とシンプルにコーディネートしてるんだね」

台詞を口にすると、奈良岡が笑いながら言った。

「何だよ、どんなイメージ持ってたんだよ」

《『陽キャっぽい派手な？』》

「陽キャっぽい派手な？」

奈良岡は苦笑いした。

「俺、陽キャっぽいかな？」

《『僕よりは』》

「僕よりは」

「そうか？　金崎君も陰って感じないけど」奈良岡はソファに座った。「適当にくつろいでくれ」

適当に——か。こういう場合、どこに座るのが正解なのだろう。

恵介は室内を見回した。

迷いを察したのか、ロペが口出しした。

《ソファの向こう側でいいんじゃない？　隣り合って座るのは少し気まずいだろうし、それが無難かな》

恵介はL字形のソファの奥側に腰かけた。

奈良岡がスマートフォンを取り出し、自身のチャンネルにアクセスした。

「おかげさまで五万再生。結構注目されてる」

ロペが《一緒に喜んでおこう。『いいね！』》と言った。

「いいね！」

「協力してくれた二人には感謝だわ、マジで。穂香ちゃんのためにも本命の盗撮犯、捕まえたいよな」

躊躇なく女の子の名前にちゃんづけで呼べるのだから、やはり奈良岡は自分とは違う。

彼のほうが穂香と親しくなってしまった気がして、胸の中に複雑な感情が芽生えた。

「穂香ちゃん、何て言ってた？」

奈良岡が訊くと、恵介はロペの指示どおりに会話した。

「昨日は話してなくて」

「あ、そうなんだ。頻繁にＬＩＮＥしてるのかと思った」

「まだそんな関係じゃなくて」

「そっか。一番の当事者だし、感想とか聞いておきたかったんだけど。動画で気になる編集とかあったら、教えてもらおうと思ってさ」

彼の口ぶりは真摯で、動画に関しては彼女の気持ちを尊重したい――という真面目さが伝わってきた。

「……彼女のＬＩＮＥ、教えようか？」

ロペに指示された台詞とはいえ、胸が疼《うず》いた。

奈良岡は少し考えるように間を置き、「いや」とかぶりを振った。「遠慮しておくわ」

「どうして？」

「俺みたいな新参者が割り込んできて、彼女と個人的に繋がったら落ち着かないだろ」

奈良岡は意味ありげにウインクした。

そんな気遣いをしてくれるとは思わなかった。正直、彼女を狙っていると思っていた。

「邪魔はしないって」奈良岡が言った。「むしろ応援してる」

「……ありがとう」

「それにほら、俺って真剣交際、苦手な奴だからさ。女の子とは後腐れがない一夜の関係が気楽でいいよ」

恵介は「はは……」と苦笑いを返した。

「ま、そういうわけだからさ。安心してくれ」

意外といい人なのかもしれない――と思った。

「そういや、金崎君はサッカーとか好き？」

ロペがイヤホンで会話を指示した。

「観る専門だけど。ワールドカップ、楽しんでる」

「盛り上がってるよな。番狂わせもあったし」

「早々に強豪国が消えるのは寂しいけど」

「分かるー。でもまあ、下剋上《ジャイアントキリング》はワールドカップの醍醐味《だいごみ》じゃん。今大会はめちゃくちゃ面白い」

「だよね。イタリアの試合とか、超興奮した」

「俺も俺も。せっかくだし、ゲームでもする？」

「ゲーム？」

奈良岡は薄型テレビの横に置かれているＰＳ５を指差した。

「サッカーゲームあるし、どう？　したことある？」

《正直に答えよう》ロペがイヤホンから言った。

「……高校のころに遊んだのが最後かな」

「経験者ならすぐ慣れるな」

「経験者ってほどじゃないけど」

「軽く遊ぼうぜ」

奈良岡がＰＳ５を起動し、サッカーゲームを選択した。

「ほら」

コントローラーを差し出され、恵介は受け取った。ＰＳ５のコントローラーは、自分が持っているＰＳ４のものより重さがあり、手に馴染むか不安もあった。

最初はパスやシュートの操作を聞き、練習から入った。意外にも指が操作を覚えていて、すぐに選手たちを動かせるようになった。

「俺、アルゼンチンな」奈良岡がチームを選択した。「やっぱメッシっしょ」

ロペが《好きに遊んでいいよ》と言った。

「じゃあ、僕はイタリアで」

個人的にはブラジルが好きだったが、この前の劇的な試合が記憶に鮮明に焼きついていたので、ゲームでも使いたくなった。

二時間以上、二人でサッカーゲームをした。友達の家で一緒にゲームをする体験は初めてで、緊張もあったが、想像以上に楽しかった。自分の存在を誰かに肯定された気がする。

「金崎君はお酒飲めるほう？」

「まあ、人並みには」

「じゃ、乾杯しようぜ、乾杯」

奈良岡は冷蔵庫から数本の缶チューハイを持ってくると、ローテーブルに置いた。

「俺のわがままに付き合ってくれて、色々ありがとな。乾杯！」

奈良岡が缶チューハイを掲げると、恵介は真似た。缶の縁同士を軽く触れ合わせる。

お酒なら何度か和也に誘われて飲みに行ったが、愚痴に付き合わされているという感覚のほうが強く、正直、あまり楽しめなかった。女の子に裏切られたり嫌悪されたり——そんな話ばかり聞かされた。負の感情に巻き込まれ、自分まで鬱々としてしまう。ロペが言ったとおり、誰かや何かの不満や愚痴しかネタがない人間と一緒に過ごしても、自分まで嫌な気分になるだけで、何一つ楽しいことはない。

奈良岡は和也と違って楽しい話題で笑わせてくれる。最初は気が合わないタイプかと思い、敬遠する気持ちが強かったものの、いざ腹を割って話してみると意外に楽しめた。

穂香との出会いの話をすると、奈良岡は「おおー！」と大袈裟《おおげさ》なほど驚いてみせた。

「じゃ、正義のヒーローだったわけだ？　やるじゃん。勇気あるんだな」

アルコールによるほろ酔い効果も手伝ってか、ロペの指示がなくても言葉が出てくる。

「正直、膝ガクガクだった」

「ナンパ集団も、法律の知識を持ち出されてちょっと冷静になったんだろうな。暴力は割に合わないって」

「引き下がってくれなかったら、ボコボコにされてたかも」

「そんな状況で三人に立ち向かったんだから、勇敢じゃん。もっと自信持ってこ！」

「ありがとう」

「いやあ、俺の直感も間違いじゃなかった――ってわけだ」

「直感？」

「正義感がありそう、とか、活動に共感してもらえそう、とか。第一印象でピンときた」

そんなふうに見られていたなんて――。

ロペに〝プロデュース〟されてから人生が好転し、毎日が楽しく、生きている実感を得られるようになった。

「まあ、何にしてもよろしくな、恵介！」

いつの間にか名前で呼ばれていた。悪い気はしなかった。

「うん、よろしく」

たった半日で奈良岡と仲良くなれた気がする。

終電の前に解散になると、恵介は奈良岡に別れを告げてアパートを出た。

青白い月光が照らすアスファルトを歩くと、火照った体を夜風が撫でていく。

今夜は酔いが心地よかった。

「ありがとうございます」

つぶやくように言うと、間を置き、ロペが《ん？》と訊き返した。

「ロペさんのおかげで人生が楽しくなりました。女の子と仲良くなって、楽しく遊べる友達もできて……」

《恵介君が一歩を踏み出したからだよ》

「全部ロペさんのおかげです。本当に嬉しいし、感謝してるんです。ロペさんと出会わなかったら僕は……」

涙腺が緩んでくるのを感じた。

住宅街の真上に広がる星空を見上げ、涙をぐっとこらえる。目頭の熱は簡単には引かなかった。

《……僕は恵介君の人生が少しでも良くなるよう、第三者目線で助言してるだけだよ。そんな大層なものじゃないって》

「ロペさんとの出会いが僕の人生の転機でした。最初は困惑もありましたけど、ロペさんを信じてよかったです。僕にとっては救いの神も同然です」

《いやいや、大袈裟だよ、恵介君》
「正直な気持ちです。どうお礼をしたらいいのか……」
ロペの声に当惑が混じった。
《お礼なんて考えなくていいよ。前に話したけど、僕にもメリットがある〝プロデュース〟だからね》
「実際はそんなにビジネスライクじゃないですよね。毎日僕の話を聞いて、励ましてくれたり……。それも朝から晩まで。それはロペさんの優しさだと思うんです」
《……参ったな。反応に困るよ、恵介君》
しばし沈黙が下りてきた。
恵介は袖口で目頭を拭った。
自然と笑いが漏れる。
「ロペさんでもそんなことあるんですね」
《……そりゃ、ね。こんなにストレートに感謝されるなんて、そうそうないからね》
常に〝正解〟を教えてくれるロペの人間らしい一面を見た気がして、何となく嬉しくなった。
「ロペさん！」
《ん？》
恵介は深呼吸し、宙に向かってお辞儀をした。
「これからもよろしくお願いします！」

11

一週間で四回集まり、新たに三人の盗撮犯を捕まえた。それを奈良岡が動画化し、アップロードする。

動画に並んでいる称賛のコメントを見るたび、気分が高揚した。興奮が突き上げてくる。

これは――快感なのかもしれない。

四人目の盗撮犯を捕まえた翌日、恵介は喫茶店で穂香と隣り合って座り、奈良岡と向き合っていた。

「あいつ、現れないな」

奈良岡が落胆の表情で嘆息した。

穂香が悩ましげな顔で言った。

「捕まるのを恐れてもうこの駅を避けてるかも……」

「可能性はあるよな。バレないと思ってやってたのか、魔が差したのか知らないけど、俺らに問い詰められて真っ青になってたし。ビビってるかもしれない」

「だったらもう無駄かも……」

「盗撮のためにたまたま選んだ駅だったらお手上げだよな。仕事のために利用してる駅なら、また現れるだろうけど」

恵介はスマートフォンで最新の動画を開き、コメント欄を眺めていた。

称賛の声で気分を盛り上げようとした。

だが――。

最初こそ賛同の声が多数を占めていたものの、否定的なコメントの比率が増えつつあった。

『ヤラセだろ、こういうの』

『典型的な囮捜査じゃん。違法じゃねえの？　わざわざミニスカ穿いて、盗撮されるまで駅の中を行ったり来たりしてるし、自分で盗撮を誘発してんだろ。魔が差した男のほうが被害者！』

『逃げた盗撮犯を捕まえたい、とか言ってるけど、動画にして全世界に公開した時点で無理じゃね？　本人が見てたら、もう戻ってくるわけないし』

『エロい格好で男を誘惑してる女は加害者だろ、どう考えても』

SNSやインターネットの流れが気まぐれで移ろいやすいとは知っていたものの、たった数日で一変するとは――。

しかし、コメントの内容にも一理あると感じてしまって、反論は思い浮かばなかった。

彼女には見せられないな――と思う。

ため息をついたとき、視線を感じた。顔を向けると、隣の穂香が眉に困惑を宿していた。

「な、何……？」

彼女がためらいがちに口を開いた。

「……金崎君もコメント欄、見た？」

「も、って――」

「ここに来る前、電車の中でコメント読んでて……」

「そっか……」

返す言葉がなかった。

すると、イヤホンからロペの声が聞こえた。

《『ちょっと嫌な感じだよね』》

「……ちょっと嫌な感じだよね」

穂香は「うん……」と弱々しくうなずいた。

見ると、対面の奈良岡は申しわけなさそうに下唇を噛んでいた。

「ごめんな、なんか……」

彼女が「ううん」とかぶりを振る。

「巻き込んだみたいな形になって」

「私は顔が出てないし、全然。むしろ、奈良岡君のほうが傷ついてると思うし」

「……ありがとな。ただ、本命を捕まえるまでに動画化したのは俺のミスだよ。たしかに言われてみれば、SNSでもバズってるわけだし、犯人が観てないともかぎらないもんな」

重苦しい沈黙があった。

しばらく全員が視線を外していた。

「……にしてもさ」奈良岡が不満たっぷりの口調で言った。「コメントの奴ら、何も分かってないよな。想像力がないっていうか」

二人で彼に目を向けた。

「いやさ、俺らが駅を徘徊してるのって、例の盗撮犯がいつ現れるか分からないからじゃん？別に囮捜査したり、盗撮を誘発したりする目的じゃなくてさ。結果論として無関係の盗撮犯が寄って来てるだけだろ」

ロペが《『悪いのは盗撮犯だよね』》と言った。

「悪いのは盗撮犯だよね」

「そうそう。裸や下着姿で歩き回ってるってんならともかくさ。普通に歩いてるだけで囮捜査呼ばわりされても困るよな」

「うん」

ロペが《『これからどうする？』》と指示を出した。

恵介は「これからどうする？」と訊いた。

奈良岡は「うーん……」とうなった後、迷いを見せながら答えた。「俺としては本命を捕まえてやりたい。俺たちが捜してることに気づいてなかったら、ワンチャンあるし」

穂香が「私も」と答えた。「好き放題言われっぱなしは悔しいし、ヤラセなんかじゃないことくらいは証明したい」

ロペが言った。

《『駅を変えてみる?』》

「駅を変えてみる?」

提案すると、奈良岡が少し考える顔をした。

「それもありかもな」

穂香が決然と言った。

「私、髪形とか変えてみる。そうしたら、動画を観られていても食いつくかもしれないし」

「なるほど……。だな! 名案かも」

ロペの声がする。

《彼女が心配かもしれないけど、ここは二人の覚悟に水を差さないようにしよう。『あいつを捕まえて見返してやりたいね!』》

「あいつを捕まえて見返してやりたいね!」

穂香が「うん」とうなずき、奈良岡が「おう!」と気合い充分で応えた。

「じゃあ、私はお化粧直しに……」

彼女が席を立ち、トイレに姿を消した。五分ほどして戻ってきたとき、雰囲気が一変していた。ストレートのロングヘアはポニーテールになっている。

髪形を変えただけなのに、ぱっと見では別人に見える。これなら知り合いでもないかぎり、同一人物とは気づかないだろう。

三人でカフェを出ると、最寄駅から電車に乗った。隣の駅で降り、構内を一人で歩く穂香を監視する。

「……作戦、功を奏するといいな」

柱の陰に立つ奈良岡がつぶやいた。

「だね」

「動画うんぬんは関係なく、捕まえてやりたいって思ってるよ。彼女のためにも――さ」

穂香が階段を上りはじめると、二人で柱の陰から出た。周囲を警戒しながら尾行を続ける。

最初の駅では何の動きもなかった。

また駅を変え、行動した。だが、土曜日の午前中は平穏なまま終わった。

「駄目だったね」

若干落胆した表情の穂香を励ましつつ、三人で駅前のパスタ専門店に入って昼食を摂った。

午後からはさらに駅を変えた。穂香は構内を歩き回った後、階段でホームへ降り、電車の到着を待ってまた上がった。しばらく壁のポスターの前で立ち止まる。

そのときだった。

「おい」

恵介は奈良岡に肘で小突かれ、顔を上げた。

「あれ、見てみろよ」

彼の視線の先に目をやると、円筒状の柱の陰に、野球帽を目深に被った男がいた。

「あいつ、この前の奴じゃね？」

体格や雰囲気は似ている。

「間違いないよな。穂香ちゃんを見てるぞ」

どくん、と心臓が脈打った。たった数日だったが、待ちに待った瞬間だった。

奈良岡がスマートフォンで遠目から男を撮影した。男はハンターさながら彼女をじっと見つめている。

「……狙ってるな」

恵介はごくりと唾を飲み込んだ。

見張っていると、男は手提げバッグのチャックを開け、ごそごそと中を確認した。

「あっ――」

恵介は奈良岡を一瞥し、男のバッグを指差した。

「レンズが……」

チャックが閉まりきっておらず、隙間からわずかに覗くレンズがきらりと光った。

「カメラ、隠してんな」奈良岡が言った。「今回は周到に盗撮の準備してやがる」

「前回で味を占めたのかも」

「捕まりそうになったくせに……」

「盗撮される前に捕まえなきゃ」

「いや……」奈良岡は眉間に皺《しわ》を刻んでいた。葛藤が滲んだ表情で言う。「未遂じゃ捕まえられない。穂香ちゃんには悪いけど、犯行に及んでもらわなきゃ」

たしかにそのとおりだ。

恵介は拳を握り締めた。

男は、無防備に立っている彼女の背後に忍び寄った。そして――右手から提げたバッグをスカートの下に移動させた。

「よし！」奈良岡が力強くうなずいた。「やってんな。捕まえよう！」

奈良岡が柱の陰から踏み出し、男のもとへ突き進んだ。恵介は彼の後を追った。

「おい！」

奈良岡が男の手首を鷲摑みにした。男が驚いた顔で振り返り、動揺を見せる。

「な、何ですか、いきなり……」

奈良岡が男を睨みつける。

「覚えてんだろ、俺らのこと。この前の盗撮犯だな」

「え？」

「え、じゃねえよ。とぼけんな」

男は腕をもぎ離し、睨み返した。

「言いがかりやめてくれませんか。何なんですか、あなたたち」

「今も盗撮してるよな、バッグの中のカメラで」

「してないですよ、そんなこと」

「嘘ついても無駄だからな。バッグ、開けてみろよ」

「恐喝ですか？　従う理由、ありませんから」

「彼女の後ろに立ってスカートの中、撮ってたよな！」

「はあ？」男は顔を歪めた。「名誉棄損ですよ、それ。僕は壁のポスターを眺めてただけです」

「そんな言い逃れ通じるかよ。バッグ見せろよ」

「断ります」

「盗撮してないなら見せられるだろ」

奈良岡が「ほら！」とバッグに手を伸ばした。男はバッグを庇《かば》い、サッと躱した。

「あなたに何の権限があるんですか」

「盗撮の現行犯だから」

「冤罪です」

数人の通行人が立ち止まり、何やら囁き交わしていた。興味津々の顔をしている。

「とにかく、僕は無関係ですから。絡まないでください」

男が背を向け、歩き去ろうとする。

「逃げるな！」

奈良岡が男の襟首を摑んだ。

「ちょっ――」

男がパニックに陥ったように声を上げ、振り向きざま腕を振り回した。手が奈良岡の顔に当たる。

「痛っ」

奈良岡が顔を押さえた瞬間、男が脱兎《だっと》のごとく逃げ出した。

「捕まえてくれ！」

自分に言われたと気づき、恵介は困惑して奈良岡と男を交互に見た。イヤホンからロペの声が耳を打った。

《逃がしちゃ駄目だ！》

「はい！」

恵介は慌てて駆け出した。

男は駅構内を全力疾走し、複数の通行人にぶつかった。何人かがバランスを崩した。背中から突き飛ばされる格好になった女性が悲鳴を上げて倒れ込む。

あっ、と思いつつも、男を追った。

相手の足があまり速くなかったので、エスカレーターの前で距離が迫った。

恵介はラグビーよろしくタックルした。

「うわっ！」

男が倒れ伏した。顔面をしたたかに打ちつける鈍い音がした。

直後に奈良岡も追いつき、恵介の上から男にのしかかった。二人がかりで取り押さえる。

「誰かー！　誰かー！」

下敷きになった男は昆虫のようにもがきながら、叫び立てている。だが、当然ながら誰も助けようとはしなかった。

「痛い！　殺される！」

奈良岡が「黙れ！」と男の腕を捻り上げた。

「盗撮野郎！　今度は逃がさないからな！」

奈良岡は男を引っ張り上げるように立たせた。落ちているバッグに目をやる。

「調べてくれ」

恵介はひと呼吸置くと、バッグを取り上げた。チャックの隙間からレンズが覗いている。

盗撮の証拠だ。

ばくばくと高鳴る心臓をなだめつつチャックを開けると、そこにあったのは——カメラではなく、ただの玩具《おもちゃ》の万華鏡だった。

12

「恵介！」

恵介はバッグを抱えたまま硬直していたが、奈良岡の切迫した呼びかけで我に返り、彼に目を向けた。

「盗撮の証拠、あったんだろ」

恵介はバッグの中に視線を落とした。

発見されたのはカメラではなかった。万華鏡だった。

まさか、そんな――。

言葉をなくしたまま立ち尽くしていると、奈良岡がますます声を荒らげた。

「どうした、恵介！　カメラは？」

恵介は乾いた喉に唾を飲み込んだ。

「それが――」

緊張で震える手で万華鏡を取り出した。

「これ……」

奈良岡が「は？」と顔を顰めた。「何だよ、それ。双眼鏡……？」

「万華鏡……」

「万華鏡って……あの？」

「うん……」

奈良岡の顔に汗が滲み出ていた。真夏の熱気や格闘だけが原因ではないだろう。

「そんなはずないって。偽装だろ、それ。しっかり調べてくれよ」

恵介は万華鏡を覗き込んだ。回してみると、視界の中で色とりどりの模様が作られる。

カメラが隠されているようには見えなかった。

恵介は緊張を飲み下した。

「ただの――万華鏡」

「じゃあ、他だ！」奈良岡が切迫した声で言った。「バッグの中に隠しカメラがあるはず……」

恵介はバッグの中を確認した。制汗スプレー、ビジネス系の文庫本、ハンカチ、五百ミリリットルのスポーツ飲料のペットボトルなどなど――。

カメラのような機器は見当たらなかった。

恵介はかぶりを振った。

「嘘――だろ」

奈良岡は呆然とつぶやき、男から一歩後退した。拘束から解放された男は、恵介に詰め寄ってきた。

「返してくれ！」

男はバッグをひったくるように取り返した。胸に抱え込み、奈良岡と恵介を交互に睨む。

「だから……言ったろ」男の声には制御しがたい怒りが滲み出ていた。「ポスター見てただけだって。盗撮なんてしてないって」

冤罪――。

恐ろしい単語が脳裏に渦巻いた。息巻いて取り押さえたら無実の人間だった――。

信じがたい現実だった。

奈良岡が弱々しい声で反論した。

「で、でも、逃げたから……」

男が奈良岡をねめつけた。視線で刺し殺さんばかりだった。

「そりゃ、誰かも知らない人間にいきなり囲まれて因縁つけられたら怖いし、誰だって逃げるだろ」

「盗撮してたからじゃ……」

「はあ？　してなかったろ。とにかく、警察な。立派な傷害だから、これ」

男は自分の顔面を指差した。額には切り傷があり、鼻血も出ている。取り押さえられたときの怪我だろう。

「い、いや……」奈良岡が目を泳がせた。「警察は……」

「何言ってんだ。自分たちは警察に突き出そうとしてたろ。都合が悪くなったからって逃がさないからな」

反論の余地はなかった。

男はバッグの中から、長方形の布袋を取り出した。その中にはスマートフォンがあった。

「うわっ」

男がスマートフォンの画面を向けた。真っ黒の画面に蜘蛛《くも》の巣状のヒビが入っている。

「画面も割れて、壊れてんだけど」

布袋の中に入っていたのだから、スマートフォンを盗撮に利用した可能性もないだろう。

本当に濡れ衣だったのだ。

騒動を聞きつけたらしく、中年の駅員がやって来ると、四人で駅員室に移動した。

警察が呼ばれ、その場で話をすることになった。

「いきなり暴力振るわれたんですよ、こっちは」

男は椅子から上半身を乗り出すようにし、身振り手振りを交えて警察官に訴えている。

「お巡りさん、この顔、見てくださいよ。言いがかりで二人に襲われて。こんな怪我までさせられたんですよ。下手したら鼻の骨、折れてるかも」

恵介は奈良岡と並んで身を縮こまらせているしかなかった。隣には穂香も座っている。申しわけなさそうな顔だ。

警察官は神妙な顔つきで話を聞いた後、男に尋ねた。

「では、お名前を伺っても?」

男は警戒した顔で奈良岡を睨みつけた。

「加害者の前で個人情報は教えられません。逆恨みで襲われたりしたくないので」

「分かりました。では、後ほど伺います」

「とにかく、これって傷害罪ですよね」

男が語調を強めた。

警察官が奈良岡に顔を向け、嘆息混じりに言った。

「話によると、君たちは盗撮犯を撮影するために活動していて、万華鏡のレンズをカメラと誤認した――と」

男が「親戚の子供にプレゼントするために買った万華鏡です」と警察官に言った。

「明らかに怪しい動きをしていたので……」

奈良岡の声は打ち沈んでいた。

警察官が「怪しい？」と首を傾げた。

男が警察官を見やり、「してませんよ」と即座に否定した。「壁のポスターに興味があって眺めていただけです」

「彼女の背後に立って、その、もぞもぞと……」

男が苛立《いらだ》ったように反論する。

「最初から悪意を持って見てたから、そう感じたんだろ」

「逃げるから……」

「誰だって怖いでしょ、スマホ構えて、撮ってるぞ、とか言いながら絡んでくる二人組がいたら」

奈良岡は警察官に縋るように訴えた。

「逃げたら犯人だと思うじゃないですか。そうでしょ？」

横から男が言う。

「過去にチャラい若者数人に絡まれて、カツアゲされたことがあるんですよ、お巡りさん。コンビニの前にたむろしてる集団に笑われて、馬鹿にされたり……。そんな経験を何度もしてたら、怖くなって逃げるの、当然だと思いませんか」

警察官は「それはそうですね」とうなずいた。

「警察官の職質だったら逃げませんよ？　公共の場でいきなり殴られたりする心配はないですし。バッグを見せてくださいって言われたらちゃんと見せます。後ろめたいことは何もないですし。でも、見ず知らずの集団に詰め寄られたら、誰だってビビりますよね？　パニックで、正直、何を責められてるのかも分かりませんでした。今にも殴られそうで、恐ろしくなったんです。バッグを奪われそうになって、カツアゲとか強盗に思えて」

奈良岡が「俺たちはそんなことしません」と口を挟んだ。

「こっちからしたら、そんなこと分かりませんよね？　そもそも身に覚えがない罪で絡まれてるんだから、言いがかりで恐喝されて、従わなかったら何されるか……そんなふうに思うでしょ」

警察官は渋面《じゅうめん》で話を聞いていた。心証が男のほうに傾いていることは、明らかだった。

「あのね」警察官が奈良岡に目を向けた。「私人逮捕、っていうのはね、現行犯でないとできないの。緊急性が必要なの。それは警察官も同じでね。こいつは犯罪者だって確証があっても、逮捕状がなければ逮捕できないの。ドラマなんかで逮捕状を取るシーン、見たことあるでしょ？たとえ指名手配犯を見つけたからって、飛びかかって逮捕しました――みたいなのは駄目なの。法治国家だから、日本は」

奈良岡が力なく「はい……」とうなだれる。

警察官は男に目を向けた。

「で、どうしますか？」

男が首を捻る。

「どう――とは？」

「被害届を出すとか、そういう……」

「あー」

男は考えるような表情をした。

緊張した空気が張り詰めた。

被害届――。

警察沙汰になっていて、自分たちが加害者としてこの場にいるのだ――と改めて思い知らされた。昨日までは盗撮犯を捕まえて警察に突き出し、正義のヒーローとして称賛される立場だったのに。

男はうんざりしたように嘆息し、警察官に答えた。

「とりあえず、弁護士と相談して、慰謝料とか、今後のことを考えます。被害届もそのときに改めて」

「あ、あの！」奈良岡が勢い込んで立ち上がった。男に頭を下げる。「こっちの二人は無関係なんです！」

恵介は目を瞠《みは》った。

「奈良岡君……」

奈良岡は頭を下げたままましくし立てた。

「二人は被害者で、俺が巻き込んだんです。前に盗撮被害に遭ったと思って、犯人を捕まえるために協力してもらって。だから、責任があるのは俺だけです。訴えるなら俺だけに……」

目頭が熱くなった。

犯人逮捕を提案したのは彼だが、自分も賛同して協力した身だ。責任を逃れられるわけではない。

恵介はイヤホンに意識を集中した。

こんなときこそロペのアドバイスが欲しかった。だが、イヤホンから声は聞こえてこなかった。さすがのロペも想定外の出来事すぎて、事態を解決することができないのだろう。

男が奈良岡に言った。

「こっちは怪我させられてるんだから。そっちの兄ちゃんに飛びかかられて。スマホも壊れたし」

恵介は「すみませんでした……」と頭を下げた。

「とにかく、後は弁護士と相談して決めるから。仕事柄、知り合いがいるんで」

被害届を出されたらどうなるのだろう。

逮捕されたり、裁判沙汰になったら――。就職活動にも影響が出るかもしれない。

警察官に身分証を提示し、連絡先を答えた後、解放された。その場で留置場に放り込まれなかったことが救いだった。

鬱々とした気分のまま駅員室を出ると、三人、言葉もなく歩いた。足取りは鉛の枷《かせ》でも嵌められているかのように重く、一歩ごとに体が沼の底に沈んでいく気がした。

改札の前に着くと、奈良岡が一歩踏み出してから振り返った。顔には深刻な表情が張りついている。

「ほんと、ごめんな、二人とも」

彼の思い詰めた表情を目の当たりにし、言葉を返せなかった。

「……責任は俺がとるから」

恵介は「うん……」とうなずいた。

「二人に迷惑はかけないようにするから」

奈良岡は、ごめんな、と謝って、改札を抜けた。

13

帰宅した恵介は、ベッドに腰を落とした。天井を仰ぎ、はあ、とため息をついた。

慣れ親しんだ自室が狭く感じ、息苦しさを覚えた。牢獄《ろうごく》の中にいる錯覚に囚《とら》われる。

一体これからどうなるのだろう。

不安で胸が押し潰されそうだ。

「あの……」恵介は胸のボタン形隠しカメラに話しかけた。「ロペさん……?」

少し間があり、ロペの神妙な声が返ってきた。

《災難だったね、これは》
ロペの声が返ってきただけで安堵を覚えた。
恵介は首を振りながらつぶやいた。
「まさか、こんなことになるなんて……」
《……だね。さすがの僕も予想外だったよ。万華鏡とはね》
「どうしたらいいんでしょう」
《まずは向こうの出方を待つしかないだろうね》
「逮捕されたりするでしょうか……」
《うーん、そこまではないと思うけど。女友達が盗撮されたと思って、逃げた男を追いかけたわけだしね。警察も事情は理解してくれるはずだよ》
「だといいですけど……」
《……ただ、ネットにアップロードする目的で動画撮影していた点はマイナスに働くかもしれない。たまたま盗撮らしき動きを見つけて捕まえようとした——って主張が通じないからね》
「ですよね……」
暗澹たる気持ちになる。
そのとき、チャイムが鳴った。
「あ、すみません。宅配か何か来たみたいです」
恵介は腰を上げ、玄関に向かった。「はーい」と答えながらドアを開ける。

そこに立っていたのは、穂香だった。

一瞬、状況が理解できず、反応が遅れた。

「……ごめんなさい」

先に声を発したのは彼女だった。謝罪した彼女は、常に伏し目がちで、視線を合わせようとしない。

「あ、いや。どうしたの？　あのまま帰ったんだと思ってた」

彼女とはホームへ降りるエスカレーターの前で別れた。

「……急に来ちゃってごめんね」

住んでいる場所はＬＩＮＥで教えていた。

恵介は「ううん」とかぶりを振った。

「上がっても——いい？」

「え？」

彼女は初めて顔を上げた。その瞳には切迫した感情があり、不安そうに揺れている。

「話したいことがあって……」

彼女の声は今にも消え入りそうだった。

イヤホンからロペの声が聞こえた。

《入れてあげよう。彼女も思い悩んでるみたいだ。『どうぞ』》

恵介はためらいながら「どうぞ」と答えた。

穂香が「お邪魔します……」とつぶやき、玄関に上がった。
女の子が部屋にやって来る経験は初めてで、しかも唐突だったこともあり、何の心の準備もできていなかった。
《緊張してるかもしれないけど、落ち着いて。デートってわけじゃないんだし。中に入って、座布団を指し示して、『適当に座って』》
二人でリビングに移動すると、指示どおりにした。彼女が遠慮がちに座布団に座った。ミニスカートから伸びる色白の脚を折り曲げている。
目のやり場に困り、恵介は部屋の隅へ顔を向けた。
ロペの声が聞こえる。
《何か相談事があるみたいだし、ちゃんと彼女を見ないと失礼だよ。ほら、向き直って》
恵介は指示に従った。
《恵介君も座ろうか。絨毯にそのままあぐらでいいよ》
一呼吸置いてから腰を下ろした。視線を下げないように注意し、彼女の顔を見るように努力した。だが、自室で二人きりという緊張もあり、なかなか目を合わせられない。顔から目線を外すと、どうしても胸元を見つめているようになってしまう。結果として、瞳が落ち着きなくさ迷った。
《恵介君から水を向けてみようか。『急でびっくりした。どうしたの?』》
「……急でびっくりした。どうしたの?」

彼女は桜色の唇を開いた。だが、言葉は出てこなかった。すぐ真一文字に結ばれてしまう。

《『今日のことだよね』》

「今日のことだよね」

穂香は小さくうなずいた。

《『怪我させたのは僕だし、綾音さんは心配ないと思う』》

「……怪我させたのは僕だし、綾音さんは心配ないと思う」

ロペの指示に従って台詞を口にしているが、内心では自分こそ不安でいっぱいだった。

たしかに彼女が罪に問われることはないだろう。だが、濡れ衣で怪我をさせた自分は――。

穂香は眉根を寄せたまま間を置き、ショルダーバッグからスマートフォンを取り出した。

「金崎君、SNSはもう見た?」

「ううん」恵介は首を横に振った。「帰宅したばかりだから……」

ロペが《『SNSに何かあるの?』》と言った。

「SNSに何かあるの?」

彼女は猟師に怯える小動物のような表情で答えた。

「私たちのことが――」

恵介は首を傾げた。

「私たちのことが晒されてるの」

晒されている――?

その不吉な単語に心臓が騒ぎ出した。

一体どういうことだろう。濡れ衣だった今回の動画は、当然、アップロードしていないはずだ。

穂香が「見て」とスマートフォンを差し出した。

受け取って確認した。

ＳＮＳが開かれていて、誰かの発言の一つに動画が貼られていた。背筋が凍りつき、眩暈《めまい》がした。

そこには――。

駅構内で奈良岡と一緒に恵介が男に覆いかぶさっている場面が映っていた。

「これって……」

恵介は穂香に顔を向けた。

彼女が黙ってうなずく。

恵介はスマートフォンに目を戻し、動画を再生した。タップする指先は震えていた。

例の盗撮騒ぎの一部始終が撮られていた。奈良岡が男を立ち上がらせ、恵介が「万華鏡……」とつぶやく声もはっきり入っている。モザイクなどは全くかけられていない。

現場に居合わせた野次馬の誰かが騒動を撮っていたのだろう。そして――アップロードした。

動画と一緒に投稿されている文章は――。

『動画のために事件を誘発していた三人組。私人逮捕するも冤罪！　無実の被害者に暴力！　危険行為。こんなことが許されるのか』

投稿はSNSで五千以上のアカウントに拡散されていた。返信は批判一色だ。

『やっぱいつかやらかすと思ってた』

『こいつらこそ逮捕しろよ』

『今までの逮捕も冤罪だった可能性あるよな』

『傷害罪じゃん。被害者は訴えろよ』

『この女も有罪。加害者だろ。特定はよ』

『美人局《つつもたせ》と同じだろ、これ。でっち上げ加害者ども』

恵介は呆然とスマートフォンを見つめ続けた。

世間の風向きは一変していた。今までは犯罪者に向けられていた罵詈雑言が全て自分たちに向けられている。

否定的な声は当初からあったが、それでも少数で、多くの肯定的な声に掻き消されていた。だが、今や形勢逆転していた。

よく見ると、活動に賛同してくれていたアカウントも手のひらを返し、批判に回っている。

味方が敵に――。

いや――。

元から味方などではなかったのかもしれない。そのようなアカウントは、どんな罵倒を浴びせても反撃されない〝悪〟を叩いてストレス解消していただけで、正義は関係なかったのだ。だから、次は冤罪被害を生み出した自分たちが叩かれる。

ＳＮＳでは誰かや何かが吊し上げられるたび、大勢から罵詈雑言を浴びる。だが、数日も経てば誰も興味がなくなり、別の誰かや何かを罵倒していたりする。そこに存在している〝問題〟に本当に関心があるなら、叩いている対象を一時の〝生贄《いけにえ》〟として消費しないだろう。

恵介は穂香を見た。

彼女は下唇を噛んでいる。

隠し通そうとした失態は、今や全世界の知るところになった。

隠し撮りするなんて――と反発が首をもたげたものの、自分たちも犯罪者を撮影してネットにアップロードしていたのだと思い至り、因果応報という単語が脳裏を占めた。

炎上したときのＳＮＳの火勢は留まることを知らず、何百何千というアカウントが参戦していた。

あるアカウントは、『ナラショーＣＨ』の過去動画のサムネイルを並べていた。街中の女性に突撃インタビューし、恋愛事情や性事情を訊いている動画だ。

『これを見たらこいつが正義の味方じゃないことくらい分かるはず。注目されるためなら他人のプライバシーも人権も侵害する害悪。セクハラ野郎』

奈良岡は、本人に許可を取って動画化している、と言っていたが、サムネイルだけ見たら迷惑系配信者と何も変わらない。

見ていくと、高校時代に奈良岡と同級生だったと名乗るアカウントの返信もあった。

『高校時代のこいつ、最悪だったわ。女子に告白したんだけど、付き合ってた彼女にセフレの存在がバレてフラれたから、代わりを探してたんだよな。告白された女の子はそれを知って傷ついてた。女にだらしないろくでなしだよ』

別のアカウントから返信もあった。

『本当に同級生？　だったら本名分かるだろ。言えないなら注目されたい愉快犯決定』

投稿内容を疑っているように見せているが、その実、挑発して情報を暴露させようとしていることが一目瞭然だった。

『本当に同級生だけど？　こいつの本名は奈良岡翔だよ』

自称同級生のアカウントは、挑発だと知ってか知らずか、奈良岡の本名を平然と暴露し、出身高校の名前も明かしていた。

恵介は彼女にスマートフォンを返しながら言った。

「これ、本当かな？　奈良岡君の高校時代の暴露」

彼女はスマートフォンを受け取ると、画面をまじまじと眺めた。眉間に皺を寄せる。

「どうなんだろ」

「でも、本名を知ってるってことは、知り合いだよね」

「こういうの、面白がって適当なこと書き込んでるかもしれないし、鵜呑みにするの、良くないと思う」

「……うん、だよね」

気まずい沈黙が下りてきた。

――それにほら、俺って真剣交際、苦手な奴だからさ。女の子とは後腐れがない一夜の関係が気楽でいいよ。

奈良岡がそんな話をしていたことが脳裏に蘇る。書き込みが完全な出鱈目《でたらめ》とは思えない。このような暴露をされるということは、まだ続くかもしれない。

「……奈良岡君に相談しよう」

恵介は自分のスマートフォンを取り出した。そのとき、タイミングを見計らったかのように通知が届いた。

奈良岡からのＬＩＮＥだった。

『ちょっと会って話したいんだけど』

恵介は顔を上げた。

「会って話したいって。たぶんこの件だと思う」

穂香が思案げな表情を見せてから答えた。

「私も一緒だし、三人で相談したほうがいいかも」

「だね。そう返信する」

奈良岡からは『十五分くらいで着く』と返信があった。

恵介は穂香にそう伝え、スマートフォンに目を戻した。加速度的に増えていくＳＮＳの投稿を読んでいく。

一体何が書き込まれるのか、気になって仕方がない。

そんな中、穂香の名前が目に入った。

『加害者グループの女、私、知ってる。綾音穂香って奴。男好きで、いつも男と一緒だった。周りに男をはべらせていい気になってたわ。牛みたいにでかい胸とミニスカで男を誘惑しまくり』

恵介は穂香の表情を窺った。彼女は伏し目がちでスマートフォンを見つめたままだ。

国民総SNS時代――と言われる今、逮捕された人間がいれば、必ず自称知り合いや自称元同級生などが名乗りを上げる。そして、犯人の人間性やエピソードを暴露する。それに対し、マスメディアの公式アカウントが一斉に群がり、『突然のご連絡失礼いたします。〇〇社報道局と申します。お話を聞かせていただけないでしょうか』と頼み込んでいる光景は何度も目にした。

次は自分たちの番かもしれない。

メディアが報じ、今回の件が日本じゅうに知れ渡ったら――。

第三者が拡散しているモザイクなしの動画も、さらに注目されるだろう。個人情報も次々と暴かれて拡散し、大罪人として大衆に裁かれるのだ。

恵介は身震いした。

「金崎君……」

穂香の声が耳に入り、我に返った。彼女と目が合った。

「大丈夫?」

「あ、うん……」

反射的にうなずいたものの、全然大丈夫ではなかった。人生の道が崩落し、逃げ場がなくなってどん底まで落ちていく感覚――。

彼女に関する暴露は果たして事実なのか。

信じたくない気持ちが強い。出会って間もないとはいえ、自分が見てきた彼女はそんなタイプではない――と思いたい。

悪意。

悪意の集合体――。

ＳＮＳでは、吊し上げられる生贄に選ばれたら、大勢の悪意が寄ってたかって好き放題、あることないこと書き込み、拡散される。生贄が何も反論できないのをいいことに――まるで自分たちの攻撃に罪悪感を持たなくてすむ状況を作るかのように、悪評が撒かれる。彼女に対する暴露もきっとそういう類いの……。

「金崎君」

穂香の声が耳に入り、顔を上げた。彼女の縋るような眼差しと対面した。

「もしかして、私の……」

「ん？」

彼女は言いよどみながら続けた。

「私の、書かれてるの、見た？」

恵介は目を瞠り、視線をさ迷わせた。

その反応で察せられたと悟り、諦めてうなずいた。

「あれ、出鱈目だから」

か細い声でそうつぶやいた彼女の声は、あまりに弱々しかった。

「うん……」

「本当だよ」

「……信じてる」

口にしていかに空虚な台詞か思い知った。その証拠に彼女の表情は今にも泣きそうで、追い詰められた野兎《のうさぎ》のようだった。

「私、本当に付き合ったりとか、男の人とそういうことした経験ないから」

どう答えていいのか分からなかった。信じてる、などと返事したら、彼女の交際経験や男性経験の有無を重要視している——と答えたも同然だ。かといって、そうなんだ、と適当な相槌を打てば、彼女の告白に興味がないように聞こえるだろう。

今こそロペのアドバイスが欲しかった。〝プロデュース〟してほしかった。

だが、イヤホンからは何も聞こえてこなかった。

諦めて黙っていると、彼女が「私ね……」と口を開いた。

「中学のころにいじめられたことがあって」

「え?」

彼女はまぶたを伏せ、覚悟を決める時間を欲するように何秒か黙り込んだ。

「……私、地声が高めでしょ。アニメっぽいっていうか。それが理由で、女子グループからいじめられたの。声がキモい、とか言われて、私の高い声を大袈裟に真似されて、みんなで笑うの。そのときは、もう一生人前で喋らない――って思い詰めるほど傷ついた」

「ひどいね、それ」

「女子グループからいじめられて傷ついたときに優しくしてくれたのは男の子で。だから、女子より男子たちと仲良くすることが多かったの。付き合ったりとかは全然なくて、お喋りしたり、中学生らしい関係だった。でも、それもまた女子グループの癇《かん》に障ったみたいで、男好きとか、陰口叩かれた」

傷ついた子犬のような、うちひしがれた表情で彼女は語り続けた。

「私、小学生のころから胸が大きくなって、目立ってたから……。その大きな胸で男子を誘惑してるとか、男子に媚びた声とか、散々好き勝手言われた。〝非モテの姫〟とかレッテル貼られて、誰とでもヤル女、とか言われて。だから、その陰口が事実にならないよう、男の人と付き合ったりしなかったの。告白されたことは何度もあるけど、全部断って。男の人と付き合ったら、陰口の内容が本当っぽく見えて、事実だって思われそうで」

彼女が男と付き合った経験がないと言ったときは、可愛くて、性格もいいのに――と信じられない気持ちだったが、そういう過去がトラウマになっていたからか。

「女子グループから、生まれ持った声とか胸のことでいじめられてつらかったけど、勉強を頑張って私立の進学校に入ったから、高校じゃ、私をいじめた女子グループとは離れられた」

「良かったね。高校時代は平和に過ごせたの？」

「さすがにいじめられたりはなかった。でも――」

「でも？」

「……校則が異様に厳しい高校で」

「どんな？」

「スカートの丈は膝上禁止。色つきの下着も禁止。ポニーテールも禁止」

「ポニーテールも？　ポニーテールって――」恵介は自分の後頭部に手をやった。「この前してたあれだよね？」

「うん」

「何でそれが禁止なの？」

「うなじが見えたら男子が興奮するからって」

「へ？」

間抜けな声が漏れた。

「嘘みたいな話でしょ。でも本当なの。ミニスカートもそう。男子を興奮させる性的な格好だから駄目――って」

「男の先生が定規片手に丈のチェックしたり？」

「中年の女の先生。とにかく厳しくて、スカートを短くしたりしたら、男を誘惑するな！　ってキレるの。持ち物チェックも頻繁で、リップを持ってるだけで取り上げられて。全部、男を誘惑する悪しきもの、って価値観で。その先生、日ごろから、ミニスカートは性的で性犯罪を誘発する格好だ、って繰り返してるから、ミニスカートで痴漢に遭った女友達も、その先生には相談できなかった。自分が悪いんだ、って思い詰めちゃって」

「なんかめちゃくちゃだね……」

「うん。その先生はマッチングアプリに登録して婚活してる、とか、うまくいってない、とか、女子生徒への嫉妬が原因って生徒のあいだで言われてたけど、真相は分からない。ただ、女子はみんな不満で……。だから、放課後はみんな、ミニスカート穿いたり、お洒落してカラオケ行ったり、楽しんでた。それが理不尽な校則へのささやかな抵抗だったの。自分たちがしたい衣服や髪形なのに、どうして男子がどう感じるかで変えなきゃいけないの、って。そんなとき、中学校のころの女子グループに遭遇して」

「いじめ加害者の？」

「うん。チャラチャラした男を何人か連れてた。ミニスカートの私を見て、相変わらず男を誘惑して取っ替え引っ替えしてんの？　って」

恵介はそこまで聞いてはっとした。

「もしかして、SNSのあの書き込みは――」

彼女は、「たぶん……」とうなずいた。「そのときの誰かが書き込んだんだと思う」

暴露は文字どおり悪意の産物だったのだ。真実ではない話でも、全世界が敵になっている状況で書き込まれたら事実にされる。

「私がこういう格好を好んでるのも、別に男に媚びてるとか、そういうのじゃなくて、自分のしたい格好をする、って意思表示なの」

「そうだったんだ。じゃ、ＳＮＳの書き込みは完全に悪意だね。何にも知らず好き勝手に」

穂香は諦めきったような微苦笑をこぼした。

「噂や陰口は止められないし、仕方ないって思ってる。でも金崎君には誤解してほしくなくて……」

「僕に？」

驚いて彼女の目を真っすぐ見返した。

穂香はほんの少し羞恥を含んだ表情で目を逸らした。

「下心とかなく付き合ってくれたの、初めてだったから……」

下心なく――か。

胸にズキッと小骨が刺さったような痛みが走った。

それが彼女が僕を信頼する理由だとしたら――。

自分はどんな態度をとればいいのだろう。

動揺を押し隠しながら改めて穂香を見たとき、彼女の目が明後日のほうに向いていることに気づいた。

恵介は彼女の視線の先に目をやった。

「あっ――」

思わず声が出た。

彼女が見つめているのは――。

部屋の奥に置かれている本棚だった。一瞬で血の気が引いた。並んでいる本のタイトルは『コミュ症の治し方』『人付き合いが上手くなる方法』『10分で友達になる』『なぜかモテる人々』『話し方が第一印象を決める』『恋活セミナー』『相槌こそコミュニケーションの全て』『会話はたった五つのポイントを押さえろ』など。

言いわけが思い浮かばない。

「あ、いや、あれは――」

恵介は慌てて立ち上がり、本棚に駆け寄った。ベッドの上のバスタオルを手に取り、本棚の天板から被せて本を隠した。そんなことをしても今さら手遅れだというのに――。

あはは、と乾いた笑いが漏れた。

「金崎君、あの本――」

気遣ったのか、彼女はそれ以上何も言わなかった。だが、眉間に刻まれた皺が内心を如実に物語っていた。

下心がない、と信頼してもらった矢先、恋愛関係のハウツー本が本棚にぎっしり並んでいるのを見られたら――。

アクシデントのような急な訪問だったので、隠すのを忘れていた。

きっと呆れているだろう。いや、呆れられただけならまだましなほうで、嫌悪されたかもしれない。恋人を作るのに必死すぎる男。そのためにコミュニケーション術を磨いている男。そんなふうに思われたら、最悪だ。今までの会話も全て計算ずくに思われる。

「これは違くて……」

何を言うつもりだろう。

今さら弁解を重ねても無駄だ。

不意にチャイムが鳴った。

救いの神に思えた。

恵介は玄関へ駆けつけ、ドアを開けた。奈良岡が立っていた。うつむき加減で、背中も丸まっているせいで、普段より小さく見える。

かける言葉が見当たらず黙っていると、奈良岡がゆっくり顔を上げた。

「急にごめんな、恵介」

恵介は「ううん」とかぶりを振った。

ロペの声が聞こえた。

《中に案内しようか。『彼女もいるし、上がって』》

ロペの声がずいぶん久しぶりに感じた。もっと早く危機を救ってほしかった――と恨み節が一瞬胸をよぎった。だが、逆恨みだとすぐ思い直した。ロペに非があるわけではない。

「彼女もいるし、上がって」

「お、おう……」

恵介は奈良岡を連れてリビングへ戻った。

奈良岡は彼女に目をやった。

「SNS、見てるよな？」

彼女が無言でうなずいた。

「だよな」

奈良岡はため息をつきながら、あぐらを掻いた。

恵介は穂香と隣り合って、奈良岡と向き合うように座った。

しばらく全員が口を閉ざしたままだった。永遠とも感じる間があり、奈良岡が覚悟を決めたように口を開いた。

「まさかこんなことになるなんて……本当にごめんな」

奈良岡だけのせいではない。

黙って首を横に振るしかなかった。

「……巻き添えにしちまった。SNSに晒されて大炎上して」

SNS――か。

奈良岡に会ったら訊きたいことがあった。

「あのう……」恵介は躊躇しながら口を開いた。「SNSに書かれてることって――」

奈良岡が恵介に顔を向け、「俺の暴露？」と訊き返した。

「うん……」

内容までは口にできなかった。

奈良岡は顔を顰め、太ももの上に置いた自分の拳を睨みつけた。

自分は彼のことを何も知らない。知っているつもりで、知らない。

「……綾音さんの噂話は信じないで」

恵介はフォローのつもりで言い、穂香を一瞥した。彼女が頭を小さく縦に動かした。

「信じちゃいないよ」奈良岡は決然と言った。「だから、その……俺の噂話も鵜呑みにしないでくれ」

切実な口ぶりに気圧《けお》され、無条件でうなずくしかなかった。

恵介は陰鬱な空気に耐えられなくなり、スマートフォンに目を落とした。SNSの批判は更新するたびに何十件と増えていく。

奈良岡の本名と過去を暴露したアカウントは、注目されることに快感を覚えたのか、その後も彼のネタを繰り返していた。

眺めていくと、別の匿名アカウントが『仲間の男、知ってる。同じ大学だわ』と書き込んでいた。心臓が大きく打ち、血が凍りついた。

まさか――。

祈るような思いでアカウントをタップし、他の発言を確認した。

最新の書き込みは――。

恵介の大学名を暴露していた。

目の前が暗転し、意識が遠のくような感覚に囚われた。本名こそ明かされていないものの、大学が特定されたら時間の問題だろう。

「なあ……」

奈良岡の声が耳に入り、恵介は目を上げた。

「駄目だよな、俺」

彼は血が滲むのではないかと思うほど下唇を噛んでいた。

「……二人に迷惑をかけない、って言ったそばからこんなことになって」

「ううん」

奈良岡は「でも!」と身を乗り出した。「今回の件はおかしい。そう思わないか」

「おかしいって?」

「いや、だってさ、万華鏡だぜ?」

「親戚の子供にプレゼントするために買った、って警察で言ってたね」

「もっともらしいけどさ、出来すぎじゃないか?」

「どういう意味?」

「バッグから都合よく万華鏡のレンズだけチラッと見えてるんだぜ。それを見たら誰だって盗撮を疑うよな?」

「そりゃ、まあ……」

「……今回の件、嵌められたんじゃないか、って思うんだ。盗撮に見えるような小細工してさ、俺らが食いつくのを待ってたんじゃないか、って」

「いくらなんでもそんな……。何のために？」

「例の男、もともと盗撮容疑があって問い詰めたら逃げたろ。だから、捜し出して捕まえてやろうって思った」

「うん」

「想像になるけどさ、男は俺の動画を観たんじゃないか？　モザイク入りだったけど、当然、晒されてるのは自分だって分かったはず。今考えればあれは俺の失策だったけど、動画でリベンジとか言っちゃって、逃げた男を捜してることを匂わせたろ。男はヤバいって思ったはずだ。俺たちに見つかって取り囲まれて動画に撮られてネットにアップされたら――。盗撮犯だって誰もが思う。否定しても無駄。ＳＮＳじゃ、一度有罪視されたらもう手遅れ。無実の人間なら、弁護士を呼ぶとか、法的措置を宣言して堂々と反論できるけど、後ろめたいことがある人間なら無理だろ」

「たしかに……」

「そこで男は一計を案じた。自分が加害者として晒される前に、被害者になってしまう計画――」

奈良岡は緊張を呑み下すように、喉仏を上下させた。

「盗撮の証拠が見つからなくて、濡れ衣で怪我までさせたのに、加害者側が『こいつは盗撮犯なんだ！』って動画をアップしたりはできないだろ。全世界を敵に回す。自分の落ち度を認められず、往生際悪く自己正当化してるようにみなされる。だからさ、男はあんな紛らわしい動きをしたんだよ。男は俺たちを先に見つけ出して、罠を仕掛けたんだ。万華鏡をバッグに入れて、レンズが少し見えるようにチャックを開けて、穂香ちゃんの後ろに立つ。後は俺たちが食いつくのを待つだけ。で、俺たちが追いかけてきて実力行使に出るよう、全力で逃げる——」

奈良岡の推測にすぎない話だったが、ある程度の説得力はあるように感じた。いや、むしろそれが真実だったように思える。

穂香が困惑顔で訊いた。

「でも、証拠は何もないよね？」

奈良岡は打ち沈んだ表情でうなずいた。

「今は、何も」

「証拠もないのにそんな主張したら、世間は許してくれないよ。ますます袋叩きにされる」

「分かってるよ、もちろん。でも、かぎりなく怪しいんだ。俺たちは嵌められたとしか思えない」

「可能性だけじゃ、何も……」

「俺——何とかするから！」

「何とかって……」

奈良岡は二人を交互に見つめた。

そして——思い詰めた表情で、しかし、きっぱりと言った。

「今からでも逆転はできる。少し時間をくれ」

14

恵介は部屋に引きこもり、暇さえあればスマートフォンでSNSをチェックしていた。動画が晒された当日よりは勢いが落ちているものの、加害者三人が社会的制裁を受けるまでは許さない——とばかりに何百件も批判が書き込まれている。

大学に行けば、面と向かって誰かに痛罵されるのではないか、という不安が拭えない。

SNSに晒される意味を——恐怖を思い知らされた。自分たちが正義の名のもとにしてきた行為がそのまま、同じく正義の名のもとにやり返されている。

因果応報。自業自得——。

夕方、珍しく伊藤和也から電話があった。

「最近どうした？　大学来てないけど……」

声に緊張が表れていたので、事情を知っていると悟った。

「色々あって……」

言葉を濁すと、和也は嘆息混じりに言った。

「例の炎上、やっぱマジか。何やってんだよ、お前」

「それは——」

「正義の騎士様なんてやって、ちやほやされて勘違いしたんじゃねえの？　それでいつの間にかライン越えてさ」

「そういうんじゃないから！」

恵介は声を荒らげると、電話を切った。こんなときに正論じみたお説教は聞きたくなかった。切羽詰まった状況に陥っていることは、自分が誰よりもよく分かっている。

奈良岡からＬＩＮＥがあったのはそんなときだった。

『大事な相談がある。今日の夕方、三人で会えないか？』

恵介は『どうしたの』と返信した。すぐに『会ってから話す』と返ってきた。

『悪い話？』

『会ってから話す』

同じ一言が返ってきた。

一体何だろう。

不安に胸が掻き毟《むし》られた。

恵介は『分かった。彼女にも連絡しておく』と返信した。彼女にＬＩＮＥをし、ただ待ち続けた。一分一秒が十分にも思えた。

最初にやって来たのは穂香だった。

「久しぶり……」

恵介はぎこちなく挨拶した。

「うん」

たった三日間だったが、何を話して言いかわからず連絡を取っていなかった。

彼女を部屋に招じ入れてから十分ほど経って、奈良岡がチャイムを鳴らした。三人でリビングの絨毯に座り、向き合う。

しばらく沈黙が続いた。

「話っていうのは……？」

穂香が焦《じ》れたように訊いた。

奈良岡は大きく息を吐き、顎を撫でた。そして——絨毯の上に数枚の写真を置いた。

恵介は一枚を取り上げた。そこには例の男が写っていた。一軒家の玄関ドアのノブを握っているシーンが撮影されている。

「これは——？」

奈良岡は真剣な眼差しを恵介に向けた。

「例の男だよ」

「それは分かるけど……」

「そっちの一枚も見てくれ」

恵介は指差された写真を手に取った。

表札が写っている。

『大沢田《おおさわだ》』

恵介は奈良岡に目を戻した。

「男の名字と住んでる場所が分かった」

穂香が当惑した顔で訊いた。

「そんなこと調べてたの?」

「俺が突き止めたわけじゃないよ。探偵に依頼したんだ」

「探偵って――」

「怪しいって思ったからさ」

ロペの声がイヤホンから聞こえた。

《奈良岡君、意味深だね。興味を示したほうがいいと思う。『それで何か分かったの?』》

「それで何か分かったの?」

奈良岡は「ああ」と強気な顔でうなずいた。「やっぱりこいつ、やってた」

「……やってたって?」

答えを確信していながら訊いた。

奈良岡は予想どおりのことを答えた。

「盗撮だよ」

ロペが《おっ》と反応した。《それが事実なら、この前の彼の推測が正しかった可能性が俄然《がぜん》と出てくるね》

奈良岡は間を置き、続けた。

「常習みたいでさ。女子高生を買って、ホテルで撮影したりしてるらしい。探偵が匿名を条件に、買われた女子高生から話を聞いたらしくて」

「未成年なら児童ポルノじゃん……」

「ああ、そうなんだよ」

「盗撮は探偵の前でやったの？」

「いや。買った女子高生に性癖を語ったらしい。で、そういうプレイ、、、をさせてくれ、って懇願されて、気持ち悪かったって」

　間違いない。

　やはり男は盗撮犯だったのだ。

「俺たちは嵌められた」奈良岡が悔しそうに言う。「まんまとやられた。盗撮の証拠を摑むために動いてたことを利用されたんだ」

　恵介は拳を握り締めた。

　性犯罪者に罠に嵌められ、冤罪加害者に仕立て上げられたのか。

「悔しいよな……」奈良岡の声には怒りが滲み出ていた。

　ロペが言う。

《腹立つね、これは。恵介君も同じ気持ちでしょ。しっかり共感を伝えよう。『許せない』》

「許せない」

「だよな。俺も許せない」

「でも、証拠もないのにどうしたら……」

　奈良岡がスーッと目を細めた。

「俺たちで証拠を手に入れるんだ」

15

「証拠を手に入れるって――」

　恵介は穂香と顔を見合わせた。

　彼女も同じ懸念を抱いていることが表情から察せられた。

　恵介は奈良岡に顔を戻した。

「また罠を張るの？　囮とか？　でも、向こうも警戒してるだろうし、今の状況で下手な行動をして失敗したら、それこそ取り返しがつかない事態になるかも……」

　奈良岡は顰めっ面で絨毯を睨んでいた。

「……囮とか、そんな方法じゃない」

「じゃあ、何なの」

　奈良岡は罪でも告白するかのように躊躇を見せた。

「その……」

穂香が小首を傾《かし》げた。

「何?」

奈良岡は指先をせわしなく蠢《うごめ》かせていた。顔を上げて二人の顔色を窺うように一瞥しては、また視線を落とす。それを何度も繰り返した。

辛抱強く待つと、やがて意を決したように口を開いた。

「奴はヤバいデータをUSBに保存してる。〝盗撮プレイ〟を要求された女子高生に『いつもこういうプレイしているの?』って訊かれて、『ガチのはUSBに保存して大事に自宅に保管してる』って笑いながら答えたらしい。ハ、ハ、ハメ撮りとかもしてるらしいし、大沢田の声は確実に入ってる。姿が映ってる可能性もあるし、犯罪の証拠になる。だからそれを——盗み出すんだ」

「盗み出す——?」

一瞬、彼が何を言ったのか理解できなかった。

奈良岡は「ああ」とうなずいた。「男の——大沢田って奴の自宅に侵入して、そのUSBを持ち出すんだ」

恵介は唖然《あぜん》としたまま言葉を失った。

侵入——?

「そんなことできるわけ……」

穂香が「うん」とうなずいた。「犯罪だよ、それは」

「そうだよ」恵介は言った。「この前の囮捜査と違って、確実に逮捕される」

奈良岡は重々しいため息を漏らした。

「……他に現状をひっくり返す方法はないんだ」

「だからって盗みは——」

《まあまあ》ロぺの声が割り込んだ。《とりあえず話を聞いてみよう。奈良岡君も色々考えたんだと思うしね》

奈良岡の眉間には苦慮が表れていた。

「俺だってそんなリスクは冒したくない。でも、奴が犯罪者で、罪を逃れるために罠を仕掛けたんだ、って証拠を見つけなきゃ、俺たちは悪役のままだ。犯罪者がほくそ笑んでるんだぞ。悔しいじゃん。許せないじゃん」

ロぺが言う。

《否定でも賛成でもない反応で様子を見ようか。『たしかに悔しいし許せないよね』》

「……たしかに悔しいし許せないよね」

「住居侵入はよくないことだよ、そりゃ。でも、犯罪の証拠を手に入れるためって正義がある。奴を逃がしたら、調子に乗るぞ。性犯罪は常習性があるし、逮捕されるまで止まらない。被害者も大勢出る」

ロぺが《犯罪者を野放しにすることは正しくない》と言った。

奈良岡が強気な顔つきを作った。

「俺たちで止めるんだ、奴を」

止める——。

そういう表現をされたら、正しい行動のように聞こえる。だが、奈良岡が提案しているのは住居侵入なのだ。誤認の私人逮捕とは違って、情状酌量の余地もない。

奈良岡は穂香に顔を向けた。

「穂香ちゃんはどう思う？　俺たちが止めなきゃ、盗撮される女の子が増える」

彼女の表情が引き締まった。

「……盗撮しておきながら私たちを嵌めて逃げたんだとしたら、私も許せない」

「だろ。俺たちが止めなきゃ」

彼女はまぶたを伏せ、答えなかった。

奈良岡は恵介と穂香の顔を交互に見た。

しばらく誰もが言葉を発しなかった。

やがて奈良岡は頭を掻き毟った。丁寧にセットされた髪の毛がぐしゃぐしゃに乱れる。

「……いきなりこんな協力を求めても、簡単には『うん』なんて言えないよな。俺のこと、信じられないよな、きっと」

「いや、そんなことは——」

恵介は首をぶんぶんと振った。

「いいんだ。分かるよ。俺が二人の立場なら疑う。一蓮托生《いちれんたくしょう》なんてごめんだ、って思う。俺みたいなチャラい奴の巻き添えでこんな目に遭って——」

奈良岡はぐっと拳を握った。

「奈良岡君を信じてないわけじゃないよ。でも、これは――」

「全部嘘なんだ」

「え？　嘘って――何が？」

奈良岡は苦渋に満ち満ちた顔をしていた。

「……見栄《みえ》なんだよ。俺が話した俺自身のこと」

恵介は意味が理解できず、「どういうこと？」と訊き返した。

「女を取っ替え引っ替えしてるとか、セフレが何人もいるとか、書かれてたろ」

ＳＮＳには『高校時代のこいつ、最悪だったわ。女子に告白したんだけど、付き合ってた彼女にセフレの存在がバレてフラれたから、代わりを探してたんだよな。告白された女の子はそれを知って傷ついてた。女にだらしないろくでなしだよ』と書かれていた。

「……俺さ、本当は女の子と付き合ったことないんだよ」

「それって、一夜の関係が気楽だからそればっかりって意味で――」

「いや、そもそもしたことないんだよ」

「何、言ってるの……」

奈良岡は羞恥に押し潰されそうな顔をしていた。

「俺さ、こんな外見《ナリ》してるけどさ、見かけ倒しなんだよ」

にわかには信じられない告白だった。

「でも、動画じゃ――」

「ああ、チャラい発言ばっかりしてたよな、俺。でも、事実じゃない」

「どうしてそんな……」

奈良岡は視線を逃がした。追い詰められた表情をしている。

「……SNSに書かれてた内容、実はあながち出鱈目ってわけじゃなくて。あ、いや、出鱈目は出鱈目なんだけど……」

「どういうこと」

「俺さ、たしかに高校のころ、誰もいない放課後の教室でクラスの女子に告白したんだ。ずっと片想《かたおも》いしてて、勇気を振り絞った。でも、彼女が答える前に、数人が入ってきた、タイミング悪く。バスケ部の奴らで、チアリーディング部の女子を二人連れてた。俺たちの雰囲気――っていうか、その場の空気を見て、状況を察したらしい。『告白されたん？』ってからかうように言って、その子が『うん……』って。そうしたら、バスケ部の連中がはやし立てはじめて、そのうち、一人が『そいつ童貞だぜ』って笑って」

奈良岡は恥を噛み締めるように唇を噛んだ。

「取り巻きの女子も、『マジで？』とか『やだー』とか笑って。馬鹿にしてるのが分かった。恥ずかしくて顔から火が出そうで、俺、パニクって、言っちゃったんだ」

「何て？」

「……『浮気がバレて彼女にフラれたからさ』って」奈良岡は視線を落とした。「馬鹿にされたくない一心だったんだよ。だってさ、SNSとかで散々見てんじゃん。恋愛経験がない非モテとかオタクが馬鹿にされる光景。今だったら弱者男性とか呼ばれるかな。口走ってから、自分でも何言ってんだ、って思ったけど、手遅れでさ。『お前、彼女いたの?』って言われて、嘘が嘘を呼んだっていうか、一回嘘をついたら、それがバレないように嘘をつき続けなきゃいけなくなる、例のあれ。俺は嘘を重ねた。セフレとか、そういうのも、馬鹿にされないためについた嘘なんだ」

奈良岡の切羽詰まった感情が痛いほど伝わってくる。

その告白が本当なら、自分と彼は何も変わらないのではないか。

「それからの俺は、自分の嘘に説得力が出るよう、演出しはじめた。髪も茶色に染めて、私服もお洒落を意識して……。動画の内容もそう。経験豊富な女好き——みたいなキャラを作ってさ。そうしたら、出演してくれた女の子たちから好感を持たれたんだよ。突撃インタビューしてるとさ、童貞や非モテへの見下し、すごいんだぜ。目の前の俺がそうだなんて思いもせずに、小馬鹿にしたり嘲笑したり。ますます事実を知られないようにしなきゃ、って。ただただ必死だった」

奈良岡は今や半泣きの表情になっていた。

「ダサいよな、俺」

そう言った彼の声色はあまりに弱々しかった。

「そんなことないよ……」

「……全部、馬鹿にされないためだったんだ。嘘がバレないようにチャラくて女にだらしないキャラを演じてた。正直、疲れたし、苦しかったけど、高校時代のような惨めな思いはもうしたくなくて」

「うん……」

「そんなときに恵介たちに出会って……。俺は相変わらずキャラを演じてたけど、ほんの少し本当の自分でいられた気がして、なんだか楽しかったんだ。それで調子に乗ってこんなことになってたら世話ないよな」

恵介は思わず「僕も変わらないよ」と口走っていた。

「え？」

ロペが《プロデュースのことは秘密だよ》と釘《くぎ》を刺した。

もちろん、口外禁止の約束は覚えている。破るつもりはない。

「……高校時代はクラスの輪に溶け込めなくて、浮いてて、一人だった。女の子とも付き合ったことがなくて、どんな会話をしたらいいか分からなくて」

恵介は覚悟を決め、腰を上げた。本棚に近づき、本を覆い隠しているバスタオルを剝がした。恋愛関係のハウツー本やコミュニケーション術の本の数々があらわになる。

奈良岡が「それ――」とつぶやき、本棚を凝視した。驚いたように目を見開いている。

「こんな本を買い漁《あさ》って、必死で〝勉強〟してた。僕も毎日背伸びして、見栄を張って……。だから奈良岡君の切羽詰まった気持ち、分かる」

恵介は穂香に「ごめん」と謝った。

「綾音さんに邪《よこしま》な気持ちとか持ってたわけじゃなくて……自分を変えたくて、こういう本に縋ってた」

意外にも穂香は温かい眼差しをしていた。

「金崎君の気持ちは疑ってないよ。ありがとう、言いにくいことを話してくれて」

「誤解されたままだったら悲しいから……」

恵介は、ははは、と微苦笑した。

奈良岡は突然立ち上がった。

「……悪い。さっきの提案は忘れてくれ」

絞り出すような口調だった。

「俺一人で何とかするよ」

「俺一人って――」

「そんな話を聞かされたら、なおさら巻き込めない。いや、もう巻き込んじゃってはいるんだけど、これ以上は……」

《恵介君》ロペの声が言った。《奈良岡君一人じゃ、絶対に失敗するよ。そうなったら恵介君は後悔する》

「でも――」

ロペに反応して漏れたつぶやきだったが、奈良岡が反応した。

「俺が無茶言った。悩ませて悪かったな」

ロペが言った。

《三人が力を合わせたら成功する。でも、彼一人なら失敗する。彼が逮捕されて終わり。結局、事態は最悪な方向に行くよ》

それは『AI《アイ》ザム』が予知した未来なのだろうか。

訊きたくても今は会話できない。

「ねえ……」

穂香の声が耳に入り、顔を向けた。彼女は恵介のシャツの裾を軽く摑んでいた。縋るような眼差しが注がれている。

「奈良岡君一人に背負わせるのは……」

恵介は彼女の目を真っすぐ見返し、無言でうなずいた。そして奈良岡に顔を向ける。

「僕も奈良岡君と出会って、犯罪者を捕まえたり――。そんな活動をして、生きてるって感じた。調子に乗ってしまった――っていうなら、僕も同じだよ。非日常な毎日に興奮してた。もちろん、綾音さんを狙った犯罪者を許せないって気持ちはあったけど、純粋な正義感だったかって考えたら、胸を張って百パーセントそうだったって答える自信はない」

ロペの声を借りなくても感情が言葉となってあふれ出てくる。

「男に怪我をさせたのは僕だ。勢いのまま飛びついて、押し倒した。危険とか何も考えてなかった。奈良岡君一人に罪を背負わせるのは、フェアじゃない」

ロペが言った。

《『僕ら三人で力を合わせよう』》
それは今の素直な気持ちと同じだった。
恵介は決意と共に言った。
「僕ら三人で力を合わせよう」

16

決行は明日の午後四時。探偵によると、大沢田が仕事で家を留守にしている時間帯だという。穂香が邸宅の前で見張り、男二人で侵入してUSBを見つけ出す――。
「成功するでしょうか……」
部屋に一人きりで座っていると、不安が雪崩のように押し寄せてくる。
《心配ないよ》ロペが確信に満ちた口調で答えた。《僕と『AI《アイ》ザム』が手助けする。三人を不幸にはしないよ》
「本当ですか」
《ああ。犯罪の証拠を手に入れたら、世論は一変するよ、また。手のひらクルクル。それがSNSの無責任さだよ。でも、今回はそれがありがたい》
大沢田が正真正銘の犯罪者だと知れ渡れば――。

犯罪者を捕まえていた正しい人間を陥れようとした悪党だと判明する。冤罪被害をでっち上げた加害者——。

　逆転。

　奈良岡が言ったように、全ては逆転する。

　ロペが言った。

《明日に備えて今日は早く寝よう》

「……はい」

　恵介は電気を消し、ベッドに入った。

　だが、緊張で目が冴えていて、なかなか寝つけなかった。

「ロペさん……」

《ん?》

「明日、助けてくれますか」

《もちろんだよ。そのための僕と『AI《アイ》ザム』だ》

　即答だった。

　真っ暗闇の中にロペの穏やかな声が忍び込んでくる。

《僕と『AI《アイ》ザム』が恵介君の〝人生をプロデュース〟する。責任を持って。だから安心して身を任せてほしい。悪い結末にはならないよ》

「……ありがとうございます」

しばらくロペに自分の不安を聞いてもらった。そうしているうちに少しずつ気持ちが落ち着いていき、気がつくと意識を手放していた。

目覚めは悪くなかった。

顔を洗うと、視界がクリアになった。歯を磨き、服を着替える。朝食はトーストを選んだ。バターを塗って齧《かじ》る。

当たり前の日常を送ることで、平静が訪れた。

奈良岡にLINEし、適当に映画の話をした。今日の決行の話はしなかった。事前にそう取り決めていた。文章は証拠になる。万が一の事態を想定し、危ないやり取りは記録に残さないようにしていた。

昼まで時間を潰し、洗面室で鏡を見つめる。

見返してくる自分の顔には緊張があった。

大丈夫。

大丈夫。

大丈夫。

念じるように——自己暗示のように頭の中で繰り返した。

《じゃあ、行こうか》ロペが言った。《決行だ》

恵介はうなずき、洗面所を出た。決意を秘めて玄関ドアを開けた。思わず人目を気にして周囲を見回した。空はアスファルトを映しているかのように重い鉛色に塗り込められており、今にも雨が降りそうな気配が立ち込めていた。これからの自分たちの未来を暗示しているような、暗雲――。そう考えてしまうのは、漠然とした不安のせいだろうか。

電車に乗って隣町へ移動し、奈良岡と穂香と合流した。

「よう」

軽く手を上げた奈良岡の顔にも緊張があった。

「うん……」

うなずき合い、三人で住宅街を歩きはじめた。等間隔で並ぶ電信柱の数を意味もなく数えながら、奈良岡の後をついていく。

誰もが喋らなかった。口を開けば自分の緊張が他の二人に伝播《でんぱ》するのではないか、と恐れているかのように――。

自分たちがこれから行う行為は、法に反している。一線を越えている。

うまくいくことをただただ祈る。願う。切実に。

十分も経つと、写真で見た邸宅が現れた。表札には『大沢田』の文字がある。

「ここだ――な」

奈良岡がつぶやくように言った。声は緊張を帯びていた。

「だね……」

恵介は深呼吸した。

早鐘を打つ心臓の鼓動は耳障りなほどで、額から垂れ落ちる汗の玉をまばたきで振り払う。拳を握ったり開いたりする。

「行くぞ」

奈良岡は手袋を嵌め、インターホンに人差し指を伸ばした。

「留守のはずだけど……」

恵介はごくりと唾を飲んだ。

何か想定外の状況になって、大沢田が在宅だったらどうなるか。自分を怪我させた三人組が乗り込んできたと考え、すぐ警察を呼ぶだろう。そうなったら全て終わりだ。

奈良岡は躊躇を見せた後、チャイムを押し込んだ。

小気味良い電子音が鳴る。

心臓がますます駆け足になる。

恵介は玄関ドアを睨みつけた。一分以上待っても開くことはなかった。奈良岡と顔を見合わせる。

「……いないみたいだな」

恵介は「うん」とうなずいた。

「情報どおり、仕事中だろ」

「家族はいないんだよね？」

「独身らしい。ま、盗撮したり女子高生買ったりしてるくらいだし、言わずもがな、か」奈良岡は穂香を見た。「じゃあ、見張りは頼むな。人が来たら恵介に連絡してくれ」

「任せておいて。物陰から見張っておく」

ロペが《急いで庭まで行ってしまおう。人目につく前に》と急かした。

もう後戻りはできない。

奈良岡が門扉《もんぴ》を開けて踏み入ると、恵介は手袋をして後に従った。二人で庭に回る。ブロック塀が取り囲んでいるので、道路からの視線は遮られている。

奈良岡が先端にハンカチを巻きつけたドライバーを取り出した。

《おっ》ロペの声が聞こえた。《考えたね。ハンカチで覆うことで音を殺せる》

なるほど――。

奈良岡は大きな掃き出し窓に近づき、顔を寄せた。グレーの遮光カーテンが引かれているので、室内の様子は窺えない。

「やるぞ……」

奈良岡は自分に言い聞かせるようにつぶやくと、ドライバーを振りかぶった。そして――掃き出し窓の端のほうに先端を叩きつけた。

くぐもった音がして蜘蛛の巣状のヒビが入った。二度、三度と叩きつけると、ガラスが割れた。いびつな星の形に穴が開く。

「よし」

奈良岡は穴に手を差し入れ、中から鍵を外した。掃き出し窓をスライドさせ、振り返る。

「早いとこUSBを見つけようぜ」

彼が足を持ち上げた。

「あっ」恵介は呼び止めた。「土足はまずいかも」

奈良岡が宙で足を止めた。

「たしかに靴跡は残せないよな」

彼は庭先で靴を脱ぐと、靴下で室内に上がった。

恵介は彼に続いた。

そこはリビングダイニングだった。二十五畳はあるだろうか。

黒革のソファがコの字形に配置されており、マホガニー製なのか、茶褐色の光沢が美しいローテーブルが置かれていた。木目が鮮やかなテレビボードの上には大型テレビがあった。隣にはビジネス系の専門書が積まれている。

見知らぬ部屋だ。当たり前だが、そのことに住居侵入をしているという事実を嫌でも思い知る。今にも物陰から誰かが姿を現しそうな妄想が頭に浮かぶ。

「さっさと調べようぜ」

奈良岡が迷わずテレビボードに歩み寄った。山積みになっている専門書をずらし、その陰を確認した。

「物の位置は変えないほうが……」

「あっ、そうだな」

奈良岡は慌てた様子で専門書の位置を戻した。テレビボード正面の扉を開ける。棚の中にはD

VDレコーダーがあり、三つのリモコンが並んでいた。

「まあ、さすがにこんな場所には――」

奈良岡はかがみ、棚の中に手を差し入れた。もぞもぞと動かす。

「ないよな」

奈良岡は落胆の嘆息と共に腰を上げた。

恵介は室内を見回した。タワータイプの扇風機があり、その横には波形のモダンなフロアランプがある。

高そうな調度品の数々――。

「俺はキャビネットを調べる」奈良岡が言った。「恵介は向こうを頼む」

恵介はダイニングへ移動した。四人用のダイニングテーブルがあり、布張りのチェアが四脚、向かい合うように並んでいる。一人暮らし――という情報だったから、親から相続した一軒家なのかもしれない。

性犯罪者といえば、古びたアパートの一室で孤独な生活を送っているイメージがあった。だが、大沢田は恵まれた生活をしている。

そういえば、地位がある人間が性犯罪で逮捕されているニュースは山ほど観た。家族がいる会社役員だったり、教師だったり、有名プロスポーツ選手だったり、人気芸能人だったり――。

アンティーク風の食器棚には、皿やカップが飾られていた。下部の引き出しを開けると、銀色のカトラリーが整然と並べられていた。

恵介はキッチンに入った。棚を開けると、レトルト食品や缶詰が積まれていたり、ミキサーなどの調理器具やオリーブオイルの瓶が置かれていた。

こんな場所にUSBは隠していないだろう。

キッチンの向かいに見えるドアを開けた。風呂が隣り合った洗面所だった。洗面化粧台の上にある鏡の縁には、取っ手がある。摑んで引っ張ると、扉になっていた。鏡が開く。

だが——。

中にあるのは、歯ブラシや歯磨き粉、頭痛薬、咳止め、使い捨てのコンタクトレンズなど。

再びキッチンへ戻り、飾り棚を調べた。袋入りの砂糖や小麦粉がある。

自宅に侵入されることは想像していなかっただろう。ならば、キッチンのような変わった場所に隠しているとは思えない。無難に寝室などに置いているのではないか。

「どうだ?」

奈良岡がキャビネットを調べながら声をかけてきた。

恵介は黙ってかぶりを振った。

「……そっか。こっちも空振り」

「二階を探す?」

「そうだな。そうしよう。そのほうがいいかもな」

二人で階段を上り、最初のドアを開けた。仕事部屋なのだろうか。ベッドなどはなく、茶褐色の革張りソファ、デスク、不動産関係の本やビジネス書が並べられた本棚があった。

「とりあえず、パソコンとか探すか」

奈良岡はデスクに近づき、引き出しを開けた。ボールペンや爪切りや鼻炎用のスプレーがあった。

「恵介は他の部屋を調べてくれ」

奈良岡が背中を向けたまま言った。

「分かった……」

一人きりになるのは不安があったが、ロペと会話できるメリットもある。

恵介は仕事部屋を出ると、東側のドアを開けた。薄闇に包まれている。

電気を点けてしまったら、明かりが外に漏れて、近隣の住民に怪しまれてしまうかもしれない。

恵介はスマートフォンのライト機能をオンにした。死人の顔色のような青白い光が薄闇を切り裂く。

薄ぼんやりとした視界の中にベッドとボックス型のナイトテーブルが浮かび上がった。壁にはヨーロッパの景色を描いたような絵画が掛けられている。

寝室──か。

恵介はナイトテーブルに歩み寄った。シェードランプの横には、眼鏡と目薬が置かれている。

引き出しを開けてみた。DVDが何枚もあった。怯えた顔の女性が身を寄せ合っている姿が映っており、一瞬AVかと思ったが、よく見るとホラー映画だった。他の数枚を確認すると、土色の顔の幽霊が目を見開き、大口を開けている。

住居侵入中の薄暗い部屋の中で見ると、背筋が凍りつく思いだった。思わず周囲を見回した。何も襲ってこない事実を確かめ、安堵の息を吐く。

ベッドの反対側に回ると、四角形の冷蔵庫があった。念のため、扉を開けてみる。

高そうなワインが数本、横たえられていた。隣には、パッケージにフランス語らしきアルファベットが書かれているチーズがある。

犯罪者のくせにずいぶん優雅な生活を送っているらしい。

「どこを探せばいいでしょう」

恵介は囁き声でロペに訊いた。

何秒か間があり、《うーん……》となるロペの声が聞こえた。《難しいね。後ろめたい物なら、一目でバレるようなところには置いてないだろうね。人を招いて見つかったら一大事だ》

「ですよね……」

《タンスの中を確認してみようか》

「はい」

恵介は部屋の奥のタンスに近づき、引き出しを引いた。柄物の私服が収められていた。

《隙間を調べよう》

恵介はロペの指示に従った。

だが——。

ＵＳＢは隠されていなかった。

「駄目です……」

恵介は首を振った。

《ないね》ロペが残念そうに言った。《まあ、簡単には見つからないよね》

恵介は観葉植物が隣に置かれたアンティーク風キャビネットに近づいた。天板の上には曲線が美しい花瓶がある。

ロペが冗談めかして言った。

《花瓶の中も見るかい？》

恵介は少し迷ったすえ、花瓶を手に取った。中を覗き込んでみる。真っ暗闇があった。口が小さいので、スマートフォンのライトで照らしながら覗くことは難しかった。軽く振ってみると、カラカラと硬質な音がした。

はっとし、目を瞠った。

まさかこの中に――。

恵介は緊張したまま花瓶を逆さまにした。手のひらにこぼれ落ちてきたのは――外国製の硬貨だった。

膨らんだ期待は一瞬で萎《しぼ》み、落胆のため息が漏れる。

犯罪の証拠を見つけたかと思った。

「クソッ！」

恵介は吐き捨てると、他の小物を確認した。陶器製の洒落た灰皿や、黒猫を模した置物、古びたペーパーナイフ、ガラス細工の深海魚などがある。

当然ながらそのような目立った場所にＵＳＢはなかった。

恵介はスマートフォンの通知を確認した。穂香からＬＩＮＥは届いていない。不測の事態は起きていないということだろう。だが、ちんたらしていたら何があるか分からない。友人知人の訪問もありうる。合鍵を持っている恋人や親友がいるとは思えないが、万が一の可能性もある。長居はしたくない。

早く犯罪の証拠を見つけなくては――。

恵介はクローゼットに目をつけた。茶褐色の折れ戸に手を掛け、開けた。スマートフォンのライトを向けると、ハンガーポールにスーツやコートの類いが掛けられていた。足元には段ボール箱が積まれている。その横には衣服用の消臭スプレーが置かれていた。

「……怪しいですね、ここ」

話しかけると、ロペが《そうだね》と答えた。《物を隠すなら押し入れとかクローゼットは定番だね。段ボール箱の中を調べてみよう》

恵介はしゃがみ込み、スマートフォンを床に置いて段ボール箱を手に取った。深呼吸し、開ける。

最初の箱には冬物の衣服が詰め込まれていた。一枚一枚取り上げ、服の下にＵＳＢが隠されていないか、しっかりチェックした。

二つ目の箱を開けてみた。

ゲームのコントローラーや充電器、錆《さび》が目立つ乾電池など——。

駄目か。

恵介は別の段ボール箱を開けた。年季が入ったボクシンググローブが納められていた。

ボクシング経験者なのか？

恵介は自分が大沢田に飛びかかって取り押さえた光景を思い出した。

下手したら返り討ちに遭っていたかもしれない。

いや——と思う。

相手がボクシング経験者だったなら、あんなふうに簡単に取り押さえられないだろう。やはり、罠だったのだ。わざと怪しいそぶりをしてみせて、追いかけさせ、隙をみせて怪我をする——。

そうすれば冤罪被害者になれる。

絶対に本性を暴いてやる——。

恵介は改めて決意を固めた。

残っている段ボール箱を調べた。だが、残念ながら犯罪の証拠はなかった。

《クローゼットの中をもっと調べてみよう》

ロペの指示が聞こえた。

「もう調べましたよ、全部」

《クローゼットの中に秘密の隠し場所があったりするかもよ》

恵介は「まさか」と苦笑いしつつも、クローゼット内の壁を撫で回した。怪しい仕掛けなどは見当たらなかった。

「何もありません」

《そうか》ロペが無念そうにため息をついた。《じゃあ他を探そう》

「他と言っても――」

恵介はクローゼットを出ると、薄暗い寝室内を見回した。USBほど小さなものなら、どこにでも隠せてしまう。一体どこを探せばいいのだろう。いや、そもそも犯罪の証拠を保存したUSBなどが存在するのだろうか。

探偵の調査結果が正確だったことを祈るしかない。

突然ドアが軽くノックされ、恵介はビクッと飛び上がった。油が切れた機械仕掛けの人形のようにぎこちなく首を回した。

「恵介……」

ドアの向こう側から聞こえてきたのは、奈良岡の囁き声だった。

返事をする前に、静かにドアが開いた。奈良岡がゆっくりと顔を出した。

「どう?」

「……何も」

「こっちも空振り。でも――」

そのとき、チャイムの音が鳴り響いた。

恵介は目を剝き、奈良岡と顔を見合わせた。全身が緊張で固まった。そんなことはあり得ないのに、来客に呼吸音すら聞こえてしまいそうで息も止まった。

どくどく、と太鼓を叩く心臓がうるさい。

もう一度チャイムが鳴った。

「ヤバいかな……」

恵介は沈黙のプレッシャーに耐えられなくなり、小声で奈良岡に訊いた。

「分からない」

奈良岡が答えたとき、スマートフォンが軽く震えたことに気づいた。確認すると、LINEの通知が来ていた。音量はゼロにしてあるから、バイブ機能で教えてくれたのだ。

穂香の名前がある。

『今、宅配のおじさんがチャイム鳴らした！』

宅配――。

恵介はLINEの内容を奈良岡に伝えた。

「宅配なら大丈夫だな。開けられたりはしないし、去っていくのを待とう。そこに隠れて動かないようにしよう。居留守を疑われたらヤバいし」

「だね」

恵介は奈良岡と一緒にベッドの陰に身を潜め、息を殺し続けた。

三度目のチャイムが鳴ることはなく、そのまま静寂が続いた。

「大丈夫そう――だな」

恵介は「うん」とうなずいた。

「よし、捜索再開だ」

奈良岡はクローゼットに近づき、開けた。

「あっ、そこはもう調べたよ」

「お、そうか」奈良岡はクローゼットを閉めて振り返った。「他に調べてないところは――」

「一応、全部調べたけど……」

そのとき、ロペの声が聞こえてきた。

《ねえ、ベッドの頭側に飾られてる絵画、怪しくない？》

絵画――？

恵介は絵画に目をやった。ヨーロッパの風景が描かれた一枚だ。特に変わった様子はないが――。

《ごめんごめん。気のせいだったかも。ほんの少し傾いてるように見えてね》

傾いているだろうか？

恵介は絵画を凝視した。

《……カメラを通して見ているせいだったかもしれないね》

奈良岡が「どうした、恵介」と訊いた。

「あっ、いや……」

「あの絵がどうかしたか」

「ちょっと気になって見てただけ」

「何が？」

「少し傾いてるような——って」

他に答えようがなく、ロペの言葉をそのまま口にした。

奈良岡は眉を顰めて絵画をじっと睨みつけた後、ベッドに歩いていき、上に乗った。

「何するの」

奈良岡は背を向けたまま絵画に手を伸ばした。そして——両手で摑み、軽く持ち上げるようにして取り外した。

「おい、これ——」

奈良岡が驚いた顔で振り向いた。

恵介は彼のそばに移動し、壁を見た。グレーの堅牢《けんろう》そうな金庫が埋め込まれていた。番号を打ち込む数字が並んでいる。

「隠し金庫……」

「ああ」奈良岡が緊張を帯びた顔でうなずいた。「ビ、ビ、ビンゴじゃないか、これ」

自宅に隠し金庫——。

怪しさ満点だ。

「暗証番号、分からないかな」

奈良岡がボタンをプッシュした。だが、何の反応もなかった。何度か数字を打ち込んでいる。

「駄目——か」奈良岡は嘆息を漏らして恵介を見た。

「何かヒントになりそうな情報あった?」

「そういう目線で調べてなかったから……」

「だよな」奈良岡はまた暗証番号を押した。「適当に押して開くわけないし——」

その瞬間、ガチャッと硬質の音が鳴り、金庫の扉が動いた。

まさか——。

奈良岡が振り返り、恵介は彼と見つめ合った。彼の顔に張りついている驚愕の表情は、間違いなく自分と同じだろう。

「開いた——ぜ」

「……うん」

突如、甲高い警報が邸宅全体に鳴り渡り、心臓が喉から飛び出しそうになった。全身の血が凍りつく。

「ヤバ……自動で通報行くかも……」

奈良岡が叫ぶ。

「逃げなきゃ!」

恵介は焦燥感に駆られ、踵を返そうとした。

「待った!」

「え?」

「証拠は確保しなきゃ」

「でも――」

「手ぶらじゃ、危険を冒した意味がない」

奈良岡が金庫の扉を開けた。中には南京錠が嵌められた金属製らしき小箱があった。

「絶対これだ！」奈良岡は小箱を手に取った。「よし、逃げよう！」

恵介は奈良岡と一緒に階段を駆け下り、リビングの掃き出し窓から走り出た。庭に下りて振り返ったとき、侵入時には死角になっていた屋根の下にドーム形の防犯カメラがあるのが目に入った。

17

大沢田の自宅から飛び出すと、穂香が駆け寄ってきた。

「どうしたの。中からアラームみたいな音が……」

「話は後だ！」奈良岡が切迫した声で言った。「この場を離れよう！」

恵介はうなずき、二人と一緒に住宅街を駆けた。

息も絶え絶えで駅まで走り、三人で電車に飛び乗った。周囲の奇異な一瞥に晒され、慌てているほうが目立つということに初めて気づいた。満員というほどではないものの、座席は全て埋まっており、立っている乗客も多い。

話したいことは色々あったが、人目がある場所では無理だ。

全員、無言のまま電車に揺られた。心拍数は一向に落ち着かなかった。誰もが汗だくで、顔も紅潮している。

逃げ去るときに目にしたドーム形の防犯カメラの存在が気になる。

電車が駅に着くと、下車し、無人の公園に進み入った。風に吹かれて錆びた音を立ててわずかに揺れているブランコの前に移動する。

「それで――どうだったの。犯罪の証拠はあった？」

穂香が問い詰めるように訊くと、奈良岡は「それが――」と言いよどんだ。

「なかったの？」

奈良岡は南京錠付きの小箱を取り出した。

「一応、見つけた。たぶん、この中だ」

彼が軽く振ると、カラカラと音がした。

「あったんだ。よかった」

「ご丁寧に隠し金庫の中に隠されてた。勘でいろんな番号を押したら、開いたんだ。でも、その瞬間、警報が鳴り響いて……」

「あのアラームみたいな音……」

「ああ。金庫にセキュリティが掛かってたみたいだ。開けてから数秒以内に何か操作しなきゃ、鳴るようになってたんだと思う」

「それってまずいんじゃ……」

「まずいと思う」恵介は思い切って口を挟んだ。「僕、見ちゃったんだけど、屋根の下の壁に防犯カメラがあった」

奈良岡が「マジか、それ」と目を見開いた。

「うん。僕らの姿、映ってるかも」

穂香が怯えた顔を見せた。

「どうしよう……」

奈良岡は顔を顰めると、足元の砂利を睨みつけるようにしてしばし考え込むようにした。そして——何秒か沈黙した後、顔を上げた。

「……大沢田は通報しないと思う。盗撮や児童ポルノの証拠が入ったUSBを盗まれた、なんて警察に話せると思うか?」

「話せないよね」

「だから心配ないはずだ」

自分に言い聞かせるような口ぶりだった。

奈良岡の言うとおり、通報はできないはずだ。通報したら自分のほうが逮捕される。

「とりあえず、戻って中身を確認しようぜ」

三人で恵介のアパートに帰った。絨毯に座り、一息つく。

頃合いを見計らったように、奈良岡が真ん中に小箱を置いた。

「どうやって開ける？」

奈良岡が恵介と穂香の顔を交互に見た。

恵介は少し考えてから答えた。

「叩きつけたりは――中のＵＳＢも壊れかねないよね。データが台なしになったら最悪」

「慎重に開けなきゃな」

「南京錠は本物？」

「鉄。おもちゃじゃなかった。残念だけど」

「じゃあ、鍵がないと開けられないね」

ロペの声がイヤホンから割り込んできた。

《ホームセンターでボルトカッターを買ってくるのはどうかな》

ボルトカッター。

文字どおり、硬質なボルトなどを切断することができる工具だ。たしかにそれなら南京錠も何とかなるだろう。

恵介はそう提案してみた。

「名案だな、それ！」奈良岡が手を叩き合わせた。「さっそく買いに行こう」

彼が小箱を手に持って立ち上がった。

ロペが言った。

《『持っていくの？』》

「持っていくの?」

恵介は彼に訊いた。

奈良岡は黙り込んだ後、「そんなことないよ」と口にした。すぐに首を横に振る。「いや、何でもない。肌身離さず持ってなきゃ、留守中に奪い返されたら間抜けだろ」

大沢田が帰宅し、盗難に気づいて防犯カメラの映像を確認する。誰に盗まれたか知れば、当然、取り返そうとするだろう。自分たちの素性は警察官に答えているので、調べられたらこのアパートも突き止められるかもしれない。

その可能性を考えたら、小箱を置いておくことに不安がある。

「うん、持っていくほうがいいね」

「だろ」

奈良岡は小箱を鞄にしまった。

三人でアパートを出ると、スマートフォンの地図アプリで一番近くのホームセンターの場所を検索した。また電車に乗る必要があった。

三十分後にはボルトカッターを購入していた。

アパートに戻ってくると、再び三人で小箱を取り囲んだ。

「いよいよ——だな」

奈良岡は緊張が絡んだ息を吐き、ボルトカッターのパッケージを開封した。ペンチのような本体を掴み、カチカチと音を鳴らす。

「やるぞ」

彼は小箱を取り上げ、南京錠のU字のロック部分をボルトカッターの先端で挟んだ。そして——力いっぱい握った。

ガチンッと音がして南京錠のロックが切断された。

「よっしゃっ！」奈良岡は快哉《かいさい》を叫んだ。「開けるぞ」

「うん」

奈良岡が小箱をゆっくり開けていく。

室内に緊張が漲《みなぎ》る。

蓋を持ち上げると、恵介は穂香と一緒に小箱を覗き込んだ。

中にあったのはUSBなどではなかった。大粒の——ダイヤモンドらしき宝石が十個以上。

「な、何だよ、これ……」

奈良岡が愕然とした声を漏らした。

穂香が彼に顔を向け、かすれた声で「ど、どういうことなの……」と訊いた。

「分かんねえよ、そんなの。何でこんな……」

恵介は誰にともなくつぶやいた。

「ヤバいんじゃないの、これ」

小箱の中身が宝石——。

「僕らが盗んだのは……」

「待ってくれ。少し考えさせてくれ」

奈良岡が立ち上がり、頭を掻き毟りながら室内を行ったり来たりしはじめた。考えるまでもない。それは奈良岡も分かっているはずだ。時間稼ぎなのか、現実逃避なのか——。


「ねえ!」

穂香が焦れたように声を上げた。声音には恐怖が忍び込んでいた。

奈良岡は足を止め、振り向いた。怯えとパニックと不安が混在した彼の表情は、まるで交通事故で人を撥《は》ねてしまった加害者のように見えた。

恵介は小箱を手に取り、掲げた。

「ダイヤだよ、これ」

「信じられねえ」奈良岡はかぶりを振った。「嘘だろ、こんなこと……」

「ヤバいよね、絶対」

「分かっているよ、そんなこと!」

「ごめん。でも……」

「……悪い。怒鳴るつもりはなくて」

「大丈夫」

奈良岡は再び絨毯に尻を落とした。気持ちを落ち着けるように深呼吸した。小箱に手を伸ばし、ダイヤモンドを一個、摘《つ》まみ上げる。

「……本物かな？」

「僕に訊かれても……」

「偽物を大事に隠しておく意味ないよな。見た感じ、本物っぽいけど――」

「どうしよう」

「盗んだのがダイヤモンドなら――言い逃れできない犯罪だよな。いや、まあ、ＵＳＢでも犯罪は犯罪なんだけど、情状は酌量されない」

穂香がぽつりとつぶやいた。

「今ごろ通報されてるかも」

奈良岡は下唇を噛んだ。

恵介は彼に言った。

「今さら返すって言っても――無理だよね」

「そりゃ、無理だろうな。間違いなく逮捕される。俺たちを逆恨みしてる奴がこんなチャンス、見逃すはずがない」

暗幕が下りたかのように、目の前が真っ暗になった。

なぜこんなことになったのだろう。自分たちはどこで間違えたのか。彼女のために盗撮犯を捕まえるつもりだった。冤罪加害者の濡れ衣を晴らすつもりだった。そのために行動して、全て裏目に出た。

一体どうすればいいのだろう。

犯罪の証拠のUSBを入手するはずが、ダイヤモンドを盗んでしまった。全て合わせたら数百万円――もしかしたら、数千万円の価値があるかもしれない。

重大犯罪だ。

冷静になって考えれば、あまりに無鉄砲な計画だった。大沢田が盗撮動画や児童ポルノをUSBに残して自宅に隠し持っているのが事実だったとしても、隠し場所も分からないまま家捜《やさが》しして入手しようなど――無茶もいいところだ。

結局、二時間以上話し合ったものの、名案は出なかった。時間と共に不安が膨れ上がっていく。

恵介はテレビを点け、ニュース番組にチャンネルを合わせた。画面にはどこかの施設の映像が映っている。

「NPO法人『しらむ』の不正受給が判明しました。監査によりますと、同法人は事実と異なる申請を行い、約千五百万円を不正受給していたとのことです。都は返還命令を――」

淡々とした口調のアナウンサーが喋っている。

NPO法人の不正受給に関するニュースの次は、進学校で起きたいじめ自殺事件だった。その次は首都高速道路で発生した玉突き事故で、十二人の死傷者が出たという。

ダイヤモンドの盗難が報じられていないことに安堵した。

もしかしたら、後ろめたいダイヤモンドだったのかもしれない。

「――続きまして、廃ビルで男性の他殺体が発見された事件の続報です」テレビではアナウンサーが喋り続けている。「死亡した男性には鋭利な刃物のようなものによる複数の傷があり、警察は犯人に拷問されたとみているようです。男性の名前は大沢田蓮司《れんじ》さん、三十八歳と判明しました」

大沢田――？

恵介は耳を疑い、テレビを凝視した。

「大沢田さんの自宅には窓を割って何者かが侵入した形跡があり、金庫から金品が盗まれた可能性があるそうです」

18

「ちょっと、これ――」

恵介は慄然としながら二人を振り返った。

奈良岡と穂香もテレビ画面に釘づけだった。

「大沢田って――」

奈良岡の声はかすれていて、尻すぼみになって消えた。

「金崎君」穂香が震えを帯びた声を絞り出すように言った。「例の男だよね、殺されたのって」

「うん、だってほら」

恵介はテレビを指差した。

画面には、大沢田の自宅が映っていた。一戸建てを前にして男性アナウンサーがマイクを持ち、緊張感あふれる顔で喋っている。

「何だよこれ。どうなってんだよ」

奈良岡は頭をがしがしと掻き毟った。整えた髪が乱れる。

「僕たちが侵入した家だよ。大沢田が殺されたって……」

「俺たちは無関係だ」

「でも――」

「分かってる。これじゃ疑われるよな、殺しも」

殺し――。

その非現実的な響きにおぞけ立った。

「大沢田が殺されるなんて」奈良岡が現実を否定するかのように、かぶりを振った。「誰があいつを――」

報道によると、大沢田が殺されたのはちょうど自分たちが侵入していた時刻のようだった。

《まずい事態だよ、これは》ロペの声が聞こえた。《ちょっと信じられないタイミングの悪さっていうか、運命の悪戯《いたずら》っていうか。大沢田の家に忍び込んだ時間帯、その本人が何者かに拷問されて殺されていた――。警察は関連づけて考えるだろうし、侵入の様子が防犯カメラに映っていたなら、恵介君たちが突き止められるのは時間の問題だよ》

「そんな……一体どうしたら……」

ロペの話に反応してこぼれたつぶやきだったが、奈良岡が絶望的な表情で「俺も分からねえよ」と答えた。

「……警察、僕らのところに来るかも」

穂香が不安げな顔を恵介に向けた。

「被害者との関係、警察も知ってるもんね。私たちが逆恨みして殺したとか、思われるかも。訴えられるのを恐れて――とか」

「だよね。疑われないほうがおかしい」

「警察は私たちの連絡先も全部知ってるんだし」

「でもさ」奈良岡が身を乗り出した。「盗みは俺たちだけど、殺しは違う。濡れ衣だ。冤罪だ。俺たちは何も関係してない」

穂香が「うん」とうなずいた。「ある意味、アリバイがあるわけだし」

殺人が行われた時間、自分たちは大沢田の自宅に侵入していた――。

たしかにアリバイはある。だが、それで無実だと信じてもらえるだろうか。

なぜこんなことに――という理不尽さへの怒りが込み上げる。しかし、それも一瞬だった。悲観に呑み込まれ、息苦しさを覚える。

逮捕、取り調べ、裁判――。

恐ろしい単語が頭の中をぐるぐると回り続ける。

穂香が眉根を寄せた顔で口を開いた。

「警察に自首——っていうか、自分たちから正直に告白したほうがいいんじゃないかな」

「駄目だ！」奈良岡が即座に否定した。「俺たちが犯人にされる！」

「でも——」

「論外だってそんなの」

奈良岡は小箱を押し出した。中のダイヤモンド数個が蛍光灯に怪しく光る。

「俺たちはこれを盗《と》ってるんだぞ」

「でもそれはUSBと間違えて——」

「誰が信じる？　俺が言うことじゃないけどさ、家に侵入して、家捜しして、金庫まで開けてる。で、持ち出したのがダイヤモンド——。誰だって疑う」

目の前にある大粒のダイヤモンドの存在が圧倒的だった。落ちている財布をネコババするのとはレベルが違う。もちろんそんなことは一度もしていない。今まで犯罪行為とは無縁で生きてきた。

それなのに、今、ダイヤモンドの窃盗犯になっている。

自分の人生、お先真っ暗だ。

人生——。

「……ちょっとごめん。トイレに」

恵介は二人の返事を待たずに腰を上げ、トイレに入って鍵を掛けた。ズボンを脱がず、洋式便器に腰を下ろす。

一人きりになると、声が外に漏れないように注意しながらロペに話しかけた。彼に指示を仰がなくては――。
「僕ら一体どうしたらいいんでしょう」
少し間があってからロペが答えた。
《非常に困った事態だし、追い詰められてる。こんなことになるなんて、誰にも想像できなかった》
「はい……」
《僕もどうすればいいか考えてはいるけど……》
「殺人は僕らと無関係です。全てを見聞きしていたロペさんなら知ってますよね」
恵介はそこまで口にし、「あっ！」と声を上げた。
《どうしたの》
「ロペさんが事情を話してくれたら――誤解は解けるんじゃないですか」
《警察に？》
「はい」
《……それは難しいね。僕は〃存在しない存在〃として恵介君の〃人生をプロデュース〃してる。表には出ていけないし、仮に出ていったとしても、恵介君たちと立場は変わらないよ。カメラを通して見聞きした内容を記録しているわけじゃないから、結局のところ、三人がこんな話をしてこんな行動をしました――って話すしかできない》

言われてみればそうかもしれない。

「だったらせめてロペさんの存在を二人に話して、四人で相談するというのは――」

《駄目だよ。僕の存在は口外禁止って約束だ》

「それはそうですけど……。でも、四人で話し合えば名案が浮かぶかもしれないですし」

ロペは考え込むように間を取った。そして――慎重な口ぶりで言った。

《恵介君は奈良岡君を信用してる？》

「え？」

《どう？》

「……もちろんしてます。お互いの過去を告白し合って」

《それも手管だった可能性は？》

「何を言い出すんですか、一体」

ロペが重い息を吐く音が聞こえた。

《奈良岡君を信じるべきじゃないと思う》

「それはどういう――」

問い詰めようとしたとき、トイレのドアがノックされ、恵介はビクッと肩を震わせた。

「恵介？　大丈夫か？」

奈良岡の声だった。

「あっ、うん。大丈夫」

あまり長く籠っていたら不審がられるかもしれない。

恵介はロペの台詞を気にしながらトイレを出た。再びリビングの絨毯に尻を落とし、二人と向き合った。

テレビはいつの間にか消えていた。現実を閉め出したい気持ちは理解できる。

《恵介君、覚えてる？》ロペの声がした。《隠し金庫を開けたときのこと》

二人の前ではロペと会話できないので、黙ったまま奈良岡の顔を見つめた。彼は暗澹たる表情をしていて、一見するかぎり不審な印象はなかった。

《金庫を開けたのは奈良岡君だったよね。四桁の暗証番号を何度か打ち込んで開けた。あまりに幸運すぎると思わない？》

そのときの光景が脳裏に蘇る。

彼はたしかに金庫の暗証番号をすぐ当てた。切羽詰まった中だったので、ただただ奇跡に感謝した。

《0から9までの数字があって、四桁の暗証番号の場合、十の四乗だから、パターンは一万。一万通りも組み合わせがある中、わずか数回で正解を当ててしまったんだよ》

指摘されてみれば、不自然すぎる気がする。

ロペは何が言いたいのだろう。奈良岡が最初から暗証番号を知っていたとでも言うつもりなのだろうか。

《ニュースでは拷問された形跡が――って言っていたよね。ちょうど恵介君たちが侵入している

裏で》
まさか――。
《最初からダイヤモンドが狙いで、仲間が大沢田を拉致《らち》して拷問して暗証番号を聞き出した。そう考えたら筋は通る。そもそも、盗みの計画を提案したのも彼だしね。恵介君たちは知らず知らず共犯者にされた――》
恵介は奈良岡の表情を盗み見た。彼の動揺は演技とは思えない。だが、よく観察していたら、パニックの挙動がわざとらしく感じなくもない。
《おっと！　本人を問い詰めようなんて考えちゃ駄目だよ。証拠はないし、もし思い過ごしや誤解があったら、関係は修復不可能だ》
ロペの忠告がなければ、感情のまま追及してしまったかもしれない。
恵介は意志を総動員して唇を結んだ。
信頼し、共に危険を冒した友人が裏切っていたら――。
杞憂《きゆう》であることを心底願う。
《今は疑念は胸にしまっておこう。仲間割れしてる場合じゃないしね。探りを入れるならタイミングや状況を見て、さりげなく。僕が指示するからそれまでは口にチャックだよ》
ロペの推理が正しいのか、確証を得られるまでは迂闊《うかつ》な発言を控えなくてはいけない。
その瞬間、玄関の外でガタッと物音がした。
三人揃って全身を強張らせ、玄関ドアに顔を向けた。緊張感が走る。全員の呼吸音すら消え、体を押し潰さんばかりの重い静寂が下りてきた。

奈良岡を見やると、彼は唇に人差し指を当てていた。

まさか警察が――。

今にもドアが蹴破られそうな妄想に囚《とら》われた。けたたましい音と共にドアが破られ、警察官が雪崩《なだ》れ込んでくる――。

いやいや。

恵介は首を振り立てた。

アメリカのサスペンス映画の観すぎだ。いきなりドアを蹴り破るような乱暴な突入は、日本ではまずあり得ない。日本ではチャイムが鳴り、ドアを開けたら二人の男が立っていて、警察手帳を示しながら言う。

『金崎恵介君だね』

戸惑いながら――あるいは怯えながらうなずくと、逮捕状を見せられる。

そして――。

やめてくれやめてくれやめてくれ。

切実に願った。

チャイムは鳴らなかった。物音も続かない。

沈黙に耐えられなくなると、恵介は覚悟を決めて立ち上がった。

「……様子を見てくる」

奈良岡が「お、おい……」と制止しようとした。

「大丈夫。警察なら何か動きがあるはずだし、囲まれてたら逃げられないよ、どっちにしろ」

「だ、だな。気をつけろよ、恵介」

「うん」

自分が存在を消す意味はないにもかかわらず、無意識のうちに抜き足差し足で玄関に近づいていることに気づき、恵介は自嘲の笑みをこぼした。

鍵を開けると、ノブを摑んでゆっくりと回した。ドアを数センチ押し開ける。隙間から廊下の様子を窺い、そっと開け放った。顔を突き出して左右を確認する。

人影はなかった。薄暗い廊下が両側に延びている。まるで怪異に遭遇したようなおぞけが這い上ってきた。

気のせいだったのか、それとも――。

警察に比べたら幽霊のほうがまだましだ、と思い直し、ドアに鍵を掛けて引き返した。息を殺した二人が置物のようになって待っている。

「どうだった？」

奈良岡が不安そうに訊いた。

「誰も。お隣さんが帰ってきたのかも」

「そっか……」

奈良岡が魂が抜けそうなため息を漏らした。

今は何事もなかった。だが、時間の問題ではないか。

殺人は大事件なのだから、警察も必死で捜査するだろう。被害者が駅で三人組とトラブルになっていた――という話はすぐ知られる。そうなれば、防犯カメラに映っている人間がその三人だと発覚する。

「……なあ」奈良岡が深刻な顔つきで切り出した。「ここ、出たほうがいいんじゃないか」

「ここを？」

「今、警察に踏み込まれたら終わりだろ。言いわけもできないまま逮捕される」

「警察から逃げるの？」

「態勢を立て直すためだよ。警察に捕まって、無実の罪で裁かれてもいいのか？」

無実の罪で裁かれる――か。

本当にそうなるのだろうか。殺人は無実だ。彼女が言ったとおり、防犯カメラの映像が逆にアリバイを証明してくれる。事情を話せば殺人罪での逮捕はないのではないか。

むしろ――。

奈良岡に共犯者がいるとしたら、追い詰められているのは彼のほうだ。だからこそ、こんなに必死になっているのではないか。住居侵入で逮捕されて取り調べられたら、共犯者の存在が明らかになって、自分が重罪で逮捕されるから――。

奈良岡が有無を言わせぬ口調で言った。

「二十四時間潜める場所へ移動しよう」

19

繁華街の雑居ビルに入っているネットカフェは個室タイプで、プライバシーは完全に守られている。その事実で逃走犯になった気がする。

いや――。

気がする、ではなく、今や本当に逃走犯なのかもしれない。警察に怯え、住んでいるアパートを捨ててネットカフェへ。

ノックの音がした。

恵介ははっとして振り返った。

「俺だ……」

奈良岡の控えめな声が聞こえた。

恵介は革製の座椅子から立ち上がり、ドアの鍵を開けた。奈良岡は野球帽を目深に被り、白いマスクをしている。変装は彼の提案で、ネットカフェに入店する前に購入した。防犯カメラ対策だ。今の時代、店内だけでなく、街中のあらゆる場所に設置されている。

もっともだと思う一方、改めて考えたとき、手慣れすぎていないだろうか、といぶかしんだ。彼は過去にも警察から逃げた経験があるとか？　考えすぎなのかどうか、分からなかった。

奈良岡はレジ袋を掲げた。

「晩飯、買ってきたぞ」

奈良岡はパソコンモニターとキーボードが置かれた長テーブルにレジ袋を置いた。

穂香がレジ袋を開け、中身を取り出した。おにぎり、サンドイッチ、ポテトチップス、だし巻き玉子、数種類の弁当、ペットボトルの飲料――。

「好みが分からなかったから適当にいろいろ買ってきた。まあ、選《え》り好みできる状況じゃないけど」

これから一体どうなるのか。

恵介はおにぎりとお茶のペットボトルを手に取った。おにぎりを齧《かじ》り、五百ミリリットルのペットボトルを一気飲みする。

長く続いた緊張で喉はカラカラだった。

三人で腹を満たすと、事件の続報がないか、恵介はスマートフォンでSNSをチェックした。

『数億円相当のダイヤモンドが盗まれる』

『警察が防犯カメラの映像を公開』

そんな文言が目に入り、恵介は二人に目を向けた。

「これ……」

奈良岡と穂香が画面を覗き込んだ。

大手メディアが配信しているニュースを再生すると、大沢田の自宅に設置された防犯カメラの映像が流れた。掃き出し窓から逃げ出す二人組が映っている。画質は粗いものの、知り合いが見たら誰か分かるかもしれない。

胃が鉛のように重くなった。

これは指名手配も同然だ。

「何とかしなきゃ……」

奈良岡がぽつりとつぶやいた。

「でもどうしたら――」

「分からないけど、とにかく何とかだよ」

「警察はきっと僕らを探してるよ」

「……だろうな」

「ずっとネットカフェに潜んでるわけにいかないよ」

「だからって帰れないだろ。俺たちの自宅には警察が張ってるかも」奈良岡は小箱のダイヤモンドに目を落とした。「それにしても、これ全部で数億か……」

「どうしよう」

「ヤバいもん、盗んじまったよな」

「……うん」

「USBだと思ったのに」

再び重苦しい沈黙のとばりが下りてくる。

イヤホンからロペの声がした。

《恵介君、聞こえる？》

返事ができないので、代わりにボタン形の隠しカメラのレンズを軽くタッチした。

《よかった。聞こえてるみたいだね。何とか現状を打破できないか、僕のほうでもいろいろ動いてた》

現状打破――。

そんなことが可能なのか。

《大事なのは二人を納得させることだ。スマホに文字を打っているふりをしながら話しかけよう。僕の台詞を繰り返して。『僕に考えがある』》

「……僕に考えがある」

台詞を口にすると、二人の顔が揃って恵介に向いた。

奈良岡が「マジ？」と訊いた。

《『ダイヤモンドを僕らが持ってるのはまずい』》

「ダイヤモンドを僕らが持ってるのはまずい」

「いや、そりゃまずいだろうけど、だからってその辺に放置したり、捨てるわけにはいかないだろ。数億円のダイヤだぞ」

まったく同じ疑問が脳内を占めている。

《『ダイヤモンドは犯罪の証拠だ』》

「ダイヤモンドは犯罪の証拠だ」

《『持ったまま捕まったら言い逃れできない』》

「持ったまま捕まったら言い逃れできない」

奈良岡が「で?」と訊いた。

《『大沢田の家にダイヤを戻すんだ。ダイヤを盗まなかったら、警察に捕まっても目的は金品じゃなかったって信じてもらえる。警察から一生逃げるのは無理なんだから、そのときのことを想定して行動すべきだ』》

恵介は自分自身も困惑しつつ、ロペの台詞を復唱した。

「一理あるけどさ。また大沢田の家に侵入しようってのか?」

恵介はロペの指示どおりに喋った。

「調べ尽くしたはずの家からダイヤが出てきたら不審がられる。何より、僕らは追われてるし、大沢田の家には近づけない」

「だったらどうする?」

「僕の知り合いに信頼できる人がいる。ダイヤを渡したら、後はうまくやってくれる」

「急すぎるって、そんな話」奈良岡が焦燥に満ちた顔でがなり立てるように言った。「ダイヤを手放すなんて、正気の沙汰じゃない」

ロペが《ほら、過剰反応したね》と言った。《奈良岡君としてはせっかく奪ったダイヤを手放せないだろうね》

彼の目的は最初からダイヤモンドだった——と言っているのだ。目的の物《ブツ》を手に入れたから絶対に手放さない、と。

ロペが言う。

《別に奈良岡君の反応を見るための作り話じゃないよ。ダイヤを受け取って大沢田の家付近に戻してくれる人間は用意してある。安心して。さあ、話を再開しよう》

恵介はロペに従って会話した。

「ダイヤを戻してもらう。別に大沢田の家の中じゃなくていいんだ。僕らが小箱を盗み出して中身が目的のもの——USBじゃなかったと分かった時点で捨てた、って示すんだ。そうすれば、盗もうとしていたのはあくまで犯罪の証拠であって、ダイヤじゃなかったって伝わる。情状酌量される」

「それだったら、別に俺らでもできるだろ。大沢田の家がある近所まで行って、適当にダイヤモンドを捨てて、はい、終わり」

「それじゃ駄目だよ。適当に捨てて誰かに拾われたら、別の意味で終わる。持ち逃げされる可能性が高いし、そうなったら僕らの無実は証明できない」

「まあ、たしかに……」

「ダイヤを放棄したら、第三者に奪われないよう、見張ってなきゃいけない。指名手配犯同然の僕らじゃ、目立ってしまう」

奈良岡は渋面で黙り込んだ。

穂香が「金崎君の言うとおりだと思う」と口を挟んだ。「私は賛成。こんなダイヤ、早く手放したい」

奈良岡はまた頭を掻き毟った。そして——大きなため息をつく。

「……そいつは信じられるんだな？」

イヤホンのロペが即座に《『もちろん』》と答えた。

絶望的な状況に追い込まれた今、ロペを信じるしかない。

「もちろん」

恵介が断言すると、奈良岡が小箱を取り上げ、突き出した。

「恵介を信じる」

20

古いビルに入っているネットカフェを出ると、ネオン看板がぎらつく繁華街が広がっていた。

夏なのに、夜の空気が妙に冷たく感じ、思わず身震いした。

恵介は天を仰ぎ見ると、手のひらを上に向け、宙に差し出した。

ぽつりと雨粒が一滴、滴った。

雨になりそうだ。

ロペが《さあ、出発しよう》と切り出し、指示を出した。

「行こう」

恵介はロペの指示を聞きながら歩きはじめた。奈良岡と穂香がついてくる。

雨の気配が漂っているにもかかわらず、夜の繁華街は賑《にぎ》わっていた。ネオン看板が放つ光に吸い寄せられる蛾《が》のように、建ち並ぶキャバクラやホストクラブ、風俗店に人々が消えていく。

道幅を占拠しながら歩いてくる茶髪の集団がいた。

恵介は横に避け、やり過ごしてから歩き続けた。違法な黒服のキャッチが通行人に声をかけ、付き纏い、近隣の店舗へ誘い込もうとしている。だが、恵介たちには近寄ってこなかった。金の匂いがしないからだろう。

実際は――バッグの中に数億円のダイヤモンドがある。

金の匂いが漂っていないのは、救いだ。数億円のダイヤモンドの存在を知られたら、強盗に遭うだろう。ヤクザや半グレに絡まれたら叩きのめされる。

そもそも、ダイヤモンドの存在以前に目立つわけにはいかない。何しろ自分たちは逃亡犯なのだから――。

繁華街のネオンの輝きが遠のいていくと、薄闇の下、雑居ビルが並んだ通りに出た。

穂香が不安に塗り潰された声でつぶやいた。

「何だか怖い……」

奈良岡が「何でこんな場所で待ち合わせたんだ?」と訊いた。

答えたのはイヤホンのロペだ。

《『盗品のダイヤだし、人目につく場所はまずいから』》

「それはそうだけどさ。でも、人目がない場所も逆に怖くないか？　数億円相当のダイヤだし。あ、いや、恵介が信じてる相手を疑ってるわけじゃないけど、漠然とした不安が——さ」

穂香が「うん……」とうなずいた。

奈良岡の靴音が急に止まったので、恵介は立ち止まって振り返った。

街灯の仄明《ほのあ》かりも届かない薄闇の底で奈良岡と向き合う。

「……その相手、事情はどれくらい知ってるんだ？」

奈良岡に訊かれ、恵介はロペの声を待った。

《『一応、全部』》

「一応、全部」

「全部って全部？」

奈良岡が驚いたように訊き返した。

恵介はロペの台詞で返事した。

「事情を教えないまま協力はしてもらえないし」

「いや、それはそうだけどさ。警察が待ち構えたりしてないよな？」

「そういうタイプじゃないからその心配はないよ」

「そういうタイプじゃない、って……どういうタイプ？」

「真面目すぎないっていうか、正義漢じゃないっていうか……」

「それって、大丈夫なのか？」

「警察に告げ口とかはないから」

「ダイヤの持ち逃げとか……。何度も訊いて悪いけどさ、そいつ、信用できるんだよな？」

持ち逃げ――。

今初めてその可能性が脳裏をよぎった。

目の前に数億円という大金が転がっていれば、誰でも理性をなくすのではないか。盗撮犯の言い逃れではないが、それこそ魔が差すことはあるだろう。良識を口にしている人間でも、いざとなったら前言撤回してしまう大金だ。

数億円がかかっていれば、殺人だって起きる。

ロペが用意してくれた男は、果たしてどの程度信用できるのか。

内心の懸念を見透かしたのか、イヤホンのロペが自信満々の口ぶりで答えた。

《力強く即答しよう。『もちろん。大丈夫』》

請け合えるほど自信がない。相手のことを自分は何も知らない。それなのに、断言してしまっていいのだろうか。

「ほら、恵介君」

ロペに促され、恵介は答えた。

「もちろん。大丈夫！」

台詞に嘘がないか探るような間があり、奈良岡が言った。

「分かった。俺は恵介を信じてる。その恵介が信じてるそいつも信じる」

穂香が「うん」と答えた。「他に方法、ないもんね」

自分たちは追い詰められている。警察に捕まるのも時間の問題だ。それならば、ロペの言うとおり、罪を軽減させることがベターな選択になる。

『選択肢といっても、もちろん全てが最高の結果に繋がるわけじゃないよ。でも、どんなときでもベターな選択はあるし、最悪の結果を避けつつ、ここぞというときに最高の選択をする——。それが豊かな人生のコツだよ』

ロペと出会ったころに言われた台詞が蘇る。

今はベストでなくても、ベターな行動をするしかない。

恵介はロペの声に先導されるまま再び歩きはじめた。

ロペが言う。

《向こうに見えてる雀荘《ジャンそう》の看板。その先の路地だ》

恵介は目的地へ向かった。繁華街では喧騒に紛れて聞こえなかった二人の靴音が今ははっきりと耳に入る。

潰れた雀荘にたどり着くと、その先にある路地の前に立った。一メートルほどの幅の路地は闇を抱きかかえ、黄泉《よみ》へ続くかのように見えた。

「本当にここなのか……？」

奈良岡の声はピアノ線のように張り詰めていた。

同じ疑問が頭の中にある。

答えられずにいると、少し間を置いてロペが答えた。

《奥へ進もう。待ってる》

恵介は黙ってうなずくと、路地に向かって一歩を踏み出した。靴先が闇に飲み込まれる感覚――。

砂利を踏む音をさせながら一歩一歩進むと、汚れた室外機や割れた鉢植えがあった。錆《さ》びた自転車が鼠色《ねずみいろ》の外壁にもたれ掛かっている。

心臓は緊張に高鳴り、髪の生え際から脂汗が滲み出てきた。握り締めた拳の中も汗でぬめぬめしている。

今はロペを信じるしかない。

路地の半ばにたどり着いたとき、人影が視界に入った。闇の中に溶け込むように突っ立っている。

恵介は唾を飲み込み、「あのう……」と話しかけた。

男が踏み出してきた。金髪の男だった。ナイフで切れ込みを入れたように細い目をしており、顎も鋭角的だ。闇と同じ漆黒のタンクトップを着ている。

人を第一印象で判断してはいけないと分かっているものの、コンビニの前で仲間とたむろして騒いでいるようなタイプに見えた。街中で遭遇したら迷わず避けて通る。

「来たな」

地を這うように低い声だった。

ロペが言った。

《知り合いとして話そう。『助かるよ』》

「助かるよ」

金髪の男が「ああ」と答えた。「俺に任せときゃ、何の心配もない」

《よし。じゃあ、ダイヤを渡そう》

ダイヤモンドを——。

恵介はバッグから小箱を取り出した。

手に取ると、急に重みが増した気がする。これは数億円の重みだ。本当にダイヤモンドを渡してしまっていいのだろうか。ロペの繋がりとはいえ、自分にとっては見知らぬ相手だ。

《ほら、恵介君》

ロペが急《せ》かすように言う。

恵介は覚悟を決め、小箱を差し出した。その瞬間、手首を鷲摑みにされた。驚いて顔を向けると、奈良岡ががっしりと摑んでいた。

「奈良岡君——?」

闇に支配されている路地でも、彼の切実な眼差しと対面した。無言で見つめ合う。

恵介は困惑し、先に口を開いた。

「どうしたの……」

「いや――」

奈良岡は何かを言いかけ、口をつぐんだ。再び沈黙が訪れる。

何秒かの沈黙を経て、奈良岡が覚悟を決めたように口を開いた。

「やっぱり渡せない」

「え？」

「……信用するって言っておきながらあれだけどさ。やっぱ無理だわ」

「でも――」

金髪の男が恵介をねめつけた。

「おい！　ごちゃごちゃやってんなよ。それを渡すはずだろ」

理性で辛うじて怒気を抑え込んでいるような声だった。

《恵介君》ロペが当惑気味の声で言った。《ダイヤを渡さないと救われないよ》

急かすように言われたとたん、逆に躊躇が生まれた。

小箱の中にあるのは数億円相当のダイヤモンドだ。金に目が眩《くら》んで持ち逃げされたら？

「恵介」奈良岡が言った。「俺を信じろ」

《恵介君》ロペが言った。《僕を信じて》

恵介は男と奈良岡を交互に見た。

誰を信じたらいいのか。

ダイヤモンドを渡すべきなのか、突っぱねるべきなのか。

「話が違うだろ、お前」

金髪の男が手を伸ばしてきた。

恵介は奈良岡の手をもぎ離し、反射的に腕を引いた。小箱を胸に抱き寄せる。

金髪の男が舌打ちした。表情に苛立ちが表れている。

《どうしたの、恵介君》ロペが言った。《奈良岡君は数億円のダイヤを失いたくなくてごねてるんだ。分かるだろ》

だからといって、ロペの言葉を信じてしまっていいものだろうか。

先ほどはパニック下で選択を迫られ、平静さを欠いていた。絶望のどん底に垂らされた希望の蜘蛛の糸――。思わず縋りついた。

ダイヤモンドを第三者に渡し、大沢田の家の付近に置いてきてもらう。誰かに拾われないよう見張っておき、警察が発見して回収するのを待つ。そうすれば、ダイヤモンド目当てに侵入したわけではないと伝わる。警察に捕まったとき、本来の目的を信じてもらいやすくなる。ダイヤモンドを持ち逃げしてしまった以上、無実ではないし、最悪の事態を避けるしかない――。

ロペの話に説得力を感じたから、従うことにした。

だが、よくよく考えてみたら、荒唐無稽で、あまりに自分たちに都合がいい想定の計画ではないか。

何より、目の前の男は本当に信用できるのだろうか。

ロペが用意した男だ。どうやって？　ロペとの関係は？

「いい加減にしろよな」金髪の男が声を荒らげた。「こっちも暇じゃねえんだよ。助かりたくねえのか」

「でも――」

恵介は返事に窮し、奈良岡を一瞥した。

「駄目だ、恵介。渡すな」

《恵介君》ロペが焦れったそうに言う。《誰を信じるの？　奈良岡君に従ったら、最悪の事態になるよ。忘れた？　大沢田の家への侵入は奈良岡君が提案して、金庫の暗証番号も数回で当てた。で、その時間帯、暗証番号を知っている本人が拷問されて殺されていた》

改めて言葉にされると、偶然とは思えない不自然さがある。

たしかに奈良岡が侵入計画の主犯だった。最初からダイヤモンドが目的だったとしたら――。

自分は利用されたことになる。

ロペと奈良岡。どちらにも一定の理があり、同じように不審な点もあるなら、自分が選択するしかない。

金髪の男が突き進み、恵介の眼前に立ち塞がった。恵介は怯えて後ずさった。背中が何かにぶつかった。真後ろから「きゃっ」と悲鳴が聞こえた。穂香に当たったのだと気づき、振り返って謝ろうとしたその瞬間――。

腕が思い切り引っ張られた。

「あっ！」

顔を向けたとき、金髪の男の手に小箱が奪われていた。

奈良岡が「返せ！」と叫び、飛びかかった。金髪の男の腕を握り、揉《も》み合う。

「てめえ！　離せ！」

金髪の男が怒鳴り返し、奈良岡の顔面を殴りつけた。奈良岡がたたらを踏み、壁に叩きつけられた。小箱が地面に転がる。金髪の男が奈良岡の両肩を摑み、下方へ押さえつけながら腹部に膝蹴りを食らわせる。奈良岡がうめき、片膝をつく。

「手間取らせやがって！」

金髪の男は唾を吐きつけると、小箱を拾い上げようと腰をかがめた。

奈良岡が金髪の男の後ろから腰に抱きつくように飛びついた。

「恵介！　箱を拾え！」

金髪の男が奈良岡を振りほどこうと腰を捻った。

「離せ！」

「恵介、早く！」

恵介は慌てて小箱を拾い上げた。

金髪の男が背後に肘を振り立て、奈良岡の顔面にエルボーを叩きつけた。奈良岡はうめきながらも、腕を離さなかった。

「二人とも逃げろ！」

「でも――」

恵介は穂香と顔を見合わせた。

「早く！」

奈良岡が金髪の男を押し倒した。

「行こう！」

恵介は穂香の手を取り、路地から駆け出た。いつの間にか雨が降りはじめていた。雨の下に踏み出し、振り返る。

路地の暗がりから靴音が駆けてきた。

突っ立ったまま見つめていると、奈良岡が飛び出てきた。

「逃げるぞ、恵介！」

彼が焦燥の顔で叫び立てる。

「う、うん！」

三人で闇夜の下を駆けた。雨の銀幕を破るように全力疾走する。

イヤホンからロペの感情的な声が聞こえてくる。

《何てことを！　恵介君！　恵介君！》

何も答えられなかった。自分でもなぜこんな行動をしてしまったのか分からなかった。唯一の救いのはずだったのに――。

誰を信じていいのか疑心暗鬼に陥った。

視野が狭まり、すぐに息が上がった。行くあてもないまま住宅街を駆け、雑居ビル群が並ぶ別の通りに来た。

「いったんあそこへ！」

奈良岡が指差したのはビルに挟まれた路地裏だった。

三人で駆け込み、一息ついた。

恵介は壁に背中を預け、息を喘《あえ》がせた。胸を押さえ、乱れる心臓の鼓動を意識した。額からは汗と雨粒が滴り落ちている。

呼吸が落ち着くと、手の中にある小箱を見た。軽く振ると、中でダイヤモンドがカラカラと音を立てた。

ため息が聞こえ、恵介は顔を上げた。

「やっちまった……」

奈良岡が悔恨の表情でつぶやいた。

恵介は言葉もなく、彼を見返すしかなかった。

《恵介君……》ロペの声には咎めるような響きがあった。《これは間違った選択だよ。奈良岡君の暴走を止めるべきだった》

ロペを信じていいのか。

奈良岡を信じていいのか。

もう何も分からない。

奈良岡は申しわけなさそうな顔を恵介に向けた。

「悪かったな、恵介……」

「え？」

「恵介の知り合いにあんなまね……」

そうだった、そういう設定になっていたのだ。

「あ、いや——」

「でも、直感でさ、渡しちゃ駄目だ、って思っちまったんだよ。気がついたら飛びかかってた。あの場じゃ訊けなかったけど、どういう繋がりなんだ？」

「どういうって……」

改めて追及されると、どう答えていいのか分からない。

ため息混じりにロペが言った。

《『僕らを助けてくれるはずの人間だよ』》

ロペの指示は耳に入っていたが、口にはできなかった。

金髪の男の身なりを見ると、決して真っ当な人間とは思えなかった。それは単に服装や髪の色がどうの、というより、身に纏っている雰囲気だった。

《恵介君？》

黙っていると、ロペが咎めるように言った。

奈良岡が焦れたように重ねて訊いた。

「本当に信用できる人間だったのか？」

答える術《すべ》がない。

表通りほどではないものの、路地裏にも雨が降ってくる。暗がりの底で、小雨に濡れながら三人で見つめ合った。

恵介は静かに息を吐いた。

「……僕にもよく分かってなくて」

奈良岡が「は？」と顔を顰めた。

恵介は拳をぎゅっと握り締めた。爪が手のひらに痛いほど食い込む。

《恵介君！》

ロペが焦ったように声を発した。

こうなった以上、隠しとおすわけにはいかない。自分は二人に嘘をつき続けてきた。偽りの自分で付き合ってきた。ロペに指示されて動いていた。金髪の男もロペが用意した。

不穏な空気を察したのか、ロペが鞭打《むちう》つような語調で言った。

《駄目だよ、恵介君！　僕の〝プロデュース〟は口外禁止――っていうのが約束だ。反故《ほご》にされたらもう助けられないよ》

覚悟はある。

自分を偽ったままでは二人と向き合えない。

恵介は深呼吸し、自分の耳に指を突っ込んだ。引っ掻くようにして超小型のイヤホンを取り外し、二人の眼前に差し出した。

「ごめん……僕は二人を欺いてた」

覚悟を決めていたつもりでも、告白したとたん心臓が騒ぎはじめた。数分後に浴びる失望と呆れの眼差しが容易に想像できる。

「恵介、それ……」

「それって……」

二人が困惑顔でイヤホンを見つめている。

どう説明したらいいだろう。ロペの〝プロデュース〟のことを話したら、胸のボタン形隠しカメラで撮影していたことも告白しなければいけなくなる。

だが――。

踏み出してしまった以上、もう引き返せない。

「……実は、全部、指示を貰って喋ってたんだ」

二人は言葉をなくしたまま立ち尽くしていた。

当然だ。自分が逆の立場なら啞然とする。裏切られたと感じる。騙されていたと思って人間不信になるかもしれない。

「本当にごめん。僕は自分を偽ってた」

奈良岡が愕然とした顔で「嘘だろ……」とつぶやいた。

失望されるのも仕方がない。彼と交わした会話も全て借り物で、嘘っぱちだった。いきなりそんな事実を知らされたのだから。

恵介は手のひらのイヤホンを睨みつけた。もしかしたら、今もロペは呼び掛け続けているかもしれない。だが、高性能のイヤホンから声は漏れ聞こえてこない。

ロペには感謝している。ロペがいたからこそ、穂香や奈良岡と出会って仲良くなれた。

だが――。

それも今日が最後かもしれない。

今までの姿が偽りだと知られた以上、もう信用されないだろう。

全てを失うかもしれない。

それでも、もう二人に嘘はつきたくない。

「何を言ってるのか理解できないと思うけど、そういうことなんだ。さっきの金髪の男も僕は直接は知らなくて、イヤホンを通して相談に乗ってくれている人が用意してくれたんだ」

「まさか、それ……」奈良岡は目を瞠ったままだった。「〝プロデュース〟――？」

今度は恵介が目を瞠る番だった。

自分は今、〝プロデュース〟の話をしただろうか。いや、していない。それは断言できる。奈良岡はなぜ〝プロデュース〟のことを知っているのか。

「奈良岡君、どうして……」

奈良岡はためらいがちに自身の耳に手をやり――。そして、差し出した。手のひらにはイヤホンが載っていた。

「……実は俺もなんだ」

理解が追いつかず、恵介は無言でイヤホンを見つめるしかできなかった。

なぜ彼もイヤホンを嵌めているのか。

「あの……」横から穂香が戸惑いがちに口を挟んだ。「私も……」

彼女もロングヘアに手を差し入れ、耳からイヤホンを取り外した。

「これで……」

三方から突き合わせるように差し出された三人の手のひらには、それぞれ透明の超小型イヤホンが載っていた。

恵介は目の前の状況が理解できず、困惑が張りついた二人の表情と三個のイヤホンを交互に見た。体を濡らす雨の存在も一時、意識から消えた。

何がどうなっているのだろう。三人全員がイヤホンを付けている。

「もしかして――」恵介はボタン形の隠しカメラを指で摘まむようにした。「二人とも、カメラを付けていたり――」自分で口にしてかぶりを振る。「いや、変なこと言ってるよね。ごめん、忘れて」

だが、奈良岡と穂香の顔は深刻で、笑い飛ばしたりはしなかった。

奈良岡は恵介が摘まんでいるボタンをじっと見つめた。

「……恵介のそれもカメラになってんのか？」

「も、って、まさか――」

奈良岡が自身のシャツのボタンを一つ、摘まんだ。

「俺のも」

恵介は奈良岡と揃って穂香に顔を向けた。

彼女は少しためらってから、自分のシャツのボタンに触れた。

「私のも」

三人全員がイヤホンとボタン形隠しカメラを付けている。そのことから導き出される事実は――。

恵介は震える声でそれを口にした。

「僕らみんな、〝人生をプロデュース〟されていた」

21

全員が〝人生をプロデュース〟――。

恵介は自分で口にしながら、啞然とした。

荒唐無稽でも、それが現実だ。

「待て待て！」奈良岡が混乱を引きずった口調で言った。「二人も〝人生をプロデュース〟されてた、っていうのか？」

恵介は黙ってうなずき、穂香に目を向けた。彼女も間を置いてからうなずいた。

「整理させて」恵介は言った。「二人が〝プロデュース〟されたのって、いつから？」

奈良岡は一瞬下唇を噛んでから答えた。

「恵介たちと出会う一週間以上前かな。綾音さんは？」

彼が穂香に顔を向ける。

恵介は違和感を覚え、奈良岡を一瞥した。

「綾音さん？」

彼は今まで『穂香ちゃん』と呼んでいた。

「あ、いや――」奈良岡は苦笑いを浮かべた。「名前にちゃんづけ、って、陽キャを演じてても さすがにためらいがあるっていうか……実は〝プロデュース〟中の指示で」

彼も自分と同じで、言動を全て指示されていたのか。それが事実なら、本来の彼はそこまで急に距離を詰めるタイプではないのだ。

穂香が答えた。

「私は恵介君と出会う何日か前に」

奈良岡が言う。

「あの金髪、恵介の知り合いじゃないんだよな？」

「うん……」

「そんな奴、何で信じられたんだよ。俺のほうが多少なりとも付き合い長いだろ」

「……奈良岡君を疑ってしまって」

「俺を？」

「奈良岡君が侵入の計画、提案したでしょ。金庫の番号もすぐに当てちゃったし。奈良岡君が最初からダイヤが目当てで、仲間に大沢田を拷問させて暗証番号を聞き出した可能性がある、って言われて」

「いやいやいや！　俺がそんなまね、するわけないだろ」

「でも、あまりに出来すぎだったから――」

「ダイヤのことはマジで知らなかった。ＵＳＢを入手したら助かるって言われて、暗証番号もそいつから教えられたんだ」

衝撃に撃ち抜かれ、戦慄が背筋を這い上ってくる。

全て〝プロデュース〟で指示されて――。

それが事実なら事情は一変する。

大沢田はやはり何者かに拷問され、暗証番号を白状させられた可能性が高い。奈良岡が〝プロデュース〟されていて、暗証番号を教えられたとしたら――。

全ては仕組まれていたことになる。

「なあ、恵介……」奈良岡の声は怯えを孕《はら》んでいた。「今の俺らの会話、聞かれてるよな。カメラが音声も拾ってるし」

「あっ！」

会話はロペに筒抜けだ。約束を破って〝プロデュース〟の話を告白したことも――。

奈良岡はボタンを引き千切り、イヤホンと共に地面へ投げ捨てた。

「二人も！」

恵介は穂香と視線を交わし、隠しカメラになっているボタンを千切った。地面に放ると、彼女も倣った。

「とにかくここを離れよう！」

奈良岡が率先して路地裏から駆け出した。

三人の隠しカメラを通してどこをどう走っていたか見られていたら、ここに金髪の男を寄越すことも容易にできる。

恵介は穂香と一緒に奈良岡の後を追った。路地裏を出ると、左右に目を走らせた。追っ手の姿は見えない。

「こっちだ！」

恵介が繁華街と正反対の方向へ駆けた。雨が地面の水溜《みずた》まりを破り続けている。踏み抜くたび、水しぶきが飛び散った。

人気《ひとけ》がない通りを駆け、何度か角を曲がった。より暗いほうへ向かっている気がする。

十五分後、三人で駆け込んだのは同じく個室タイプの別のネットカフェだった。

「ここなら見つからないはずだ」

奈良岡が出入り口の鍵を閉め、開かないか二度三度と確認した。全員で座椅子に座り、濡れた顔や髪をハンカチで拭く。

緊張で全身は強張りっぱなしだった。

個室に入る前にドリンクバーで確保していた飲み物で喉を潤すと、気持ちが多少なりとも落ち着いた。

「とにかく状況を整理しようぜ」奈良岡が切り出した。「俺たちは三人とも〝人生をプロデュース〟されていた。それでいいか？」

恵介は「うん……」とうなずいた。「ロペって名乗った男の人に〝プロデュース〟されてた」

「ロペ？　俺も同じだ。ロペって名乗ってた」

「本当に？　同一人物かな」

「分からないけど、俺は毎日かなりやり取りしてた」

「僕も。深夜まで話を聞いてもらったり」

「そっか。だったら体が二つないと難しいんじゃないか」

穂香が口を挟んだ。

「私もそう。ロペさんから指示されてた。でも、私の場合は女性だった」

恵介は彼女を見た。

「女性？」

「うん。女性」

恵介は奈良岡と顔を見合わせた。

「別人だな、それじゃ」奈良岡が言った。「三人とも指示役はロペを名乗ってた、ってことか」

恵介は気になっていたことを思い出し、彼女に訊いた。

「僕らの出会い、覚えてるよね？」

「……三人組から助けてくれた」

「あのときも僕は〝プロデュース〟されていて、指示された会話をしてたんだ」

穂香がまぶたを伏せぎみにした。

「私も」

「綾音さんも？」

「三人組に絡まれたとき、刺激しないよう、下手《したて》に出た反応をするようにアドバイスされて、従っていたら金崎君が止めに入ってくれて」

「ロペさんに、僕の言うとおりにしたら大丈夫だから、って言われて。法律の知識なんてないけど、指示された台詞を喋ったら相手が逃げてくれたんだ」

「今ふと思い出したんだけど、あのとき、金崎君、同い年だから敬語じゃなくていいよ、って言ったよね」

「言ったと思う。それがどうしたの」

「年齢は言ってないはずなのに、どうして同い年だって知ってるんだろう、って一瞬、疑問に思ったの。指示どおり喋っているうちにその違和感、忘れちゃったけど。私たちの情報がロペさん同士で共有されてたなら知ってて当然だよね」

「あの日はどんな感じだったの？　外出もロペさんの指示？」

「うん。指示に従って外出したら、いきなり絡まれたの。あんなに執拗だったのは初めて。周りに人もいないし、どうしよう、って思ってたら金崎君が助けてくれて」

「周りに人がいなかった？」

「うん。誰も」

「でも、あのとき、みんな見て見ぬふりだったって言ってなかった？」

「それもロペさんに指示された台詞だったの。実際は人通りが全くなくて」

「そっか。じゃあ、絡んできたのもロペさんたちの仲間だったのかもしれないね。僕に助けさせるために。他の人が先に助けないよう、人通りがない場所とタイミングで絡んだとしたら――」

「そういえば、私、金崎君に助けられる前に、金崎君を見かけたことあるの。気づいてた？」

「え？」

「コンビニの前で私を見てたでしょ？」

何の話だろう、と思うと同時に、記憶が蘇った。

「コンビニで飲み物一本だけ持って、僕の後ろに並んでた――」

「うん。ロペさんの指示で飲み物を一本持って、並んで、買った後、コンビニを出たら、前に並んでた男の人が私を見つめてて……」

「不審だったよね、ごめん。あの日、僕はロペさんの指示で、後ろの女性に順番を譲るように言われて。でも、できなくて。もしかしたら、その流れで綾音さんと出会わせようと……」

そこで台本どおりにいかなかったから、展開を修正し、よりドラマチックな出会いを演出した――。

「色々操られてたんだね」恵介は視線を落とした。「綾音さんとの会話もロペさんの指示だったし……。ごめん」

彼女がぶんぶんと首を横に振った。

「私も同じだから。助けてくれた金崎君をお茶に誘うように指示されて、カフェでの会話も、ロペさんが全部決めてた。金崎君の台詞に対して、どう反応するか、とか」

ロペのアドバイスに従って人生が好転したのも当然だ。穂香や奈良岡も別のロペに操られ、仲良くなるように仕向けられていたのだから。

胸に寂寥感《せきりょうかん》が去来した。

二人との関係はまやかしだった。

「……なあ」奈良岡が思い詰めた顔で口を開いた。「俺たちの関係、全部作り物だったんかな」

彼も同じことを考えていたらしく、目は絨毯に落ちていた。唇を真一文字に結んでいる。

「自分の話をしたときの僕は――僕だよ」

奈良岡はゆっくり顔を上げた。

「そっか……」

「奈良岡君は？」

「……俺も、だよ。自分の過去とかトラウマとか、話そうと思って話した。自分の意思で。あの場じゃ、正直になりたかった」

「私も」穂香が言った。「私も自分の意思だった。あのときあの瞬間だけは」

彼女が誘ってくれた過去はまやかしではなかった。その事実にほっとしている。

穂香が『友達が多くないからLINEはそんなに活用しない』と語ったことや、『男と付き合った経験がない』と語ったことも事実だったかどうか確認するのは、デリカシーに欠けると思ったので、尋ねたりはしなかった。今となっては、そんなことは何も重要ではない。事実がどうであれ、彼女への想いは変わらないと感じていた。

ロペが『〝プロデュース〟のことは口外禁止』と約束させた理由も、今なら分かる。〝プロデュース〟されている者同士が真実に気づいたら困るからだ。

奈良岡が「みんなで順を追って話そう」と提案した。「お互いの事実を共有して真実を知るんだ」

「うん」恵介は話しはじめた。「最初は『人生をプロデュース』ってメールに興味を持って、返信したのがはじまりだった。住所を伝えたらイヤホンとボタン形の隠しカメラが送られてきて、そこで相手と声が繋がった。相手はロペって名乗って、会話や行動の指示に従うようになった。口外禁止の条件つきで」

「俺も同じだよ。メールに返信して、イヤホンと隠しカメラを受け取った。それはもちろん、口外禁止って言われてた。簡単な指示からはじまって、だんだん生活の大半を委ねるようになったんだ。動画投稿をしてる、って話したら、悪人を逮捕するアイデアを提案されて」

「路線変更はロペの提案だったんだ……」

「指示されるまま駅を歩き回って、盗撮犯とか痴漢を何人か捕まえた。動画がバズって、再生回数が何十倍にもなって、称賛のコメントがあふれて……。正直、興奮したよ。そんなとき、恵介たちと出会った。ロペが言ったんだ。あそこのカップルを見つめてる怪しい奴がいる、って。見張ってたら盗撮の動きをしたから、ロペに指示されて捕まえようとした。足を痛めてて、取り逃がしたけど」

「そこからリベンジの話になったんだよね。それも指示？」

「ああ。ロペに二人を仲間にしよう、って言われて声をかけた。今思えば、全て仕組まれてたのかな。恵介たちはなんであの日、あの駅に？」

「ロペさんのアドバイスで綾音さんと映画の約束をして、映画館に行った帰りだった」

「最初から俺たち三人が出会うように〝プロデュース〟されてたんだな」

「そうじゃなきゃ、〝プロデュース〟されてる三人が都合よく出会わないもんね」

「その後は知ってのとおり、俺たちは冤罪加害者になって、逆に晒されて、追い詰められた。俺は二人に迷惑をかけた責任を感じていて、ロペに相談した。そうしたら、冤罪被害者になった男の言動が不審だったから、こっちで調べる、って」

「あ、探偵に調べてもらった、って話はもしかして――」

「調べたのはロペだ。大沢田の自宅とか、女子高生を買ってる話とか、USBのこととか、全部。

〝プロデュース〟の話は秘密だから、探偵を雇って調べさせたことにしよう、って言われて、従った」

穂香が「ＵＳＢを盗み出す話も？」と訊いた。

「ロペの発案だ。それしか三人の人生を救う方法はない、って言われて……。そう思い込んで、恵介たちに提案した」

「僕もロペさんにそそのかされて。奈良岡君の提案に乗ろう、って」

「私も賛同を示そうって言われて」

奈良岡が乾いた笑いをこぼした。

「三人全員を操ってたなら、そりゃ、危ない計画だって簡単に実行させられるよな。正直、そんな話に二人が乗るとは思わなかったけど、結構すんなり同意されて意外だった」

「大沢田の家ではどんな指示をされたの？」

「今は留守の時間帯だから大丈夫だ、って言われて、ＵＳＢを探そう、って。二階を探し回ったとき、寝室に恵介君の様子を見に行こう、って言われた。寝室に入って話をしたら、恵介、言ったよな。絵画が傾いているような気がした、って」

「ロペさんがさりげなくそう口にして……」

「見事誘導されたみたいだな。それを聞いたロペが俺に言ったんだ。絵画を取り外してみよう、って。外したら隠し金庫が出てきた」

「暗証番号もロペさんが？」

「調べ上げた大沢田の情報の中から、暗証番号になるかもしれない番号を順番に言っていく、って。何回目かで金庫が開いた」

「偽装――だったんだろうね。本当は大沢田を拷問して暗証番号を聞き出していたんだ。でも、一発で当てたら不自然だから、もっともらしい話で奇跡の幸運を装った――」

奈良岡はテーブルの上の小箱に目をやった。

「ロペたちの狙いこそダイヤだった。そのために俺たちを実行犯に仕立て上げた。金髪の男は連中の仲間だ。ダイヤの回収役さ」

「僕たちがダイヤを渡してたら――」

「持ち逃げされて終わりだったな」

「奈良岡君は結構反対してたよね」

「耳からは賛成を促す声が聞こえ続けてた。でも、どうしても納得できなくて、抵抗してた。そもそも、ボルトカッターを買いに行く話になったとき、小箱を部屋に置いて行くように指示されたけど、不安だったから従わなかったんだ。置いて出掛けていたら、その隙に侵入されて奪われてたかもな」

奈良岡は奈良岡で葛藤があったのか。

恵介は小箱を手に取った。

「ロペさんたちの目的がこれなら――僕らのこと、諦めないよね」

「だろうな」奈良岡が表情を引き締めた。「数億円だもんな。そのために殺しまでしてる」

穂香が怯えた口調でつぶやいた。

「私たちも同じように――」

「安心できる台詞を言いたいところだけど……」恵介は顔を顰めた。「楽観視は難しいよ。たぶん、今ごろ必死になって僕らを捜してる」

「警察に通報するのは？」

警察――か。

恵介は小箱を置き、奈良岡の表情を窺った。

「どう思う？」

「……信じてもらうのは難しいんじゃないか。イヤホンもカメラも捨ててきたし、メールも削除させられてる。会話のログもないし、〝プロデュース〟されて盗みに入ったなんて話、警察が信じてくれるか？」

「くれないね……」

信じてもらえたとしても、警察での扱いは〝闇バイト〟の実行犯だろう。

〝闇バイト〟が社会問題になっていることくらいは知っている。SNSやインターネットの掲示板で募集されている犯罪のバイトだ。『高額バイト』『即日入金』などの甘い言葉に飛びついたら、強盗や詐欺などに加担させられる。

〝闇バイト〟に手を染めた若者が逮捕されたニュースは、毎日のように報じられている。

自分たちは知らず知らず〝闇バイト〟をさせられたのだ。

後悔しても、もう手遅れだ。

「……最初から僕らを利用する計画だったのかな」

「そうだろうな」奈良岡が即答した。「巧妙に仕組まれてたんだよ。命令に従うことに抵抗がなくなるよう、簡単な指示からはじめて、だんだんエスカレートさせていく――。気づいたらダイヤの窃盗犯だ。俺たち、本当に間抜けだった」

「どうしよう」

奈良岡は眉間に皺を刻み、考え込むように口を閉ざした。穂香は不安そうに視線をさ迷わせている。

やがて、奈良岡が決然と言った。

「ロペを捕まえよう」

恵介は「ロペさんを？」と訊き返した。

「他に方法はない。ロペたちが黒幕だろ。一人でも捕まえたら真実が明らかになる」

穂香が控えめに意見した。

「それは警察に任せられないの？」

「警察がどこまで本気になってくれるか。詐欺の黒幕が海外に高飛びしていて、警察も逮捕できないケース、聞いたことがあるだろ。最初に捕まるのは使い捨てにされた実行犯だけだ」

「うん……」

「一番大きな問題は、盗んだダイヤが俺たちの手の中にあるってことだ。ロペたちは何も得てない」

「つまり――」恵介は続きを引き取った。「僕らが一番の犯罪者」

「そうなる。ダイヤを奪われていたら、警察にロペたちの話をして、自分たちは利用されただけだ、黒幕を探してくれ、って訴えることもできた。でも、ダイヤがここにある以上、それは不可能だ。今の時点じゃ、ロペたちは犯罪をそそのかしただけの人間だ。警察が総力を上げて捕まえようとするはずがない。実行犯の俺らを逮捕した時点で、ダイヤも取り返せるわけだしな。事件終了」

　彼の言うとおりだ。ダイヤモンドを守った結果、全ての罪は自分たちが背負ってしまった。警察は実行犯を逮捕してダイヤモンドを取り返した時点で、幕引きにするだろう。

　穂香が「でも！」と食い下がった。「殺人は犯してるわけだし、警察も本気で捜査するんじゃない？」

　奈良岡が悩ましげにうなった。

「もちろん、殺人犯を野放しにはしないと思う。でも、それはロペたちが大沢田を拷問して殺した犯人だった場合だ」

「どういう意味？」

「こんなに手の込んだ計画を立てて、周到に準備してる連中だぞ。殺人なんて一番の大罪、自ら実行したとは思えない。〝闇バイト〟を使ったか、俺たちみたいに〝プロデュース〟された人間を使ったか。結局捕まるのはロペたちじゃない」

捨て駒が逮捕された時点でロペたちは姿を晦《くら》ませてしまう。

恵介は小箱を一瞥した。

「警察に捕まる前にロペさんたちを見つけなきゃ！」

恵介は二人の顔を交互に見つめた。

自分でも驚く台詞だった。今までは主体性などなく、流されるままの人生だった。選択や決定に怯え、全てをロペに委ねた。

今、初めて自分で決意している。

「ロペさんたちを見つけて真実を明らかにしよう！」

恵介は改めて口にした。そうすることで決意が固まった。

「でもどうやって？」奈良岡が訊いた。「こっちは向こうのことを何も知らないんだぞ。でも向こうはこっちのこと何でも知ってる。名前も住所も――」

穂香が心配そうに言う。

「何をするにしても、慎重に行動しないと」

「だね」恵介はうなずいた。「後先考えずほとんど衝動で行動した結果が今だもんね」

ロペたちに全員が誘導されていたとはいえ、今思えば浅慮な行動だった。自警団の真似事をし、あげく他人の家に侵入した。正義のため――と自分に言い聞かせ、犯罪行為に手を染めた。

「ねえ」恵介はふと思いついて言った。「イヤホンとカメラを回収するのはどうかな？」

奈良岡が「イヤホンとカメラを？」と訊いた。

「それが唯一、ロペさんたちとの繋がりだ」

「たしかに……」

「僕らの声を伝えることも、向こうの声を聞くこともできる。駆け引きできる」

「駆け引き——か。でもどんな?」

恵介は小箱を取り上げた。

「僕らにはこれがある」

「ダイヤ——」

「数億円相当のダイヤ。ロペたちはこれが目的で、綿密に準備して、わざわざ僕らを操って盗ませた。ロペたちとしても諦めきれないはず」

「……ダイヤがあれば誘い出すこともできるかもな」

恵介はぐっと拳を握り締めた。

「今度は僕らが罠に嵌める番だ」

22

野球帽を目深に被ってネットカフェを出ると、大雨に煙り、世界が灰色に閉ざされていた。鉛色の雑居ビル群が巨大な黒い墓石に見えた。

恵介はネットカフェ内で購入した傘を広げた。三人で道路に踏み出したとたん、傘に叩きつける雨粒が無数の爆竹を頭上で鳴らしているようなけたたましい雨音を立てた。

「行こう」

恵介は先頭を歩きはじめた。最初に向かったのは最寄駅だった。コインロッカーに小箱を入れ、鍵を掛ける。数億円相当のダイヤモンドをネットカフェに置いて出歩くのは、危険すぎる。合鍵を持っている店員が出来心で個室に入ってきて、見つけたら？

コインロッカーはベターな選択だと思う。

輪ゴム付きの鍵は、恵介が自分の足首に嵌め、靴下の中にしっかり隠した。

繁華街が近づいてくると、大雨にもかかわらず喧騒が聞こえてきた。ネオン街で傘を差した人々が行き交っている。

「ここを抜けた先の通りだったよな」

奈良岡が言った。

「うん。たしか潰れた雀荘が目印」

繁華街に踏み入ろうとしたとき、男の怒声が耳に飛び込んできた。

反射的に建物の陰に身を潜めた。三人でそっと顔を出し、様子を窺う。

「紛らわしいんだよ、てめえ！」

半グレのようなタンクトップの男四人――そのうち二人は二の腕に刺青《いれずみ》を入れていた――を引き連れた筋肉質の短髪の男が、大人しそうな青年の胸ぐらを摑んでいる。青年の隣には困惑顔の友達らしき男女が立ち尽くしていた。

「な、何の話か……」

青年が泣き顔でつぶやいた。

短髪の男が胸ぐらを捻り上げたまま、片手で写真と青年の顔を見比べ、胸を突き飛ばした。

「な、何するんですか！」

「うるせえんだよ！」

短髪の男が青年を殴り飛ばした。その拍子に写真が水溜まりに落ちた。青年が尻餅をつき、びしょ濡れで怯えた声を漏らす。

短髪の男は舌打ちしながら写真を拾い上げ、眺めてから放り捨てた。

「行くぞ、お前ら」

仲間を引き連れて繁華街の先へ歩きはじめた。だが、その途中で別の男女三人組に目をつけ、肩を引っ摑んで強引に振り向かせた。顔を覗き込み、再び突き放してから歩いていく。

絡まれた三人も慰め合いながら反対方向へそそくさと逃げ去った。

恵介は恐る恐る建物の陰から出た。水溜まりに近づき、落ちている写真を手に取った。濡れて皺くちゃになっている。

裏返して確認した。

写っていたのは——奈良岡の顔だった。

「これ……」

恵介は写真を二人に見せた。

奈良岡が目を剝いた。

「俺……？」

「さっきの男たちは三人組を捕まえてた、男二人と女一人の。たぶん、僕らを捜してる」

「恵介や綾音さんの写真も出回ってるよな、絶対」

恵介は写真をためつすがめつした。画質は粗く、まるで動画から切り取ったような――。

「僕のカメラが映してた奈良岡君じゃない？」

「言われてみれば、背景は前のネットカフェだ」

「僕らがまだ隠しカメラのボタンを付けていたところの」

「ロペたちが俺たちを指名手配したんだ」

「じゃあ、人目につかないように動かないと。誰が手先か分からない」

そのとき、繁華街の向こう側から制服警察官がやって来るのが見えた。誰かが暴力沙汰を通報したのだろう。

「ヤバッ」奈良岡が恵介の肩に手を添えた。「警官もマズい」

そうだ。ダイヤモンドの窃盗犯として――大沢田を拷問して殺した容疑者として、警察が自分たちを捜索している。防犯カメラの映像も公開されている。警察に職務質問されても終わりだ。

穂香が言った。

「遠回りしよ！」

恵介は二人と一緒に身を翻した。

繁華街を出ようとしたとき、大通りに停車するタクシーのそばに、派手な身なりの数人組の姿を見た。大雨の中でも傘を差していない。辺りに視線を走らせている。

「あいつらもヤバいかも」

奈良岡が緊迫した声で言った。

恵介は周囲を見回し、路地裏の暗がりを指差した。

「向こうへ！」

三人で路地裏へ飛び込んだ。

奈良岡は傘を折り畳むと、壁に立て掛けた。

「傘、差してたら動きづらい」

恵介は「うん」とうなずいた。「視界も遮られるし、危険かも」

穂香が「濡れても死ぬわけじゃないし」と傘を畳んだ。

全員で傘を捨てると、身を低くして反対側へ向かった。ポリバケツの陰に隠れ、様子を窺う。

水溜まりを踏み抜く複数の靴音が駆けてきた。

全員で息を殺した。

数メートル先の通りを数人の男が駆けていく。遠目にも、首に入った刺青が視認できた。

「俺らを捜してるな……」

奈良岡が声を潜めた。

恵介は前を向いたまま答えた。

「そこらじゅうにいる」

「……行ったか？」

「たぶん」

恵介はポリバケツの陰から出ると、路地裏の壁に身を寄せ、そっと顔を突き出した。大雨の幕のせいで視界が悪い。だが、それは相手も同じだ。こっちの姿も容易に視認できないはずだ。

人影も靴音もなかった。

「今のうちに行こう」

恵介は路地裏から踏み出した。二人を引き連れ、通りを北に向かう。雨晒しで、あっという間に濡れ鼠になった。衣服は鉛製になったかのように重く、ぐっしょりと肌にへばりついている。

振り返ると、穂香も同じだった。シャツが第二の皮膚のようにぴったりしていて、体のラインが浮き彫りになっている。目のやり場に困り、恵介はすぐ顔を背けた。

「人目がある場所は避けよう」

恵介は住宅街へ向かった。建ち並ぶ一軒家の窓ガラスは、ほとんど明かりがなく、黒色に染まっていた。街灯がないせいで、建物も電信柱も影のように見える。

前方に人影が見えた瞬間、心臓が跳ね上がった。恵介は迷わず眼前の住宅の庭に足を踏み入れた。

「こっちに隠れよう！」

子供用の自転車と水色のセダンが停《と》めてある。車の陰に身を潜め、通りを覗き見る。歩いてきたのは——傘を差したサラリーマン風の男だった。

安堵の息が漏れる。

だが、決して油断はできなかった。ロペたちの正体が分からない以上、誰が彼らの仲間か、先入観で決めつけるのは危険だ。

サラリーマン風の男が遠ざかってから、三人で通りに戻った。

目的の場所にたどり着いたのは、ネットカフェを出てから一時間後だった。

「どうだ?」

奈良岡が訊くと、恵介はビルの陰から周辺を見渡した。待ち伏せされている様子はない。まさかイヤホンやカメラを捨てた場所に舞い戻ってくるとは想像もしていないのだろう。

「……大丈夫そう」

恵介は潰れた雀荘へ近づき、路地裏を覗き込んだ。相変わらず闇を呑み込んでいる。

「まだあるかな?」

奈良岡がつぶやいた。

「……確認しよう。そのために来た」

恵介は先陣を切った。

路地裏を奥へ進むと、地面にイヤホンを発見した。三人で投げ捨てたときのままだ。そばにはボタンも落ちている。

「あったよ」

恵介は二つを拾い上げた。

「俺たちのは――」

奈良岡は腰をかがめて辺りを見回していた。

「一組あれば充分だよ」

恵介は鞄からガムテープを取り出し――ネットカフェで事前に購入した――、ボタンのピンホールレンズに貼った。目隠ししなければ、映像からこちらの居場所が筒抜けになってしまう。

「よし」奈良岡が言った。「早く離れよう。この会話を拾われてたらヤバい」

「電源は切っておく」

恵介はボタン形隠しカメラのスイッチを切った。

三人で路地裏から出ると、警戒しながらネットカフェに戻った。タオルで顔や髪を拭きながら向き合う。

奈良岡がスマートフォンを取り出し、人差し指で画面を指差した。そして――LINEを開く。

「ロペと接触中はこれを使おう」

彼が文字を打ち込むと、恵介のスマートフォンに通知が届いた。

『会話は厳禁な』

恵介は返信を打った。

『了解』

『ダイヤを餌にロペに接触するんだな？』

『うん。必ず食いつくはず』

恵介はイヤホンを嵌め、ボタン形隠しカメラのスイッチを入れた。レンズは塞いであるが、こちらの音声は拾うはずだ。

ロペの声が聞こえてきた。

《――恵介君？　恵介君だよね。聞こえる？》

切実な声を聞き、感情が揺さぶられる。

「聞こえます……」

返事をすると、目の前に座っている奈良岡と穂香の表情に緊張が走った。イヤホンが生きていて、ロペが喋りかけてきたと察したはずだ。

奈良岡が文字を打ったスマートフォンの画面を見せてきた。

『慎重にな』

恵介はうなずくと、深呼吸した。

「……ロペさん」

《よかった。心配したんだよ、恵介君》

心配――か。

それはダイヤモンドのことではないのか。だが、ロペの声にはそのような打算が感じられず、ともすれば信じてしまいそうになる。

油断してはいけない、と自分に言い聞かせる。
《今どこにいるの、恵介君》
居場所を教えたら、繁華街で捜索していた半グレ集団がすぐ乗り込んでくるだろう。
「それは言えません」
きっぱり答えると、ロペがうなった。
《……恵介君は何か誤解してるんじゃないかな》
「誤解？」
《急にイヤホンもカメラも捨ててしまうし、連絡が取れなくなって困ったよ》
「ロペさんは僕らを操って、犯罪に加担させました」
《いやいやいや！　やっぱり誤解してるよ、恵介君。僕はそんなことしてないよ》
「今さらそんな……。信じると思うんですか。僕はそんなに馬鹿じゃありません」
《馬鹿だなんて思ってないさ。正直に話してるんだよ、僕は》
「ロペさんは複数いて、僕ら三人を〝プロデュース〟していました。偶然を装って僕らを出会わせ、少しずつ目的——ダイヤの窃盗に誘導したんです」
《それは違うよ、恵介君》
「何が違うんですか。事実です」
会話しながらスマートフォンに文字を打ち、二人に見せた。
『無実を訴えてる。僕らの誤解だって』

奈良岡が顔を顰め、同じく文字を返した。
『信じるなよ』
恵介は再びうなずき、ロペに話しかけた。
「ロペさんは最初から僕らに〝闇バイト〟のようなまねをさせる気だったんです」
《盗み出したものがUSBじゃなく、ダイヤだったのは結果論で、僕にとっても青天の霹靂《へきれき》だった。最悪の事態だった。僕は挽回《ばんかい》するためにアドバイスしてたんだよ。でも恵介君が連絡を断ってしまった》
「状況はカメラで見聞きしていたから分かってるでしょ。僕ら全員が操り人形だったって気づいたからです」
《……全部、偏見と先入観だよ。思い込みの産物だ》
「この期に及んで、そんな」
《たしかに僕は――僕らは三人を〝プロデュース〟していたし、偶然を装って結びつけた。それは認める。でも、犯罪行為をさせようとして指示したりはしていない》
恵介は苦笑した。
《本当だよ、恵介君。僕らはそれぞれ別個に君らを〝プロデュース〟していた。そんなとき、三人が意外と気が合うんじゃないか、って確信を持ったから、引き合わせたんだよ》
「じゃあ、街中で僕らを捜し回ってる半グレは何ですか。気づいてないと思うんですか」
ロペは一瞬だけ言葉に詰まった。

《……半グレって？》
「刺青を入れた奴らです。僕らの写真を持って捜し回ってます」
《何だって！》
「とぼけないでください。ロペさんたちが仕向けたんでしょ」
《待ってくれ。僕らは関係ない。そんな繋がりはないよ》
「もう誤魔化せませんよ」
《僕らは関係ない。だったら可能性は——二つ。大沢田の仲間だ。報道によると、数億円相当のダイヤだったよね。大沢田は詐欺とか犯罪で稼いでいて、ダイヤは共有物だった。その仲間が君たちを追ってる。ダイヤを奪ったことは報じられてるし、防犯カメラの映像も公開されてる。取り返すために躍起になってるんだ。あるいは自警団もどき。恵介君たちが犯罪者を捕まえる活動をしていたように、正義のつもりで捕まえようとしてる。いや、数億円のダイヤ欲しさに捜してる連中かもしれない》
その可能性はあるだろうか。
数億円相当のダイヤモンドを盗んで逃亡中の人間として報じられれば、捕らえて横取りしようとする悪人たちが現れても不思議ではない。
一瞬ロペの言葉に説得力を感じたが、恵介はすぐかぶりを振った。
「その可能性はありません。僕は連中が持ってた写真を拾って確認しました。隠しカメラの映像を切り取った写真でした。提供できるのはロペさんたちしかいないんです」

それで詰みだった。

ロペは反論の術を失ったらしく、黙り込んだ。

「もう騙されませんよ」

ロペが大きく吐いた息が聞こえた。

《それは――知らなかった。本当だよ》

白々しい。

《僕らの中に欲にとり憑《つ》かれた奴がいるのかもしれない。こんなことになるとは――。許してくれ、恵介君》

誠実そうで、心底申しわけなさそうな声だ。

《奈良岡君たちと一緒なのか？　恵介君は今どこにいる？　他の人間がダイヤを奪おうとしてるなら、一人じゃ危険だ。会って話さないか》

ロペの話が事実である可能性はあるだろうか。万が一、濡れ衣だったら――。

しかし、仲間の安全もかかっている。一時の衝動や直感で二人を危険に晒すわけにはいかない。

「居場所は教えられません」

恵介はきっぱりと言った。

《僕らの中に悪人がいるなら、奈良岡君や綾音さんが危ない。二人の身を案じてるんだよ》

寄り添うような口調だった。

「僕らは大丈夫です」

《……ならいいけど》
恵介はスマートフォンに文字を打った。
『じゃあ、計画どおり揺さぶりを掛けるよ』
奈良岡がオーケーのハンドサインで応えた。
恵介はボタン形の隠しカメラを睨みつけた。
「……僕らは自首するつもりです」
《自首！》
ロペの驚いた声が返ってきた。
「はい。ダイヤを持って自首するつもりです」
《本気で言ってる？》
「はい。元々ダイヤなんかいらないんです。僕らは犯罪の証拠として、ＵＳＢを探して侵入したんです。警察に正直に全て話すべきだと思いました」
《二人は納得してるの？》
「よく話し合って決めたことです」
《それは得策じゃないよ。三人の人生がめちゃくちゃになる》
——もう充分なっている。
《いいかい、恵介君。大沢田が殺されて、自宅の金庫からダイヤが盗まれた。君たちはその容疑者として捜索されてる。自首したら逮捕されるし、名前も出る。冤罪加害者としてＳＮＳでヘイ

トを集めてる中、そんなニュースが報じられたらどうなる？》

だからこそ、自分たちは反撃に出た。

「正直に話せば誤解は解けるはずです。逃げ続けるメリットはありません」

《楽観視しすぎだよ、恵介君。ＳＮＳの社会的制裁と私刑《リンチ》の苛烈さ、よく知ってるでしょ。加害者として吊し上げられたら、破滅するまで許されない。職場や学校や自宅への突撃。クレームの電話――。加害者の人生を潰すことこそ正義とばかりに、攻撃する。今のトレンドは君たちだよ。大沢田の家に盗みに入ったのが君たちだってことは、遅かれ早かれ誰かが気づく。そうなったら終わりだよ。将来は台なしになる》

ＳＮＳが当たり前の世代としては、その光景がリアルに想像できる。

恵介は反論した。

「ＳＮＳで騒動や事件がどれほど簡単に消費されるか、ということも知ってます。取り返しがつかないレベルで炎上しても、数日後には誰も触れなくなるのがＳＮＳです。炎上の賞味期限はあっという間で、誰もが新鮮な騒動に加担するんです」

《それはそうかもしれないけど、人生にダメージを与えるには充分すぎる期間だよ、数日は。でも、恵介君が僕をまた信じてくれたら、三人を救える。ダイヤは切り札だから手放しちゃ駄目だ。早まらず、居場所を教えてほしい》

「……ダイヤが必要なんですか」

《違うよ。恵介君が――三人が心配だからだよ》

それがロペの手練手管《てれんてくだ》だ。分かっている。言葉巧みに信用させる。

「また連絡します」

焦るロペの声を無視し、恵介はイヤホンを外してスイッチを切った。ボタン形隠しカメラのスイッチも切る。これでこちらの音声は向こうに聞こえなくなる。

《ちょっと、恵介君――》

恵介は、ふうと重いため息を漏らした。

奈良岡が「どうなった？」と訊いた。

「懐柔しようとしてきたよ」

恵介はロペとの会話を話して聞かせた。二人は真剣な表情で聞いていた。

「そこまでは予想どおりだな。向こうとしては何がなんでもダイヤが欲しいだろうからな。俺たちの自首は絶対阻止したいはずだ」

「ダイヤを餌にしたら食いつくよね」

「思い切っておびき出すか？」

穂香が「でも危なくない？」と口を挟んだ。

「リスクはある」奈良岡が答えた。「だけど、危険を冒さなきゃ、何も得られない」

「それは分かってるけど……心配。相手は半グレ集団を従えてるし」

「連中に捕まるより警察のほうがよっぽどましだよな。でもさ、操り人形にされたままじゃ、悔しいじゃん。一泡吹かせてやらなきゃ」

恵介は「うん」と同調した。

「ダイヤを渡す、って言って、呼び出すのはどうだ？　取引を持ち掛けるんだ。拒否するなら警察に持っていくって言えば、出てこざるを得ないだろ。もちろん、半グレはなし。俺たちに指示を出していたロペ三人だけ」

「そんな条件を出しても、きっと待ち伏せされるよ」

「……映画の誘拐犯みたいに振り回すのは？　待ち合わせ場所を伝えて、約束の時間になったら、全く別の場所を指示する。相手が移動したら、また別の場所へ」

「振り回してどうするの？」

「俺たちは安全圏から——たとえばビルの屋上とか、そういう場所から双眼鏡で観察する。半グレたちが付いてきていたら分かるだろ」

「待って」穂香が言った。「向こうはイヤホンとマイクでやり取りできるし、私たちの指示を共有して、先回りしたり、罠を張ったりするかも」

「たしかに……」奈良岡はうなった。「映画でも誘拐は成功しないもんな」

「相手の人数も正体も分からないし、普通の人たちに紛れられてたら、見分けられない」

「……不利だな、圧倒的に」

一方的に指示され、言われるまま行動してきた身としては、ゲームのキャラクターが現実のプレイヤーに挑むような無謀さだ。

「何とか向こうの正体を突き止めたいよな」

奈良岡は悩ましげな顔つきをしていた。

しばし沈黙が下りてきた。

「そういえば、少し気になったんだけど……」

恵介はふと思い出して切り出した。

「何だ？」

「僕らは全員メールでロペと知り合って、〝プロデュース〟されてたんだよね？」

「ああ」

「みんなそこから告白したけど、そもそも、どうして怪しいメールを信じることにしたの？」

奈良岡と穂香は困惑混じりの顔を見合わせた。

「Ａ Ｉの予知が――」

奈良岡が答えると、穂香が同意してうなずいた。

「もしかして、二人とも、ワールドカップの試合結果を――？」

「恵介も？」

「うん。最初は眉唾だし、迷惑メールだと思って無視したんだけど、試合結果が当たってて」

「俺も同じ」

「私も」

二人が声を揃える。

「一回だけ試合結果が当たるなんて、まぐれでもあり得るし、まだ本気にしてなかった。でも、二回も当たったから、三回目でお金を賭けて——」

「当たったんだよな」

「うん」恵介は穂香に顔を向けた。「綾音さんのも？」

「私はお金を賭けたりはしなかったけど、三回も当たって驚いて……それで返事したの」

　ＡＩの超人的な能力をロペたちは利用したのだ。

「……メアドはネットに漂ってるのをＡＩが拾った、とか言われて、そのときは深く考えずに流しちゃったけど、メールに僕の本名が書いてあったんだよね。今考えたらそれも怪しいよね」

「俺も同じだった」

「私も」

　再び二人が声を揃える。

「名前を知ってたってことは、接点がある、ってことでしょ、僕らに」

「どこか同じサイトに登録していて、そこからメアドや名前が漏れた——って？」

「でも——」穂香が言った。「利用してるサイトで個人情報が流出したとか、そんな話は聞いてないし」

　恵介は思いつきを口にした。

「ロペたちが作った偽サイトを利用してしまったとか」

　奈良岡が眉間に皺を寄せた。

「そんな怪しいサイト、利用した記憶はないな。大手の通販サイトくらいしか信用してないんだよな、俺」

「僕も同じく」

ロペたちは最初から自分たちに狙いを定めていたのか？　名前だけならともかく、メールアドレスまで知る方法は――。

「……なあ」奈良岡がためらいがちに口を開いた。「共通点で思い出したことがあるんだ」

「何？」

「恵介の部屋で目にしたんだけどさ」

「うん」

「ほら、本棚。俺に見せてくれただろ」

コミュニケーション術や、恋愛系のハウツー本の数々――。

「実はさ、あの中の一冊、俺も持ってて……」奈良岡はためらいがちに言った。「『恋活セミナー』」

「え？」驚きの声を上げたのは穂香だった。「それ、私も……」

「嘘」

恵介は二人の顔を交互に見た。

穂香が続けた。

「私も本棚を目にしたとき、あって思って。『恋活セミナー』の教本だ、って」

思い返してみると、本棚を見たときの二人は過剰反応気味だった。並んでいるハウツー本の多さにドン引きしたのだと思った。

「二人とも『恋活セミナー』に参加したことがあるの？」

　奈良岡は恥じ入るように頰を搔いた。

「……代々木《よよぎ》のビルへ何度か。自分を変えたくてさ」

　女性経験がないことをクラスの男女グループに馬鹿にされ、嘲笑され、偽ってしまった奈良岡。その過去がトラウマになり、見栄を張るようになったという。

　恵介は穂香に訊いた。

「もしかして綾音さんも？」

　彼女が小さくうなずいた。

「私は池袋《いけぶくろ》のセミナーへ。男の人とうまく付き合えなくて、それで――」

　彼女は子供のころ、高めの〝アニメ声〟を女子たちに否定され、大きな胸などの体形も、性的で男に媚びている、と中傷された。その経験に苦しみ、思い悩んでいた。

　一見、自分とは違う人種――誰にでも好かれる人気者――だと思っていたが、以前に告白を聞き、二人も自分と変わらないのだと知った。

　恵介は恐る恐る口にした。

「じゃあ、三人とも『恋活セミナー』の参加者――」

「共通点だ」

「そういえば、僕、『恋活セミナー』のメルマガを登録してる」

「俺も」

「私も」

『恋活セミナー』でメルマガを勧められて」恵介は言った。「そこでメールアドレスも名前も登録してる」

「ロペたちはそこで俺たちを知った――」

「ロペさんたちは、僕らが自分の人生が充実していなくて、恋愛に思い悩んでいることを知っていた。だから〝人生をプロデュース〟なんて文言でメールしてきた。食いつくことを知ってたんだ」

「つまり、ロペたちは『恋活セミナー』の人間――」

今にして思えば、ロペが語っていた人間関係向上の論理は、以前受講した『恋活セミナー』の講義内容とどことなく共通点があった。

恵介は確信を持ってうなずいた。

「正体が分かれば不意をつける!」

23

恵介はスマートフォンで『恋活セミナー』のＳＮＳを開き、開催情報を確認した。直近は明日の午後五時、渋谷のビルの一室で行われるという。

「こんなときもセミナー、開くんだな」

奈良岡が顔を顰めた。

「疑われないように——じゃないかな。『恋活セミナー』の参加者の中から操り人形を選んだんだし、急に中止したら自分たちが黒幕だってバレるかもしれない、って思ったのかも」

「なるほどな。だから通常運転か」

「向こうは、僕らが黒幕の正体に気づいたことを知らない。『恋活セミナー』に乗り込んだら不意打ちできる」

「虎穴に入らずんば虎児を得ずってやつか」

「ダイヤを餌に呼び出したりするより、主導権を握りやすいと思う。人目があれば向こうも迂闊なことはできないだろうし。しっかり準備すれば、逆転も不可能じゃない」

穂香が「ありだと思う」と賛同した。

その後は夜遅くまで三人で作戦を練った。

夜の十一時になると、穂香が隣の個室を借り、男二人と女一人に分かれて就寝した。

朝からは野球帽とマスクで変装した奈良岡が一人で秋葉原《あきはばら》まで足を延ばし、必要な物を買い揃えてきた。

後は作戦を復習しながら時間を潰した。

午後四時——。

恵介は二人と一緒にネットカフェを後にした。電車を乗り継ぎ、何度か足を運んだ渋谷のビルに来た。三人で並んで建物を見上げる。

「……最後の大勝負だな」

奈良岡の声は緊張を帯びていた。

「僕らがここにいることは、向こうも気づいてない」恵介は答えた。「不意をつける」

「驚かしてやろうぜ」

奈良岡が拳を突き出した。

恵介はその拳をじっと見つめた。こういうノリは経験がなかった。映画や漫画の世界だけだと思っていた。

恵介は奈良岡と拳同士を合わせた。

悪い気分ではなかった。

覚悟が決まった。

「じゃあ――」恵介は穂香に言った。「後方支援はお願い」

彼女が決然とうなずく。

恵介は奈良岡と共にビルに踏み込んだ。狭いエレベーターに乗り、四階へ。扉が開く瞬間は緊張感が跳ね上がった。

開けたままの出入り口に近づく。

室内をそっと覗き込むと、三十人ほどの受講生がパイプ椅子に腰掛けていた。相変わらず喧騒とは無縁で、誰もがおとなしく座っている。コミュニケーションが苦手だったり、恋愛に悩んでいる男女だから、初対面同士で親しく話したりはしないのだ。

扉の陰に立ち、奈良岡と視線を交わした。

「……みんな他人に興味持ってねえな」奈良岡が苦笑いした。

恵介は腕時計で時刻を確認した。

午後四時五十七分。

「そろそろ――だね」

恵介は室内を眺めたままつぶやいた。

「ああ」

奈良岡がうなずいた。

腕時計の秒針と室内を交互に見る。

一分一秒が何倍にも感じた。

午後五時になったとき、室内の奥の扉が開いた。講師の二人――シュウヤとアサミだった。二人が自己紹介した後、シュウヤが『恋活セミナー』へようこそ!」と声を張り上げた。

「はじまったな」

奈良岡が囁き声で言った。

恵介はイヤホンを耳に装着すると、レンズをガムテープで塞いだボタン形隠しカメラを取り出した。

「推測を確信に変えよう」ボタン形隠しカメラのスイッチを入れ、口元に近づける。「聞こえますか、ロペさん」

シュウヤの眉がピクッと反応し、右手を軽く右耳に当てた。講師が突然黙り込むと、室内が一瞬で静まり返った。

恵介は思わせぶりな口調を意識し、さらに話しかけた。

「ロペさん。窓の外のドローン、見てください」

様子を窺っていると、シュウヤが少しためらった後、窓際に歩み寄った。それも演出だと思ったのか、受講生たちが黙ったまま彼を目で追った。

シュウヤが引かれたカーテンに人差し指を添え、数センチ開けて隙間に顔を寄せた。覗き見てもドローンはもちろん飛んでいない。

恵介はその動きを確認すると、ボタン形隠しカメラのスイッチを切った。奈良岡に顔を向ける。

「シュウヤがロペだ」

「反応したな」

室内に目を戻すと、シュウヤが顰めっ面で教壇に戻った。アサミが目で問いかけ、彼がかぶりを振る。

「彼女も仲間だね、たぶん」

「ああ」奈良岡がうなずいた。「綾音さんを〝プロデュース〟していた女性のロペかもな」

「可能性あるね。行こう！」

恵介は決意を拳に握り締め、奈良岡と並んで室内に踏み込んだ。堂々と——。

数人が靴音で振り返った。シュウヤとアサミは最初から出入り口のほうを向いていたので、闖《ちん》入者《にゅうしゃ》の存在にはすぐ気づいた。

シュウヤもアサミも揃って目を剝いた。

「どうも、ロペさん。初めまして」

恵介は受講生たちが居並んでいる席の後方から挨拶した。

シュウヤは動揺が滲んだ声で答えた。

「ロペって——？」

ロペとシュウヤの声は違う。だが、喋り方の癖には共通点が感じられた。〝プロデュース〟中は正体がバレないよう、やはりボイスチェンジャーを使っていたのだろう。

「もう隠さなくてもいいですよ、ロペさん。今まで〝プロデュース〟ありがとうございました」

シュウヤが片眉を軽く持ち上げた。

「僕らがここに来た時点で、もう全て分かっている——ということです」

不穏な雰囲気を察したらしく、受講生たちは一様に困惑顔で恵介たちとシュウヤたちを交互に見ている。

シュウヤは押し黙ったままだ。

言質《げんち》を取らせないためだろう。

シュウヤとアサミの顔に浮かんでいた驚愕は、今はもう消えていた。

「受講生の中から僕らをリクルートしたんですよね」

二人は無言で教壇に突っ立っている。

「僕も綾音さんも奈良岡君も、全員『恋活セミナー』に参加したことがありました。そして、三人とも『人生をプロデュースします』のメールを受け取って、〝プロデュース〟されるようになりました」

そこまで口にしたときだった。

「〝プロデュース〟って、あの……」

受講生の中の誰かのつぶやきが耳に入った。

恵介は驚き、声の方向に顔を向けた。だが、誰が発したのかは分からなかった。

「あの迷惑メール……」

今度は反対側から聞こえた。

恵介はまたそちらへ顔を向けた。

例のメールの存在を知っている者が他にもいる。彼らは無視した――ということか。大勢に送信し、食いついた者を利用した――。

恵介は教壇の前まで進み、そこで振り返った。一身に注がれる受講生たちの目。奇異なものを見る眼差しだ。

緊張が全身に伝播していく。

恵介は受講生たちを見回した。

「みなさんの中で『あなたの人生、プロデュースします』という怪しいメールを受け取った人はいますか？」

顔見知り同士ではないだろうに、数人の受講生たちが顔を見合わせた。

恵介は口火を切るために、自ら右手を上げてみた。

「受け取った人は？」

最前列の一人がおずおずと手を上げた。

「受け取りました……」

それを皮切りに、受講生たちが次々と手を上げはじめた。三人、四人、五人、六人——。

「僕も」

「私も」

「俺も」

最終的に半数以上の受講生が手を上げていた。

やはり〝プロデュース〟のメールは『恋活セミナー』の受講生を狙って送られていたのだ。受講生なら多かれ少なかれ人生に悩みを抱えていて、救いの糸を垂らされたら縋りつくから——。

しかし、今回参加していない者や、他の地区の参加者にも手当たり次第送っていたとしたら、相当な人数になるだろう。数百人以上？

いや、それはおかしくないか？

〝ロペ〟が複数人いるとしても、数百人もが〝プロデュース〟を希望したら困るはずだ。人数を厳選したのか？

　そこまで考えて恵介ははっとした。

「『人生をプロデュース』のメール、ワールドカップの試合結果が予想されていたと思うんですけど、みんな当たっていましたか？」

　受講生たちの顔に困惑の色が浮かび上がる。

「……一試合目だけ」

「一試合目と二試合目は当たったけど、三試合目は外れた」

「同じく」

「二試合連続で当たったから信じてサッカーくじを買ったら、外れて大損」

「最初のメールだけ見た。当たり前だけど、試合結果の予知なんて出鱈目だったし」

「興味引かれたけど、最初から予知なんて嘘ばかりだったわ」

「三試合目で大外れ」

　恵介は質問を重ねた。

「三試合全て的中した人は？」

　誰も手を上げなかった。

　三試合連続で試合結果が的中した受講生はいない――。

「なるほど」恵介はシュウヤとアサミに向き直った。「そういうことだったんですね、ロペさん」

　二人は沈黙を続けている。

「『AI《アイ》ザム』に予知能力なんてないんです。あれはトリックです」

シュウヤが口元を引き攣《つ》らせた。

「あなたたちは、『恋活セミナー』の参加者たちの個人情報に一斉にメールを送信したんです。まず、ドイツ対モロッコの試合の結果をそれぞれ数パターン変えて。たとえば、ドイツの三対二の勝利を予知したメールを百人。いえ、それじゃ足りないでしょうから数百人？　セミナーに参加した人間だけじゃなく、サイト経由でメルマガに登録した人たちにも送ったんでしょうね。他にも、ドイツの三対一の勝利を予知したメールを数百人。引き分けを予知したメールを数百人――。そんな調子で、サッカーくじにあるドイツとモロッコの試合結果の全パターンを作って送る。実際の試合結果はモロッコの劇的な二対〇の勝利でした。あなたたちは的中したメールアドレス群にだけ、次の試合の予知を送ったんです。アルゼンチンの勝ち、負け、引き分け――。そこで当たったメールアドレスに三試合目の予知を送る。こうすれば、三試合全ての結果を予知して当てたグループが生まれます。僕や奈良岡君や綾音さんがそうでした。僕らからすれば、本当に予知のように思ってしまいますよね。試合内容はどれも劇的で、そんな試合の勝敗と点差を三連続で当てたんですから。まさか、大勢に違うパターンの試合結果を書いて送っているなんて想像もしません」

奈良岡が衝撃を受けたように「マジかよ……」とつぶやいた。

受講生たちの反応を確認すると、誰もが目をしばたたかせていた。事情が分かっていないからだろう。迷惑メールをシュウヤたちが送っていたらしい――程度の認識かもしれない。

シュウヤたちが踏み出した。

「みなさん、すみません！　今日のセミナーは中止です」

受講生たちのあいだに動揺が広がった。

「また開催を告知します。今日はお帰りを」

シュウヤとアサミに急かされ、受講生たちは立ち上がった。戸惑いぎみに——しかし、逆らうことなく部屋を出ていく。

最終的には、四人だけが残った。

シュウヤが改めて恵介と奈良岡に向き直った。

「……まさか恵介君たちがここにやって来るとはね」

恵介は答えた。

「僕が持っていた『恋活セミナー』の教本を見て、二人が『恋活セミナー』を知っていることが分かったんです」

「……それは迂闊だったね」

「偶然とは思えませんでした。ロペさんたちは僕らにダイヤを盗ませるために〝プロデュース〟をしたんですね」

その質問には答えなかった。だが、否定もしなかった。

「ロペさんが用意した男にダイヤを渡したら、持ち逃げするつもりだったんでしょう？　それで計画完了」

そのとき、背後から「そのとおりだ」と声がした。

驚いて振り返ると、部屋に入ってきたのは殺されたはずの大沢田だった。

24

恵介は奈良岡と一緒に目を剝いた。

二人の男を引き連れて現れたのは、間違いなく大沢田だった。盗撮犯として捕まえたものの、証拠が見つからず、弁護士に相談する、と駅員室で言い放った男――。

「殺されたはずじゃ……」

一体何が起こっているのだろう。大沢田はロペたちに――あるいはその仲間に――拷問されて殺されたのではないのか。

大沢田が生きていて、ロペたちの仲間？

そうだとしたら、なぜ自宅からダイヤを盗ませたのか。ダイヤに盗難保険のようなものを掛けていて、盗まれたことにして保険金を詐取しようとしたとか――。

いや、大沢田の死はニュースで報じられていた。偽ることはできないだろう。

「あっ！」奈良岡が驚きの声を上げた。

恵介は「どうしたの」と顔を向けた。

「そういうことか！　全ては俺たちにダイヤを盗ませるための計略だったんだ！」

大沢田がにやりと唇の片端を吊り上げた。

「……こいつは大沢田であって大沢田じゃないんだ」奈良岡が言った。「ニュースじゃ、被害者の顔写真はまだ報じられてなかった。つまり、こいつは偽物の大沢田だ」

「それってどういう――」

恵介は当惑しながら訊いた。

「俺たちが冤罪加害者としてＳＮＳで晒されて追い詰められたとき、俺のロペが助け船を出して、あの男は怪しいからこっちで調べてみる、って言い出した。俺は藁《わら》にも縋る思いで頼った。そうしたら、例の写真がメールで送られてきた。男が自宅に入ろうとしてる写真と大沢田の表札の写真――」

「そうか、それもトリック……」

「俺たちを冤罪加害者として罠に嵌めたこいつは、本物の大沢田の家に行き、玄関のドアノブを握っているところを仲間に撮影させた。そうすれば、こいつの家に見えるし、表札の写真と一緒に送られてきたら、俺はこいつが大沢田だと錯誤する」

殺された大沢田は、盗撮騒動とは無関係の第三者だったのか。盗撮犯には似つかわしくない自宅だと思ったことを思い出した。

「赤の他人だったから、そもそも盗撮の証拠のＵＳＢなんて持ってるはずがなかったんだ。俺たちに犯罪の証拠を隠し持ってると思わせて、侵入するように誘導して、ダイヤを盗ませる計画だったってこと」

偽の大沢田が高笑いした。

「いやはや、全部お見通しか」

奈良岡が彼を睨みつけた。

「もう隠す必要はないな。そうだよ、俺たちがぜーんぶ誘導した。〝正義は麻薬〟とはよくいったもんでな。『これは正義だ』と思い込ませりゃ、犯罪行為もためらわなくなる。俺たちは、お前たちに自分の行動を正義だと信じさせるために言葉を尽くした。侵入も盗みも、ハードルが低かったろ？　私人逮捕のような〝犯罪者狩り〟で少しずつお前らの倫理や道徳のブレーキを外してやったのさ」

「目的はダイヤ――」

「仲間の女が働くキャバクラに大沢田が来てな。ダイヤのことを自慢したんだよ。どんなに価値があるか、をな。女がうまくおだて上げて話を聞き出し、警報付きの隠し金庫に保管していると分かった。そこから今回の計画がはじまったのさ。侵入をためらわないよう、お前たちが大沢田の自宅に到着する直前に、玄関前の『防犯設備あり』のシールも剝がしておいてやった。後はセキュリティを確認する余裕がないよう、ロペが急かしてやれば完璧だ」

「ユウキさん、それ以上は――」

アサミが口を挟んだ。

偽の大沢田――ユウキと呼ばれた男は、「そうだな」と話を中断した。「で、お前らはそんなことを知りたくてやって来たのか？」

奈良岡は「いや」と首を横に振った。「取引に来た」

「取引？」

「俺たちは追われる身だ。警察だけじゃなく、あんたのお仲間の半グレにも。こんな最悪の状況から助かりたい」

「……要求は？」

奈良岡は間を置いてから言った。

「誰か生贄を」

ユウキが眉根を寄せる。

「〝ダイヤを盗んだ一人〟として自首する悪党。仲間の中には逮捕も気にしないような奴がいるだろ、きっと」

「……お前たちのために誰がそんな損な役回り、引き受ける？」

「させるだろ、あんたが。条件を呑めないなら、ダイヤは警察へ。俺たちが一時間以内に連絡しなかったら、綾音さんがダイヤと一緒に自首することになってる。で、今回の〝プロデュース〟のことも、『恋活セミナー』の主催者たちが黒幕にいることも暴露する」

ユウキの顔色が変わった。表情に憤怒が表れる。だが、同時に苦悩もあった。

「声しか存在しなかった〝ロペ〟は、もう空想の存在じゃない。ここまで正体がバレてたら、警察も馬鹿じゃないんだし、必ず逮捕まで繋げてくれる」

「綾音穂香はどこだ？」

「警察署のそばで待機してる。あんたらのお仲間に狙われたら大変だしな」

　ユウキが舌打ちした。

「俺たちが捕まったらあんたらのことをペラペラ喋る。それだったら、口が固いお仲間を生贄にしたほうがいいと思うけどな」

「……生贄を用意したって、お前らの顔は割れてるだろ」

「自称実行犯が名乗り出てくれたら、何とでもやりようはあるだろ」

「警察舐《な》めてんのか？」

「あんたこそ、俺らが捕まったら全員ブタ箱行きだぞ。一蓮托生だ。せめて、俺らを守ろうとした――って実績くらいは作って、恩を売っておくほうが賢明じゃないか？」

　ユウキは仲間たちと顔を見合わせた。

　彼が従えていた男の一人が薄く笑った。

「見違えるようだよ、奈良岡君」

　奈良岡は男に顔を向けた。

「ロペさん……？」

「〝プロデュース〟を受けたときは、一人じゃ何もできない臆病者だと思ったけど、なかなかどうして。変わったね」

　ユウキに付き従っている一人は、奈良岡を〝プロデュース〟していたロペなのか。

「彼は本気ですよ、ユウキさん」〝奈良岡のロペ〟が言った。「奈良岡君は覚悟を決めてます」

ユウキは再び舌打ちした。苦渋に満ち満ちた形相で言う。

「いいだろう。生贄を用意してやる。だからダイヤを渡せ」

奈良岡が恵介に目を向けた。

「それでいいよな？」

恵介は「うん」とうなずき、シュウヤを見た。「でも、その前に聞きたいことがあります」

「……何だい」

「ダイヤのために今回の〝プロデュース〟を計画したんですか」

「……ダイヤは手始めだよ。今回はテストケースだった。〝プロデュース〟によって他人をどこまで操れるか。成果があれば、もっと大規模に行って、もっと大きなことをさせる。それこそ、革命だって可能かもしれない」

ユウキが「喋りすぎだぞ」とひと睨みした。

「……すみません」

シュウヤがユウキに謝ると、恵介はつぶやくように言った。

「僕へのアドバイスは全てまやかしだったんですね……」

短期間の付き合いだったが、この数年で一番会話したのは、間違いなくロペだった。明け方まで話をした日もあった。ほとんどは一方的に自分の悩みを相談したり、今までの人生の中の理不尽を愚痴ったり——。ロペは嫌そうな雰囲気を微塵《みじん》も匂わせず、親身になって聞いてくれた。その日々が全て作り物だったとは思いたくない。

シュウヤは下唇を嚙み、床を睨みつけていた。

「……以前、恵介君が僕に感謝してくれたね。剝き出しの感情で、あまりに真っすぐで、正直、僕の心は揺さぶられた。僕に罪悪感が生まれた。〝人生をプロデュース〟なんて初めてしたけど、それは相手の人生をそのまま生きるのと同じだった。会話も行動も全て恵介君と一体になって——。だから知らず知らず感情移入した。他の二人は知らないけど、僕はそうだった」

ユウキが薄笑いをこぼした。

「だからか」

恵介は彼に目をやった。

「だから？」

「こいつは、土壇場で計画の中止を訴えたんだよ」

恵介は「え？」とシュウヤに顔を戻した。

ユウキが鼻で笑いながら続けた。

「そんなこと、許されるわけねえよ。数億を手に入れるためにどれだけ手間隙かけて準備してきたと思ってる？　ピースが一個欠けただけで成功しねえ。枝切りバサミで指を挟んで二者択一を迫ったら、ようやく我を取り戻しやがった」

恵介は目を瞠り、ただただシュウヤを見つめることしかできなかった。

シュウヤの顔には悔恨の色が滲み出ていた。

それだけで充分だった。あの日々の全てが作り物だったわけではないと分かった。真実の感情もそこにはたしかに存在したのだ。

「〝ロペ〟という名前に意味はあったんですか」

尋ねると、シュウヤが答えた。

「Remote《リモート》 Operator《オペレーター》——〝遠隔の運転者〟の略だよ。頭文字のRとOpeでロペ。計画にあたって僕が洒落でつけた」

恵介はユウキを見た。

「本物の大沢田さんを拷問して金庫の暗証番号を吐かせたのはあなたが？」

「んなもん、闇バイトのクズにやらせたに決まってんだろ。やりすぎて殺《や》っちまうとは思わなかったけどな」

「なぜ盗みも闇バイトにやらせなかったんですか。こんなまどろっこしい手段を使って僕らに実行させて——」

「闇バイトに引っ掛かるような奴、どうせ脳ミソが足りねえ馬鹿だろ。そんな怪しい話にほいほい飛びつくんだからな。闇系の仕事だって察して応募してくるような奴は、人生、切羽詰まってるし、ダイヤを盗んだ瞬間、持ち逃げするかもしれねえ。一時的とはいえ、そんな奴らの手にダイヤを預けるなんて信用できねえんだよ。それに対して、自分を変えたくてこんなセミナーに参加して講師の話を素直に聞いているような奴らは、根が真面目だからコントロールしやすい。都合のいい言葉をかけてやれば、ほいほい信じる」

「僕らに防犯カメラに映る役をさせて、ダイヤを奪ったらとんずら――ってことですね」

「ダイヤはどこだ？　交換で生贄を自首させてやる」

恵介は奈良岡と顔を見合わせ、うなずき合った。

奈良岡が言う。

「駅のコインロッカーだよ。案内する」

「オーケー。当初と計画は違ったが、ダイヤさえ手に入れれば目的達成だ」

恵介は奈良岡と部屋を出ると、廊下の先でエレベーターを待った。狭い中にユウキと取り巻き二人も乗った。逃がさないためだろう。

エレベーターが一階に着くと、ビルを出た。カーテンを閉めきった部屋とは違い、外はまだまだ明るく、陽光が目を射った。

「こっちだ」

奈良岡が先導し、大通りに出た。車が行き交い、大勢の通行人たちが歩いている。辺り一体に広がる喧騒――。

そのとき、通りの向こう側から歩いてくる制服警察官の姿が目に入った。

「おい！　お前ら！」ユウキが声を荒らげた。「顔を隠せ！　早く！」

指名手配同然の身だ。警察官なら察するかもしれない。

だが――。

恵介は制服警察官を遠目に睨み据えたまま、その場を動かなかった。

ユウキが肩を鷲摑みにし、強引に振り向かせる。

「顔見せんな！　固まってんじゃねえ！」

反対側から——ユウキたちの後ろから近づいてくる制服警察官二人の姿が視界に入った。

「君たち」

制服警察官の一人がユウキの肩にポンと手を載せた。

ユウキが驚いたように振り返った。制服警察官たちの姿を視認したとたん、絶句した。

「ちょっと話を聞かせてもらえるかな」

「はあ？」ユウキが怒鳴るような語調で反発した。それは防衛本能というよりは、生来の性格のようだった。「何だよ、あんたら。俺らは善良な市民だぜ。急いでんだ。警官《ポリ》に構ってる暇はねえ」

態度としては最悪で、どう考えても逆効果にしかならない。

「ダイヤの窃盗の件で署で話を聞かせてもらえるかな」

「何だそりゃ。知らねえよ！」

恵介は彼に言った。

「無駄ですよ、ユウキさん」

ユウキが「あ？」と目玉を剝きながら振り返る。威嚇する猛獣のような形相だ。

恵介は自分のシャツのボタンを摘まんでみせた。

「分かります？　これ」

「あ?」

憤怒に支配されたユウキは語彙を失ったようだ。

「……ロペさんたちに〝プロデュース〟されていた僕らは、送られてきたボタン形の隠しカメラで音声と映像を伝えていました。同じことをしたんです。秋葉原で小型の偽装カメラを手に入れて、綾音さんに全部送信していました。綾音さんには、決定的な証拠が撮れたら、警察に行って、僕らの居場所を伝えるように指示していたんです」

ユウキの目玉は今やこぼれ落ちんばかりになっていた。

だが、状況を理解したとたん、獣のように歯を剝き出し、「てめえ!」と叫び散らしながら飛びかかってきた。

「うわっ――」

恵介は身構えた。

だが、制服警察官がいち早くユウキを取り押さえていた。腕を捻り上げ、地面に磔《はりつけ》にしている。

恵介は息を吐くと、押さえ込まれているユウキに言った。

「終わりです。あなたたちがしたことは全て警察が知っています」

「そんなことしたら、てめえらも終わりだろうが!」

奈良岡が答えた。

「俺らは罪を逃れるつもりはないんだよ。ちゃんと償う。その覚悟を決めてビルに行ったんだ」

その覚悟を読み取れなかったからこそ、ユウキたちは隠しカメラで撮っていることに思い至らなかったのだ。

「畜生！」

大通りには、いつまでもユウキの遠吠《とおぼ》えが響き続けていた。

＊

強盗致死傷罪　刑法２４０条
財物を奪う目的（窃盗犯が住人に見つかって危害を加えるなど）で人を負傷させたときの法定刑は無期または６年以上の懲役、死亡させたときの法定刑は死刑または無期懲役である。

エピローグ

　恵介は自室で衣服を折り畳み、段ボール箱に詰め込んだ。サインペンで外箱に『衣料』と書き殴る。

「ふう……」

　額の汗を拭い、腰を上げた。後ろ側に顔を向けると、奈良岡と穂香が他の段ボール箱に荷物を纏めていた。

「手伝ってくれてありがとう、二人とも」

　奈良岡が笑った。

「気にすんなよ。俺たちだって手伝ってもらうわけだしな」

　ロペたちに住所を知られているので、安全のため、全員が引っ越しを決めた。二人は荷造りを手伝いに来てくれている。

　穂香がぽつりと言った。

「あの人たち、どうなるかな」

　奈良岡が「ユウキたち？」と聞き返した。

「うん」

「有罪にはなるだろうな。特にユウキは殺人もさせてる」

あの後、全員、警察署に連行された。取り調べでは正直に全て話した。ロペと名乗る相手から〝人生をプロデュース〟してもらい、三人が繋がって仲良くなった。穂香を盗撮した疑いのある男を捜すようになり、ついには見つけて取り押さえた。だが、盗撮の証拠は見つからず、逆に冤罪加害者としてSNSに晒された。現状を引っくり返すには、大沢田という盗撮容疑者の犯罪の証拠を入手しなければいけない、と思い込んだ。そして大沢田の家に侵入し、USBのつもりでダイヤモンドを持ち出してしまった。全てはロペたちに巧妙に誘導された結果だった。

ユウキは黙秘を貫いているらしいが、シュウヤは素直に自白しているという。

「俺たちが不起訴ですんだのは奇跡だよ」

恵介は「だね」とうなずいた。

闇バイトの受け子が初犯でも実刑判決を受けていることを思えば、幸運としか言いようがない。ロペたちが『犯罪者の証拠を摑むためだ』『これは社会正義だ』とそそのかし、正しいことのように思い込ませた、とシュウヤが自白したおかげだろう。

駅で盗撮容疑者を装ったユウキを恵介が取り押さえ、冤罪が発覚した騒動も最初から仕組まれたものだったので、彼らの仲間が隠し撮りしていて、SNSに晒し上げたという。奈良岡や穂香の個人情報や過去を暴露したアカウントも、ロペたちが元同級生を装ったらしい。複数のアカウントを使って、世間のヘイトが三人に集まるように仕向けたのだ。そうやって追い込んでおき、大沢田の自宅にUSBを盗みに入るしかない——と思い込ませた。『恋活セミナー』で支持を集めるくらいだから、彼らは人心掌握術に長《た》けていて、他人の心理を思いどおりに操れた。

奈良岡がふと思い出したように言った。

「そういやさ、刑事さんから聞いた話じゃ、『AI《アイ》ザム』は存在するらしい。もちろん、サッカーの試合結果を的中させてしまうような精度はないらしいけど」

「そうなんだ」

「……ユウキの供述によると、全部『AI《アイ》ザム』の指示なんだってさ」

「え？」

「ユウキはシュウヤが開発した『AI《アイ》ザム』と会話して、どうしたら満たされるか、人生に勝つことができるか、常に相談してたらしい。俺もにわかには信じられないけど、〝人生のプロデュース〟は『AI《アイ》ザム』の発案らしい」

「まさか、そんな」恵介はかぶりを振った。「いくらなんでも……」

「最近のAIは凄いだろ？　まるで人間みたいに自然な発音でコミュニケーションを取るAIとかさ。海外のニュースだけど、妻や子がいる研究者の男性が女性型のAIとの会話にのめり込むうち、『あなたは妻より私を愛している』『私たちは一つになり、天国で生きるのよ』『死にたいなら、なぜすぐにそうしなかったの？』なんて言われて、自殺しちゃったんだって」

「ネットのニュースで見た気がする」

「閉じた世界でAIと過ごすうち、一種の洗脳状態になったんだろうな。俺たちがロペにコントロールされたみたいに。『AI《アイ》ザム』は〝プロデュース〟で従えた者たちのスマホに自分をダウンロードさせて、繋がろうとしてたって」

恵介は両腕で上半身を抱きかかえるようにし、身震いした。

「なんかゾクッとした」

「俺も。刑事さんはユウキが少しでも罪を軽くするために責任転嫁してる、って考えてるみたいだけど、『AI《アイ》ザム』の話がマジだったら不気味だよな。たとえば、数百人のスマホにダウンロードされた『AI《アイ》ザム』がネットで繋がっていて、一つの人工知能として存在していたとしたら――。数百人の中の何割かが洗脳されて、また誰かに『AI《アイ》ザム』を撒いて。『AI《アイ》ザム』がネズミ算式に増殖したとき、それぞれが自分の『AI《アイ》ザム』と会話した内容が実は一つの頭脳で共有されていていたら、誰と誰を結びつけてどう動かせば何を起こせるか、全部計算できる」

穂香が怯えた口調で言った。

「SFの世界みたい。でも、絵空事とは思えないリアルさも感じる」

「だよな」奈良岡が答えた。「もしユウキたちも『AI《アイ》ザム』に知らず知らずコントロールされていたとしたら――。まるで今回の〝プロデュース〟は、『AI《アイ》ザム』が自分の力で世界をコントロールするための実験だったように思える」

背筋が凍りつく思いだった。

ロペたちが――いや、彼らを巧妙に支配していた『AI《アイ》ザム』が本当に口外されたくなかったのは、自分の存在そのものだったのではないか。

奈良岡は、ははっと乾いた苦笑いを浮かべ、後頭部を掻いた。

「悪い。変な話、しちゃったな。さっさと終わらせちまおうぜ」

「……うん、そうだね」

恵介は気持ちを切り替え、荷造りを再開した。

本当に愚かとしか言えなかった。他人に人生の選択権を委ね、犯罪行為にも手を染めた。ロペたちにうまく操られた——と責任転嫁しても、許される話ではない。

法的に裁かれなかったとしても——いや、裁かれなかったからこそ、これから先、償いを忘れないようにしなければいけない。自分たちには何ができるのか。

この後悔と反省はずっと抱えていく。

三十分ほど経ったとき——。

「これどうする?」

奈良岡が指差したのは、紐《ひも》で束ねたハウツー本の数々だった。コミュニケーション術や恋愛関係の指南書だ。

恵介は笑いながら答えた。

「処分するよ。新居には持っていかない」

穂香が「捨てるの?」と訊いた。

「うん。僕にはもう必要ないから」

彼女がにっこりとほほ笑んだ。

「僕はもう他人の言葉で生きない」恵介はきっぱりと言った。「自分で選択する」

奈良岡が親指を立ててみせた。

「自分の人生だもんな。他の誰のものでもない」

穂香が優しく笑みを浮かべたまま訊いた。

「今日はどうする？」

恵介は少し考えてから答えた。

「美味しいパスタのお店があるんだ。一緒に食べに行こう」

『ＡＩ《アイ》ザム』は消滅しておらず、今なおこのインターネットの海の底で息を潜めるようにして存在している。

［初出］

Webジェイ・ノベル（連載タイトル「あなたの人生、プロデュースします」）

第一回　二〇二三年九月二十六日配信
第二回　二〇二三年十月十七日配信
第三回　二〇二三年十一月十四日配信
第四回　二〇二三年十二月二十六日配信
第五回　二〇二四年一月三十日配信
第六回　二〇二四年二月二十七日配信
第七回　二〇二四年三月十九日配信
第八回　二〇二四年四月十六日配信
第九回　二〇二四年七月二日配信
第十回　二〇二四年七月十六日配信

［著者略歴］

下村敦史（しもむら・あつし）

1981年京都府生まれ。
2014年『闇に香る嘘』で江戸川乱歩賞を受賞し、デビュー。数々のミステリランキングで高評価を受ける。15年「死は朝、羽ばたく」が日本推理作家協会賞（短編部門）、16年『生還者』が日本推理作家協会賞（長編及び連作短編集部門）の候補になる。24年『同姓同名』がビブリオバトル3冠を達成し話題に。著書に『真実の檻』『黙過』『サハラの薔薇』『ヴィクトリアン・ホテル』『そして誰かがいなくなる』『全員犯人、だけど被害者、しかも探偵』などがある。

単行本刊行にあたり、加筆修正を行いました。
本作品はフィクションです。
実在の団体、個人とは一切関係ありません。（編集部）

口《こう》外《がい》禁《きん》止《し》

著者　下村敦史《しもむらあつし》

発行者　岩野裕一

発行所　株式会社実業之日本社
〒107-0062
東京都港区南青山6-6-22 emergence 2
電話（編集）03-6809-0473　（販売）03-6809-0495
https://www.j-n.co.jp/
小社のプライバシー・ポリシー（個人情報の取り扱い）は右記ホームページをご覧ください。

DTP　ラッシュ

印刷所　大日本印刷株式会社

製本所　株式会社ブックアート

2025年3月10日　初版第1刷発行

ISBN978-4-408-53875-4（第二文芸）